北方謙三
Kenzo Kitakata

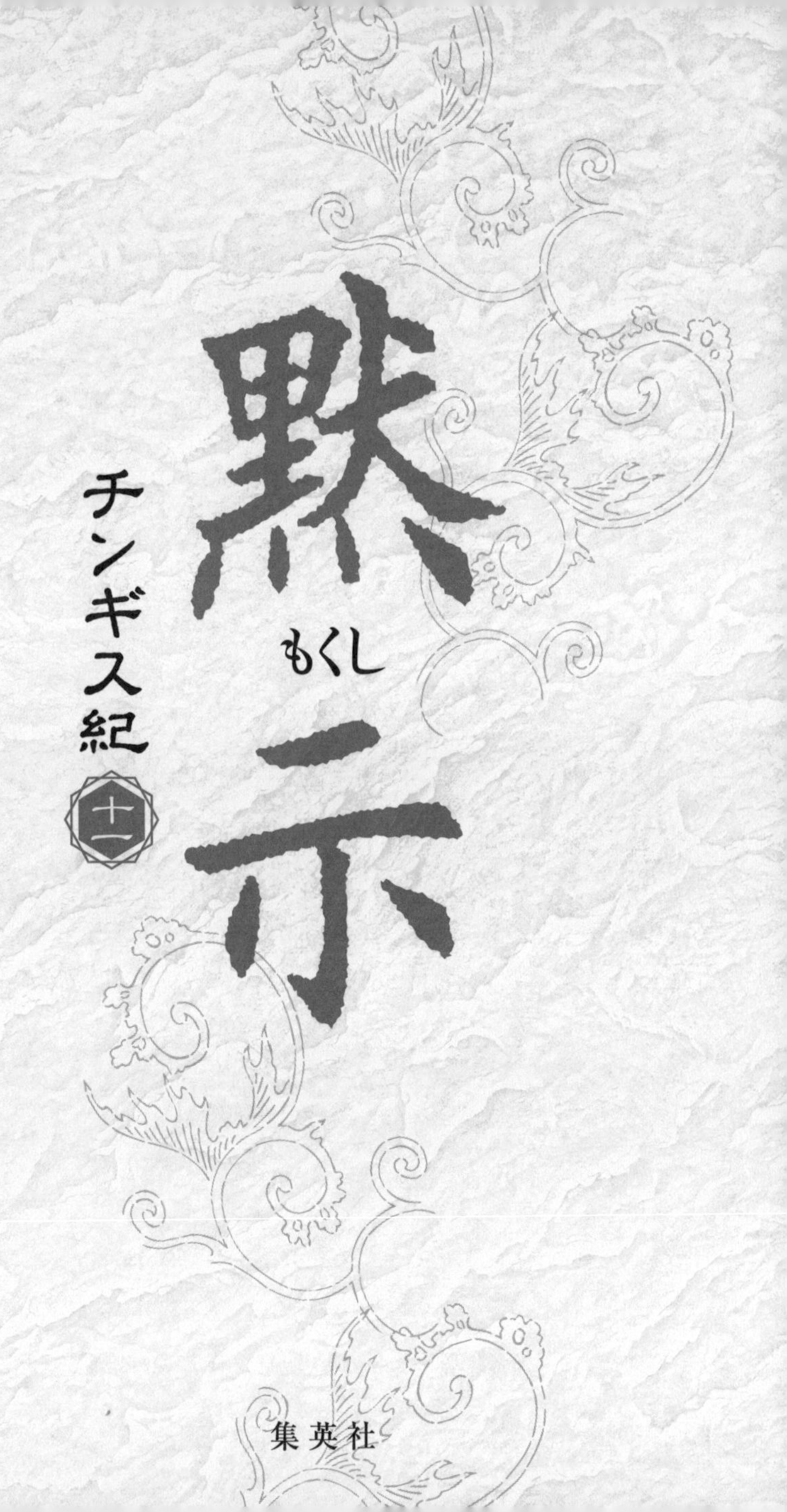

黙示

もくし

チンギス紀 十二

集英社

目次

チンギス紀

黙示

もくし

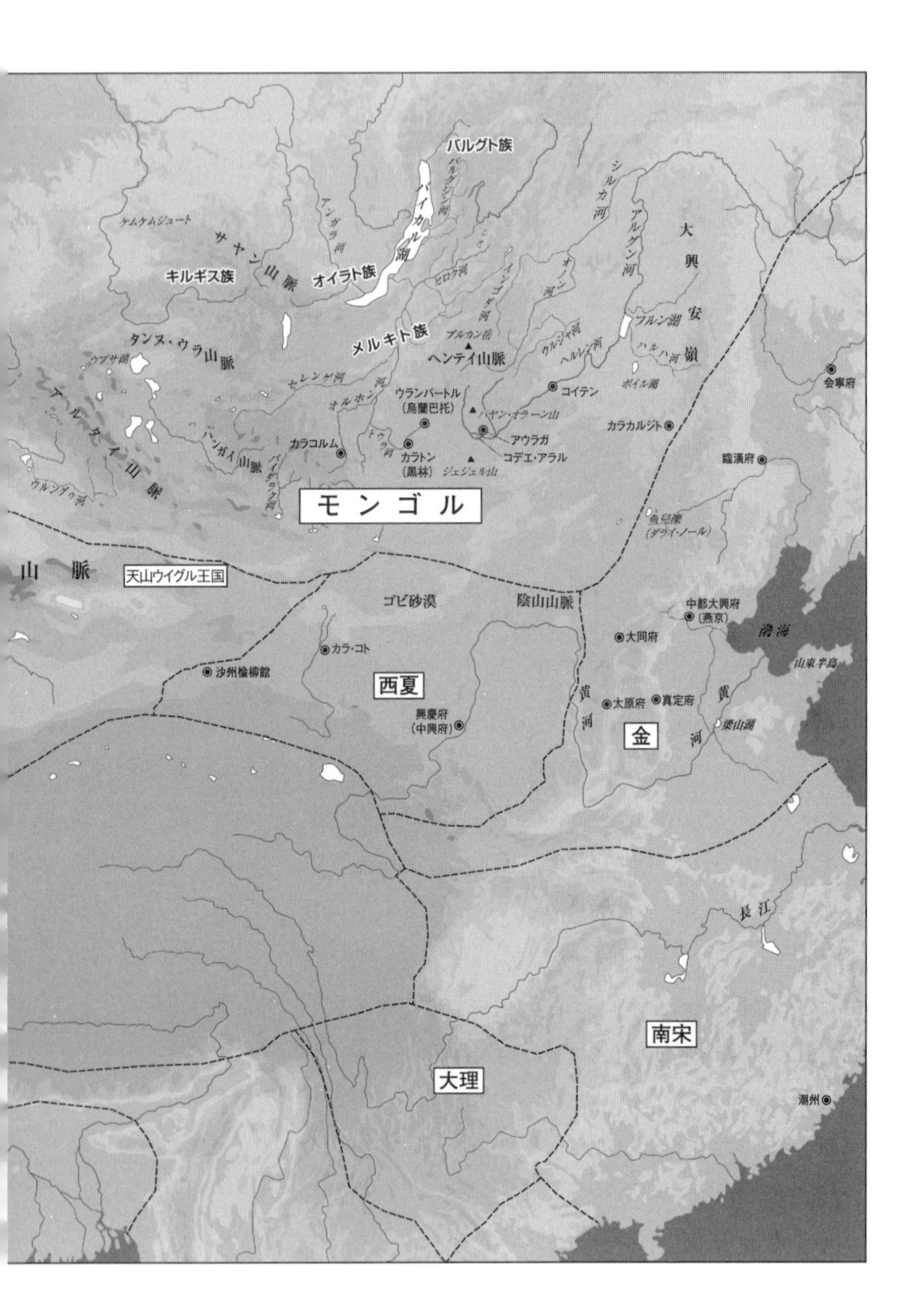

バルグト族
バイカル湖
バルグジン河
アンガラ河
ケムケムジュート
サヤン山脈
キルギス族
オイラト族
ヒロク河
インゴダ河
オノン河
シルカ河
アルグン河
大興安嶺
フルン湖
ハルハ河
ボイル湖
メルキト族
ブルカン岳
ヘンテイ山脈
ウルジャ河
ヘルレン河
タンヌ・ウラ山脈
ウブサ湖
セレンゲ河
オルホン河
ウランバートル
（烏蘭巴托）
バヤン・オラーン山
コイテン
カラカルジト
アウラガ
コデエ・アラル
アルタイ山脈
ハンガイ山脈
カラコルム
トウラ河
カラトン
（黒林）
ジェジェル山
ウルング河
バイダラク河
モンゴル
会寧府
臨潢府
魚児濼
（ダライ・ノール）
山　脈
天山ウイグル王国
ゴビ砂漠
陰山山脈
中都大興府
（燕京）
渤海
大同府
カラ・コト
沙州楡柳館
西夏
山東半島
黄河
太原府
真定府
興慶府
（中興府）
金
梁山湖
長江
南宋
大理
潮州

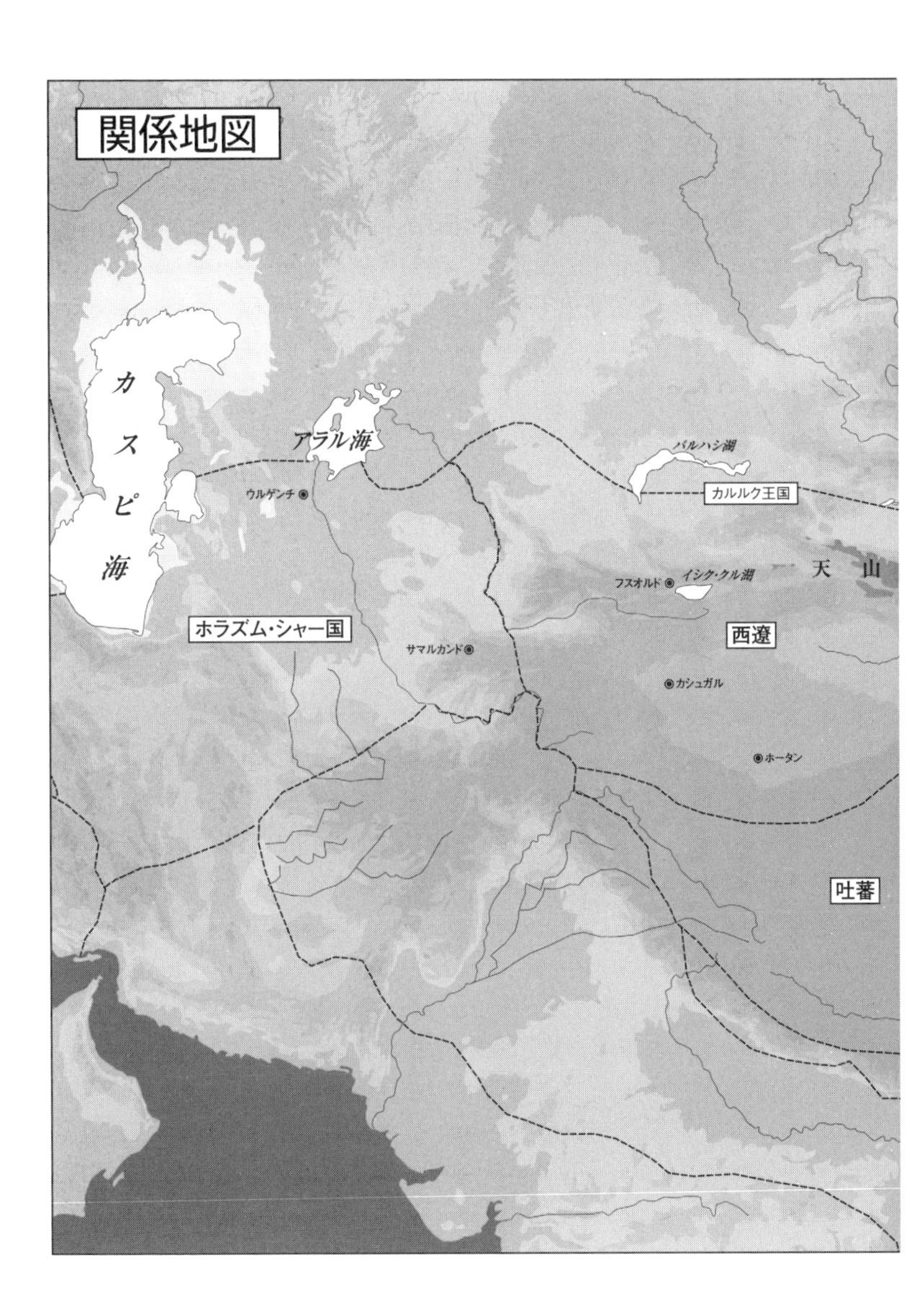
関係地図
カスピ海
アラル海
ウルゲンチ
バルハシ湖
カルルク王国
天山
フスオルド
イシク・クル湖
ホラズム・シャー国
西遼
サマルカンド
カシュガル
ホータン
吐蕃

モンゴル国

チンギス・カン……（モンゴル族の長）
ホエルン……………（チンギスの母）
カサル………………（チンギスの弟、次子）
テムゲ………………（チンギスの弟、四子）
テムルン……………（チンギスの妹でボオルチュの妻）
ボルテ………………（チンギスの妻）
ジョチ………………（チンギスの長男）
チャガタイ…………（チンギスの次男）
ウゲディ……………（チンギスの三男）
トルイ………………（チンギスの四男）
ボオルチュ…………（幼少よりチンギスと交わり、主に内政を司る）
ジェルメ……………（槍の達人で将軍）
クビライ・ノヤン…（左利きの弓の達人で将軍。左箭と呼ばれる）
スブタイ……………（チンギスに仕える将軍）
ジェベ………………（チンギスに仕える将軍）
ボロクル……………（チンギスに仕える将軍）
ムカリ………………（雷光隊を率いる将軍）
トム・ホトガ………（ムカリの雷光隊の副隊長）
ソルタホーン………（チンギスの副官）
ボレウ………………（チンギスに仕え、歩兵部隊を整備する）
ナルス………………（チンギスに仕え、工兵部隊を整備する）
ダイル………………（南の城砦から陰山に移り、通信網をつくる）
アチ…………………（ダイルの妻）
ツェツェグ…………（ダイルとアチの娘で、テムゲの妻）
ハド…………………（コデエ・アラルの牧を管理する）
チンバイ……………（故ソルカン・シラの長子で地図をつくる）
チラウン……………（故ソルカン・シラの次子で将軍）
黄貴…………………（交易を差配する男）
チンカイ……………（使者を務める男）
ジン…………………（元ナイマン王国の百人隊長）
ツォーライ…………（ジョチの副官）
劉応…………………（糸をつくる職人）

オルギル……（鎮海城の北にある駅の隊長）
ケシュア……（亡き父から医術を学んだ女）
アイラ……（ケシュアの叔母）
ヤク……（狗眼一族の男）

金国

衛紹王……（金国皇帝）
幹論……（金国の丞相）
福興……（金国の廷臣。対モンゴル戦で軍監を務める）
定薛……（金国防衛軍の総帥）
耶律東房……（定薛の副官）
李泰明……（定薛の副官）
胡沙虎……（金国の老将）
耶律楚材……（金国の若い廷臣）
高琪……（金国の将軍）
吾睹補……（衛紹王の甥）
完顔遠理……（完顔襄の甥で将軍）

ホラズム・シャー国

アラーウッディーン……（ホラズム・シャー国の帝）
トルケン……（太后。アラーウッディーンの母）
ジャラールッディーン……（ホラズム・シャー国の皇子）
ウズラグ・シャー……（ホラズム・シャー国の皇子。末弟）
テムル・メリク……（ホラズム・シャー国の将校）
バラクハジ……（ホラズム・シャー国の文官）
ワーリヤン……（ジャラールッディーンの部下）
マルガーシ……（チンギスに討たれたジャムカの息子）
サンダン……（ジャラールッディーンの友の少年）
トノウ……（サンダンの友の少年）

その他

タルグダイ……（元モンゴル族タイチウト氏の長。馬忠）
ラシャーン……（大柄な女戦士でタルグダイの妻。礼賢）
ウネ……（タルグダイの家令）
トーリオ……（タルグダイの部下だった故・ソルガフの息子）
鄭孫……（ラシャーンの商いを手伝う男）
李央……（タルグダイに雇われた船頭）
トクトア……（元メルキト族の長で、森に住む）
ジャカ・ガンボ……（ケレイト王国の王トオリル・カンの末弟。王国滅亡後、流浪）
ジラン……（カシュガル近郊の村の村長）
タュビアン……（ジランの村にいた右脚が萎えている少年）
アサン……（護衛を連れたムスリムの商人）
陳双脚……（食堂を経営し、魚の干物を作る男）
陳高錬……（陳双脚の息子）
泥胞子……（大同府の故・蕭源基の妓楼で働く男）
塡立……（大同府の故・蕭源基の妓楼を差配する男）
侯春……（妓楼で遊妓の差配に携わる男）
宣弘……（宣凱の息子で、沙州楡柳館を統べる）
蕭雋材……（轟交賈を差配する男）
グチュルク……（滅びたナイマン王国の王子）
直魯古……（西遼の帝）
獰綺夷……（西遼にある集落の長）

新たなる荒野

一

陣は、大きく拡がっていた。

ジョチは、陣の一番西側にいた。というより、ジョチの一万騎だけでも、通常よりかなり広い陣を敷いている。

一万騎の陣が、東西に四つ並んでいて、二万の歩兵の幕舎が、中央にある。

いま金軍のどこかと交戦しているわけではなく、陣構えもどこへむかっているのか、ジョチ自身もわからなかった。強いて言えば、四方にむいた陣である。

全軍での陣構えはそうだが、ジョチの一万騎は、太原府の城郭にむかっていた。それはジョチが任されたことで、太原府にむかっての陣を敷いても、父や叔父からなにも言われなかった。

四万騎は、一万ずつそれぞれに陣を敷いている、と見た方が正しいだろう。二万の歩兵は、幕舎の間隔を充分に取り、そばに練兵場も作っていた。

モンゴル軍は、太原府の東側を、相当広く占拠しているというかたちだった。

父と叔父は、それぞれ麾下の二百騎で、幕舎と馬の囲いを歩兵の陣のそばに作っていた。父の陣がモンゴル軍の本陣で、モンゴル国の白地に鳶色の縁取りのある旗は、そこで翻っていた。なにかあれば、叔父カサルの陣が本陣となる。それも、全軍の無言の了解事項となっている。

ジョチは、あまり細かいことは気にせず、大らかに振舞うようにしていた。細かいことにこだわるのが、自分の欠点であるという、強い自覚がある。

直面している敵である太原府は、城門を閉ざしたままで、城内にいる二万と言われる軍が、外に出てくることはなかった。

モンゴル軍が太原府を抜けず、釘付けにされている、という見方ができないわけではなかった。大きく動いたら、太原府の軍が出てくる。すると、城外の金軍と挟撃のかたちができる。しかし城外に金軍の姿はなく、城内の二万については、モンゴル軍は無視しているという恰好だった。

滞陣もひと月を超えると、太原府にむかって敷いたジョチの陣も、なにか大きな無駄のようにさえ見えてくる。

二千の馬には、常に鞍を載せていた。そして丸一日、臨戦態勢でいる。兵たちは、五日に一度は馬に乗りづめで、陣の周囲を駈けたり、二手に分かれて、ぶつかり合いの調練をしたりしていた。

兵馬は、精強に仕あがっている。ここへ到るまでの長い移動でも、一騎も欠けることはなかったし、途中で大軍にぶつかっても怯むこともなかった。

太原府のそばに広大な陣を敷いても、父がなにをしようとしているのか、ジョチには読めなかった。金国の真中という位置に、陣を敷いていることそのものに、意味があると考えているのかもしれない。

太原府は城を閉ざしているが、その状態で二、三年は保つと言われていた。

モンゴル軍の陣は充分に余裕があって、長い滞陣も可能だが、二、三年ここにいるとは考えられない。どこかで、大きく動くはずだ。

兵站の情況などは、まったく問題はなかった。鍛冶の一隊がやってきて、小さな窯をいくつか作り、武具などの註文を出すと、すぐに作りあげてくれる。

工兵隊など、鍛冶と組んで、ここで新しい攻城兵器なども作っているようだ。

副官のツォーライが、馬を曳いた男と歩いている。長身なので、遠くからでもわかる。歩くな。駈けろ。心の中で、そう言った。歩き方はさらにゆっくりになり、ほとんど立ち話をしていると思えるようになった。

馬を曳いている男が、父の副官のソルタホーンであることに気づき、ジョチは不意に緊張に襲われた。自分に用事があるのかもしれない。

しかしソルタホーンは、ジョチの方を見ずに鞍に跳び乗り、馬首を回して駈け去った。

ツォーライが駆けてくる。

「ソルタホーンは、なんの話で来たのだ」

ツォーライがそばに来るのが待ちきれず、ジョチはちょっと大きな声を出した。

「はい、世間話です」

「戦場で、世間話だと」

どこかで実戦がはじまっているわけではなく、滞陣中なのだ。世間話が交わされたところで、不思議はなかった。

「どんな話だったのだ」

「軍にいたら、嫁を貰った方がいいのかどうか。どう思うかと、ソルタホーン殿に訊かれました。家族がいると、死ぬことを躊躇するかもしれないので、妻帯はしない方がいい、と答えました。するとソルタホーン殿は、笑って、堅苦しいことは考えない方がいい、と言いましたよ」

「ほかには？」

「怪我人で、養方幕舎に入っている兵が何名いるかと。二名、と答えました。傷が塞がり、手足の動きが元に戻れば、実戦に復帰できると。後方に送還された者がひとりもない、と言うと、感心していましたよ」

そんな話のために、なぜソルタホーンがわざわざ来たのか、とジョチは思った。わざわざではなく、通りがかりに寄ってみただけかもしれない。

ソルタホーンという父の副官が、どれほど優秀なのか、ジョチにはよくわからなかった。父のそばには常にソルタホーンがいる、というのがジョチの印象だった。

「二千騎を駈け回らせて、毎日、激しい調練をしている、とも言いました」

戦場で調練、と言われるのだろうか。鍛える機会があるから、そうしている。馬にとっても、それはいいことだ。

「兵の、特に将校の妻帯について、殿はどう考えられますか」

「無理に避ける必要はない。妻を娶り、子を生すのも、自然なことだと俺は思う」

自分が家族を作りはじめたのは、どれほど前からだっただろうか。

将校でもなく、兵でもなく、チンギス・カンの息子だから、そういう話がほかの者より早く進められた。年寄たちの考えに逆らうことなく、決められた女をジョチは娶った。

いつまでも、ソルタホーンを気にして、自分の副官であるツォーライに、詰問するような言葉を並べたくない、と思った。

「引き馬にする方も、爪は調べたか、ツォーライ?」

急に話題を変えたので、ツォーライは怪訝な表情をし、それから破顔した。

「俺自身が見ている前で、爪はきれいに削らせております。チャガタイ様の軍には、負けていられませんので」

弟のチャガタイと、険悪な関係になったことはなかった。どこか、肌が合わないと感じている弟だが、ともに遠慮をして、表立って対立することはなかった。

ツォーライは、ジョチのチャガタイに対する、秘めた嫌悪感のようなものを、敏感に感じ取っているのかもしれない。

「チャガタイの軍が、なんの関係がある。敵ではないのだぞ」

「そうですね」

ツォーライが鼻白んだ表情になり、視線を大きくはずした。

「明日、適当に百頭の馬を選び出して、爪を調べてみよう」

言ってから、これではツォーライを信用していないことになる、とジョチは思った。

自分の欠点が、口から出す言葉だという自覚が、ジョチには強くある。言葉の選び方を間違えて、父や叔父たちや弟たちに、誤解されたことが少なからずあった。

「じっとうずくまるように滞陣しているだけで、俺もいささか退屈になってきた」

「そうですよね。ここに大軍が布陣しているのに、金軍は出てこようとしません。腑抜けだと、俺は思いはじめています」

「敵を、甘く見るなよ、ツォーライ。俺たちはまだ、金軍の本質を見きわめたわけではないのだからな」

「はい」

「金軍を、朽ちかけた大木だと、チャガタイなどは言っている。しかし父上も叔父上も、そのようなことは言われぬ」

「その内、手強いのが来るのだろうな、と思うようにします」

「実際、父上もそう思われていて、手強い軍が現われるのを、待っておられる、という気もするのだ」

「大殿がなにを思っておられるかまで、俺は考えることはできません。殿のお気持を逃してはならない、とだけ俺は思っています。そして、逃したと感じたことは、実は俺には一度もないのです」

「おまえは、よくやっているさ、ツォーライ。俺は、副官にはめぐまれた、と思っているよ」

ツォーライが、あるかなきかの表情の動きを見せ、軽く頭を下げた。

ソルタホーンは、なにを見るためにやってきたのだ、とジョチはまた思った。

父の副官が、たまたま通りかかったから寄った、とはどうしても思えなかった。

見られたくないものが、あるわけではなかった。それは自分がそう感じているだけで、ソルタホーンの、いや父の眼からは、認め難いものがあるのではないか、とジョチは思った。

自分が信じきれていないからだ。そういう思いも、またあった。

「なあ、ツォーライ。ソルタホーンの気配に、戦が近いとかはじまろうとしているとか、そんなものはなかったか?」

「俺は、感じませんでした。そろそろはじまると、殿は思っておられますか」

「そろそろだろう」

ほんとうは、それを父に訊きたかった。しかし訊いたとして、父は自分を睨むだけかもしれない、とジョチは思う。

父との会話は、すべてそんなふうになり、はじまりはしないのだ。

夏が終るころ、モンゴル軍に大きな動きがあった。

ただし、太原府のそばにいるモンゴル軍ではなく、アウラガ近辺に集結した軍で、総指揮はテムゲだった。

この叔父を、ジョチは好きだった。ナイマン王国との戦の時、テムゲのもとで、のちに胃凌（いりよう）と呼ばれるようになった、敵兵糧断絶戦を行った。テムゲの指揮は、苛酷だったが的確で、闘いながら迷いを生じることなどはなかった。

テムゲ指揮下のモンゴル軍は、騎馬六万、歩兵四万という、大変な大軍だった。そしてほとんどが、召集された兵でもあった。将軍たちも大部分は加わっていて、アウラガの本営に残っているのは、ジェルメとクビライ・ノヤンのみだった。

モンゴル国は、隙だらけになっている。決定的に、兵力が少ない。

そして遠征軍は大軍過ぎて、兵站が間に合うのかどうか、難しいところだ、とジョチは感じた。

しかし軍議が開かれることもなく、出動の命令もなかった。

ようやく出動命令が出たのは、夏が終ったころだ。

ジョチは、太原府の城郭の南二十里（約十キロ）ほどにある、永利監（えいりかん）という小城郭を陥（おと）せ、との命を受けた。ほかの軍も、それぞれに陥すべき城郭を指定されたようだ。

ジョチは、速やかに陣を払った。

一日で永利監に到着し、城門の前に陣を敷いた。守兵二千、と狗眼（くがん）の者が報告してきた。太原府近辺の城郭にはすべて、数人が潜入し、兵力などは探り出しているのだという。

力攻めをして、犠牲を出す必要もない城郭だ、とジョチは判断した。一万騎で威圧しながら、使者を出し、城門の扉越しに、降伏を勧告した。

一日目は動きがなく、二日目に再度勧告すると、降伏の条件を話し合いたい、という返答が返ってきた。

城門越しの話し合いが続き、三日目が過ぎ、四日目になった。

太原府に集結という、父からの命令が届いた。小城は放っておけということだろうと思ったが、チャガタイの軍も、カサルの下の一万騎の二隊も、一日か二日で、命じられた城郭を陥していた。

太原府は、歩兵二万が囲み、攻城戦がはじまろうとしている。

ジョチは驚き、それから焦った。野駈けをしていたら、一騎だけ置き去りにされた、という感じだった。疾駆するとは、誰も言ってこなかったのだ。

これ以上の交渉はできない、とジョチは永利監の城内に伝えた。返答は驚くべきもので、速やかに去れ、という言葉だけだった。

ジョチは、城門にむかって攻撃の命令を下した。しかし、城門の上には、さまざまなものが運びこまれていて、攻撃する軍の頭上を襲ってきた。石、丸太、熱い油、糞尿(ふんにょう)まで混じっていたのだ。

二日の攻防で、犠牲はかなりのものになった。城門というのは、騎馬では攻めあぐねてしまうのだ。

内側から城門を開く、と狗眼の者が言ってきたのは、攻めはじめて三日経(た)った時だ。

伝えられた刻限に、確かに城門が開くのをジョチは見た。すぐに、ツォーライが率いる三千騎が、城内に突っこんでいった。

ジョチが城内に入った時、守兵はすべて降伏し、武器を棄てていた。

「これは俘虜（ふりよ）にするわけにはいかん。原野に追放しろ」

千五百ほどだった。俘虜にすると、こちらの兵も割かなければならない。

永利監の城郭は、城門を打ち毀（こわ）して開放した。

太原府にむかって、駈けた。五百ぐらいは減っているかもしれないが、気にするほどの犠牲ではない、と思った。

太原府には、ジョチの軍以外はすべて集結していて、それぞれ役目を担っているようだった。

ジョチは、自分の居場所を決めて貰うために、本営へ駈けた。

父とカサルの幕舎が、並んでいた。旗は広場になったところに立てられている。

馬を降りると、幕舎からカサルが出てきた。麾下の二百が、集まってきている。

「いま着いたのか、ジョチ」

「はい、叔父上。永利監は城門を打ち毀し、開放してあります」

「敵兵はどうした？」

「武器を取り上げ、追放しました」

「なぜ、殺さなかった？」

「降伏しましたから」

「闘った後に、首を打たれるのが嫌で武器を投げ出したことを、降伏とは言わん。モンゴル軍と一矢でも交えれば、降伏は認めてはならず、全員を討ち果す」

「はい」

闘い、降伏した敵を、殺せということなのだろうか。ならば、降伏の意味はなくなる。降伏の意味がなければ、死に物狂いで闘い、こちらの犠牲も大きくならないか。

「理解しておらんな、ジョチ」

「俺は」

「ここは、敵地の真中だ。城郭にいて交戦した者は、全員殺す。野に追放したなど、もってのほか。追放された者の大部分は、ほかでまた軍に入り、こちらの敵になる」

「それでは」

「敵に、徹底した恐怖を与え続ける。それが結局、戦場での死を減らすのだ。味方だけでなく、敵の死も」

「何万と、殺さなければならない、と思うのですが」

「モンゴル軍は、ここに六万。テムゲが指揮している軍が十万。甘く構えて負ければ、そのすべてが死ぬ。敵は八十万とも百万とも言われるが、小さな城郭の守兵などを加えると、百五十万は超えるかもしれない、と俺は思っている。それに武器を持った民。負ければ、数百万がわれらを囲む」

　数百万と聞いても、にわかに想像はできなかった。モンゴル軍十六万も、ジョチはうまく想像できない。

ただ、カサルが言っていることは、よく理解できた。自分には、敵地で闘う厳しさがなかったのかもしれない、と思った。

「次からは、厳しくやります」

躰（からだ）が、後方に飛んだ。尻をついた恰好で、ジョチはカサルを見上げていた。殴られたのだ。

「ジョチ、戦場に次があると思うのか。おまえの軍権を剝奪するかどうか、兄上に決めていただく。それまで、突撃の準備をして、城門が見える位置で待機せよ」

立ち上がって返事をしようとしたが、カサルはすでに背をむけて歩きはじめていた。曳いてこられた馬にカサルが跨（また）がるのを、ジョチは呆然（ぼうぜん）と見送った。

正門が望める丘の頂に、軍を展開させた。実戦中なので、幕舎などは当然張らない。

歩兵の後方に、工兵隊がいた。歩兵の頭上を越えて、石が飛んでいる。それは城壁に当たり、上辺をいくらか毀していた。飛んでくる石に対して、金軍はなにもできずにいる。

ただ、攻め寄せた歩兵に対しては、城壁の上からさまざまな攻撃をしていた。城壁の上からの攻撃が、どれほど厄介なものか、永利監を攻めた時に、ジョチは体感していた。

モンゴル軍歩兵は、ただ単調に攻めているように見える。攻撃をはじめて三日目だというが、なにも工夫はしていないのか。

それでもジョチは、耐えて攻防を見つめ続けていた。カサルに、敵地での戦の本質がわかっていない、と叱責（しっせき）されたばかりだった。じっとしていて、ただ命令を待つという姿勢以外に、自分にはとるべき方法はない。

歩兵が、一斉に攻撃をかけた。それに対して城壁の上からは、矢も含めた激しい反撃があった。

力押しで、城壁を這い登り、闘いの距離を短くしようというのだろう。

たとえば狗眼の者を遣って、内側から城門を開けるというようなことは、うまくいっていないのかもしれない。

永利監では、狗眼がいいところに現われてくれた。それがなかったら、攻めあぐねて、まだ陥していないかもしれない。しかし、それほど都合よく、狗眼が現われるものなのか、とふと思った。

前線にいるカサルから、城門に突っこめ、と伝令を受けた。突っこんで、内部に入れるわけはない。それでもジョチは、考えることを停止した。

全軍の先頭で、駈けた。力押しをしている歩兵の犠牲が、大きなものに思えないことに、駈けながら気づいた。城壁の真下には、箱のようなものが並んでいて、兵はその中にいるようだ。

前方。城門が近づいてくる。

閉じた城門にぶつかるのか。そう思った時、不意に地から湧いたように、工兵隊が現われた。ひと抱えはありそうな丸太を載せた、車だった。台に車輪は六ついていて、それが三台ある。

城門に、丸太が突っこんだ。衝車というやつだろう、とジョチは思った。話にだけは聞いていた。

城門の、片側が倒れかけた。それに綱をかけ、十頭の馬で引き剝がしている。

そこから突っこめ、ということだ。ジョチは、後続に縦列を命じた。一頭の縦列である。一時的に突っこめる数は少なくなるが、横たわる物を避けて駈けられる。

ジョチは、先頭で駈けこんだ。

遮って来る敵を蹴散らし、剣で薙ぎ払い、駈けられるところまで駈けて、馬首を回した。入口近くに留まると、後続の邪魔になる。

すぐに、百騎、二百騎になった。

闘っている敵兵は、ほとんど城壁の上だ。ジョチは、城壁に沿って馬を駈けさせた。

城壁の下を馬でかためるのに、三刻（一時間半）ほどかかった。それでも、城壁の上の敵を封じこめた。

「下馬して攻めあげる」

言いかけた言葉を、ジョチは呑みこんだ。味方の歩兵が、城壁の方々に姿を現わしている。

「ツォーライ、降りてくる敵を討ち果す。一兵も逃すな」

すぐに、命令は口伝てに伝わっていく。

しかし、降りてくる兵は、それほどいなかった。ほとんどが、城壁の上で討ち果されている。

ボレウが城壁の上から、終るという合図を送ってきた。

ジョチは、即座に二千騎で、中央の大通りを占拠し、さらに二千騎で、軍営を囲んだ。そこには、金軍の旗があがったままだった。

およそ三千の兵がいるようで、営舎から出てきた。

「ひとりも、生かしておくな」

声をあげた。

「おい、おまえ。皆殺しでもしようというのか」

声にふり返ると、カサルが近づいてくるところだった。

「叔父上、ここはつらくても皆殺しというところでしょう」

「太原府の軍は闘った、と思っているのか？」

「現にいままで」

「営舎の前に出てきた三千は、戦の間、ずっと営舎にいた。主戦派は、城壁の上で激しく抵抗した」

「そんな区別がつくのですか？」

「つく。何日かかけて、狗眼が探り出してきた。それを見きわめた後で、総攻撃をかけたのだ。ここでこの三千を救うことは、今後の戦に、大きく影響してくる。抵抗した二千は、城外で首を刎ねる」

「それは」

見落としていたものが多くある、とジョチは唇を噛んだ。

「それよりも、早く本隊に追いつけ。すでに、東へ転進しているぞ」

「えっ」

「また遅れると、間違いなく軍権の剝奪だ、ジョチ」

剝奪された方が楽かもしれない、とジョチは瞬間思った。

二

サマルカンドの城外の家で、三人で暮らした。ジャラールッディーンはホラズム軍に入ることを望んだが、マルガーシは断った。軍には合わないという、テムル・メリクの言葉もあったので、納得したようだ。

サンダンとトノウは、軍に入るにはまだ幼すぎる。軍営を生活の場にすると、下働きに遣われるのは眼に見えていた。

城外の家では、バラクハジという文官が命じた書見をやり、六刻、マルガーシを相手に剣の稽古をすると、あとは好きなことをしていた。

食事などは、老婆がひとりついていて、すべての面倒を看(み)てくれる。

サマルカンドが都だというのは、微妙なところがあった。帝(スルタン)はいて、宮廷のような建物はある。廷臣も多くいて、政事はここでなされているようにも思える。

しかし、ウルゲンチという昔からの都があり、壮大な宮殿がある。帝であるアラーウッディーンの実母はトルケン太后と言い、そこでも多くの廷臣を抱え、政令なども出しているようだ。

つまり、母と息子の不仲が、都が二つあるように見せている、ということだった。

ホラズム軍の主要な部分に、カンクリ族の傭兵(ようへい)がいた。そしてトルケン太后の実家が、カンクリ族であることも、太后に発言力を与えているのかもしれない。

マルガーシは、二人を従えて、よく練兵場へ行った。テムル・メリクが、ジャラールッディーンが加わるからと、誘ってくるのだ。

調練の中には、帝のアラーウッディーンが指揮するものもあった。それを見るかぎり、アラーウッディーンは、戦巧者だと思えた。強い兵を率いていれば、相当強力な軍になるだろう。強い兵の一翼を担っているのが、カンクリ族の傭兵だった。

トルケン太后の実家の一族であるにもかかわらず、カンクリ族はホラズム・シャー国に臣従はせず、傭兵という立場を貫いている。その理由は、テムル・メリクにもわかっていなかった。

ジャラールッディーンは、テムル・メリクという武官と、バラクハジという文官がつき、ワーリヤンという将校が率いる百騎を、麾下の軍としていた。文官をつけるのも、麾下の軍を認めるのも、ごく最近のことで、マルガーシとともに旅から帰国した時だった。

帰国したジャラールッディーンは、帝のもとに呼ばれ、丸一日を過ごし、そして文官と麾下の軍を与えられた。

文官がついたのは、領地も与えられたからだと思ったが、麾下を養う道を示されただけのようだ。

バラクハジは苦労する、とテムル・メリクなどは言っていたが、帝のもとを離れられて、喜々としているように見える。

アラーウッディーンは、マルガーシに関心を持ったようだった。

騎馬隊の調練の後に、召し出され、拝謁（はいえつ）した。

「草原の男か」

アラーウッディーンは、最初にそう言った。

マルガーシは、ただ頭を下げた。

大きな椅子に腰を降ろしているが、玉座と言うほどではなく、衛兵も両側に二名立っているだけだった。そういうもので威圧しようという人間ではないのだろう、とマルガーシは思った。

騎馬隊の用兵に関しては、かなりのものを持っている。

「頭の上で輪を作った子供に矢を射て、ものの見事に輪の中央を射貫（いぬ）いたそうだな」

「殿下は、それを御覧になったわけではありません」

「大袈裟に言っている、ということか」

「自分でも、心気を集め、すべての想念を追い出してやったことで、実はよく憶（おぼ）えていないのです」

「剣の腕も立って、テムル・メリクが自分より上だと言っている。あれは、ホラズム・シャー国で、随一の腕を持っている」

「それも、闘ったわけではありません。殿下を守っている時のテムル・メリクに、俺は勝てるとは思っておりません」

「ジャラールッディーンの臣下になることは、断ったそうだな」

「流浪の希（のぞ）みを持っております」

「太子として冊立（さくりつ）するのは末弟のウズラグ・シャーだが、ジャラールッディーンは、いずれこのホラズム・シャー国の軍を統率すると私は思っている。臣下であれば、出世はできる」

「出世というようなものに、関心がないのです」

「おまえ、草原のどういう部族の出身なのだ？」

「モンゴル族です」

「モンゴル族には、いろいろ氏族があったという話だが」

「ジャンダラン氏を出自といたします」

「なるほど。ジャムカという英傑が統（す）べていた氏族か。チンギス・カンと並び立つほどだったと、私は聞いている」

「よくは存じません。もの心がついたころから、流浪を続けておりましたので」

「剣の師は？」

「師は山中の獣であり、時には山や森そのものでありました」

「チンギス・カンに、臣従はしないのか？」

「いたしません」

「チンギス・カンは、草原を統一して、巨大なモンゴル国を作ると、金国に進攻したのだ。あの金国に、勝てると思っているのであろうな。負けたという報は、入っておらぬ」

「草原の情勢にも、あまり関心はないのです」

「そうか、人があまり好きではないのか」

アラーウッディーンは、じっとマルガーシを見つめている。眼には、力があった。あまり傷ついたことがない眼だ、とも思った。

人に対する好悪の感情が、自分にあるのかどうか、よくわからなかった。ある時から、心の奥に押しこんでしまった、という気がする。その上で、人とは適当に交わってきた。ジャラールッディーンについても、そうだった。はじめはそうだったが、いつの間にか好きになったのかもしれない。

「マルガーシ。戦などについても、それなりのものを持っているようだな」

「陛下、正直に申しあげますが、俺は戦場に立ったことがないのです」

「少年を助けるために、軍と闘ったというではないか」

「それは、戦ではありません。テムル・メリクと俺で、十名ほどと闘っただけです。たまたま、相手は具足をつけておりましたが」

「剣は戦に通じるところがある、と私は思っているのだが。まあ、よかろう。これからも、ジャラールッディーンのそばにいるのか?」

「はい、しばらくは」

「あれも、いつかは戦に出なければならん。テムル・メリクがそばについているとは言え、ひとりの戦へのむかい合い方を見せられるに過ぎぬ。別の人間のむかい合い方を、見せてやりたいと、私は思う。戦というのは、あたり前に命を落とすことでもあるしな」

「殿下は、生きるために戦をなす、と考えられるようになる、と俺は思っています」

「生きるための戦か。そうありたいものだ。生きるというのとは違うところで、私は戦を考えてきた、という気がする。私が生きるというのは、兵たちが生きるということでもあるのかな」

「陛下、深いことは俺にはわかりかねます。国などということを考えたこともない、山野で育まれた男が、たまたま殿下と出会い、闊達さに魅かれた、ということですから」

「これからも、それでいい。いささか驚いた。おまえとあれは、私が思っていた以上に、人と人として魅かれ合っている。そこに、私の言葉など不用だな」

アラーウッディーンが、破顔した。

マルガーシは、ただ頭を下げた。

自分の馬のところに戻ると、サンダンとトノウが待っていた。

「心配するな。おまえたちの話は出なかった」

二人がいま一番気にしているのは、ジャラールッディーンから引き離されることだった。たとえば、宮廷での下働きを命じられる、というようなことだ。

そういうことはあり得ないとマルガーシは思っていたが、ジャラールッディーンの麾下に入ることは、幼すぎるということで、実現していなかった。

結局は、流浪を続けるとしか言わないマルガーシと、ともに暮らしているのが不安なのだろう。

二人との結びつきは別として、マルガーシにもそれは理解できた。

故郷を離れて、ここにいる。

それを、マルガーシは慰めてやろうともしない。

「行くぞ」

　マルガーシは馬に乗った。

　サマルカンドの城内で、二人は騎乗を許されていない。厩(うまや)に馬はいるが、それに乗れるのは郊外に出た時だけだった。

　ホラズム・シャー国は、大雑把ではあるが、決められたことがそこそこあり、そこはしっかりと守られているのだった。

　そういう意味で、マルガーシが知っている国の姿から、はずれるものではなかった。

「俺らは、殿下も含めて三人でですが、大人をひとり斬り殺したのです。なぜ、それを認めて貰えないのでしょうか」

　轡(くつわ)を取ったトノウが言う。

「テムル・メリクと俺しか、いなかった。俺たちは、ほかの敵を斃(たお)すのに忙しかったから、見ていないのさ」

「必死で、闘ったのに」

「まあそのうち、ジャラールッディーン殿が、おまえたちを麾下に加えてくれる。この国は、意外にしっかりした決まりが守られているからな。例外は作りたくないのだ」

「それまで、俺らは書見と剣の稽古だけなのですか」

「剣では、勝つことがない。だから嫌だと思うな。俺は、おまえたちが子供だからと、手心を加えてはいないよ」

城内には行かず、城外の家に戻った。

すぐに、アラーウッディーンとジャラールッディーンは、城内に戻ってくるだろう。あまり殿下のそばにいない方がいい、とテムル・メリクは言っていた。

ジャラールッディーンの麾下に、いい家の子弟を加えたいというのがあり、二人が邪魔だと見られる場合もあるのだ。

いまのところ、ジャラールッディーンの麾下は、ひとりひとりテムル・メリクが選び出していた。

サンダンとトノウは、自由にジャラールッディーンに会うこともできない。無視された恰好だが、テムル・メリクがそう決めているように見えた。

家へ戻ると、二人は黙って棒を振りはじめた。毎日やっていることで、このところ腕があがったのが、はっきりとわかる。

老婆が、夕餉の仕度をはじめた。かぎられた銭の中で、変化に富んだ食事を出してくれる。

夜半から、雨が降りはじめた。草原では、雨は滅多に降らない。屋根を打つ雨の音は、いつも新鮮な気がする。

数日後、バラクハジがひとりでやってきた。

耳打ちをされると、マルガーシは二人の馬にも鞍を載せさせた。

「テムル・メリクひとりでは、私もいささか不安なのだ。三百名ほどいるというし」

ジャラールッディーンは、麾下と百里ほどの距離のところへ、調練にむかっていた。その方向に、三百名ほどの軍がいた。どこの軍かわからず、賊徒なのかもしれない。

「わが国の領土を侵していることは、確かなのだ。いずれ陛下の耳にも入り、領外に去らなければ、討伐軍が出る」

バラクハジは、宮廷とは別のところから、情報を得たようだ。もしかすると、情報が入ってくる道を持ち、それを銭で雇い続けているのかもしれない。

ホラズム・シャー国の周囲には、大小の国があり、アラーウッディーンは、それと闘って版図を拡げ、さらにまだ自らの力を伸張させようとしている。

周辺の国はまた争闘をくり返し、敗走する軍もめずらしくはない。ただ、領土を侵させることを、アラーウッディーンはしなかった。長く留まる軍は許さない。賊徒に陥ちた者たちは、容赦なく討つ。

ジャラールッディーンが、遠出の調練でそういう軍と出会し、即座に潰滅させるというのは、アラーウッディーンの評価に繋がる。つまり実戦で認められるということだ。

「半日で、追いつく。とにかく、殿下に指揮をして貰う。それでいいだろう」

「おまえとテムル・メリクが実戦をやり、指揮をしたのは殿下だということにしても、大した問題はないぞ」

「いや、殿下の指揮が必要だ。それぐらいのことは、あの帝は見抜くだろうからな」

「陛下と言え、マルガーシ」

「眼の前に控えた時はな」

バラクハジが、苦笑する。

サンダンとトノウは、これからなにかがはじまると感じて、硬い表情をしている。マルガーシは、二人を蹴り倒した。

「数日後に会おう、バラクハジ」

言って、マルガーシは馬に跳び乗った。二人も、遅れずに乗ってくる。

城外の家並みの間を抜けると、マルガーシは馬を駈けさせた。潰さないように駈けるには、疾駆は避けなければならない。引き馬が、どれほど役に立つのか、こういう時によくわかる。

半日で、行軍中のジャラールッディーンに追いついた。馬車を一台、伴っているのだ。

すぐに陽が傾き、夜営に入った。

サンダンとトノウがジャラールッディーンに呼ばれ、馬車の方へ歩いていった。戻ってきた二人は、躰にぴったり合った具足をつけていた。

「似合うぞ」

テムル・メリクが言う。

「二人とも、殿下のそばにいて、お守りするのだぞ」

二人は、顔を強張らせて直立した。

小さな焚火は、石積みで囲いが作ってあった。大鍋で湯餅が作られていた。麦の粉を水で練り、丸く固めたものである。それを茹で、汁とともに腹に入れる。

簡便な兵糧だが、草原ではこういうものは遣わない。

兵に湯餅が配られ終えると、焚火はすぐに消された。

歩哨(ほしょう)が五名立った。

斥候(せっこう)も五騎出ていて、いまのところ敵の斥候の存在は確認されていない、とテムル・メリクは言った。三百ほどの人数だが、臨戦態勢をとっているわけでなく、ただなんとなく集まってしまっているのかもしれない。

翌朝、兵たちは馬車に積んである短槍(たんそう)をそれぞれに持った。

馬車は、そこに放置したまま進んだ。

敵がこちらに気づいたのは、十里ほどの距離になった時だ。迎撃の陣を組みはじめているという。テムル・メリクは、なにも言わなくなった。すべて、まずジャラールッディーンの判断からはじめる、と言ってあるのだ。

ジャラールッディーンは、無言だった。敵が二里に近づいた時、はじめて二列の縦隊を組むように命じてきた。

「正面から、突っこむつもりだな」

そばに来たテムル・メリクに言った。

「先頭で、突っこませるなよ」

マルガーシは、正面から突っこむのは、悪い方法ではない、と思った。左右、あるいは半分が後方に回りこんでの挟撃など、あまり大きな意味はない。

初陣である。テムル・メリクは、全身全霊で、ジャラールッディーンの動きを見つめている。

口に出して言わなければならないことは、見つからないようだ。

三十騎を、先鋒に持ってきた。次の五十騎に、ジャラールッディーンは加わった。後方の二十騎に、マルガーシはテムル・メリクと加わった。その間も、敵は近づいてくる。

胆力はある、と思った。一次攻撃、二次攻撃を、きちんと考えている。少しでも怯えがあれば、百騎一丸の攻撃を考えるだろう。

敵が、半里の距離になった。もう前列の兵の表情も見える。

ジャラールッディーンのそばに行こうとしたマルガーシを、テムル・メリクが止めた。

「もう充分だろう。子供なのだからな」

「それは、俺が一番よくわかっている。そして、男になろうとしているのだ、マルガーシ」

「寡勢だ。絶対に安全とは言えない」

「ここを、ここを乗り切らせたいのだ」

マルガーシは、敵を見つめた。陣のかたちは整っているが、難敵ではない。

先鋒が、ぶつかった。槍が威力を見せ、中央がすぐに崩れた。五十騎が突っこむ。テムル・メリクが駈け出したいのを耐えているのが、よくわかった。

五十騎が、敵を二つに断ち割った。テムル・メリクが、二十騎に合図を出した。駈ける。五十騎を追おうとした敵を、蹴散らした。

二十騎が、馬首を回す。それで乱戦に入った。八十騎も、再び突っこんでくる。マルガーシは、一騎でジャラールッディーンのそばに行った。

テムル・メリクが二十騎で縦横に駈け回り、八十騎が掃討するように、敵の乱れた部分にぶつかった。

潰走させるのに、大して時はかからなかった。騎馬は二十騎ほどだが、マルガーシはその中の十騎ほどを斬り落とした。

二百ほどの敵は四方に散り、追撃は難しいと思えた。ジャラールッディーンの判断もそうで、軍をひとつにまとめると、まず犠牲の数を調べた。十六騎。多いのか少ないのかは、ジャラールッディーンの感じ方次第だった。

「南の、バルフの小部族で、敗走中に迷いこんだようです」

南では、小国がのべつ戦をしている。国とは言えないような部族が、食い合ったりしているのだ。

「サマルカンドに帰還する。父上に、報告しなければならない」

「およそ、百二十ほどの敵を、討ち果しております。息のある者は、止めを刺しました」

テムル・メリクが言った。

サンダンとトノウは、ジャラールッディーンの両脇で、まだ顔を強張らせていた。

三

小城郭をいくつか陥し、寿陽や平定という大城郭は素通りし、真定府を全軍で囲んだ。

真定府まで来ると、山間（やまあい）という感じはなくなり、平原になる。それから東にかけて、ずっとそれは続いていた。

騎馬隊の動きが有利になるから、真定府攻略に動いたわけではない。平原で、金軍が決戦を挑んでくることはないだろう。

そろそろ寒い季節になるので、越冬に適した場所として、山間と平原の境を選んだのである。

テムゲが率いてきた軍が合流していたので、モンゴル軍はかつてないほどの大軍になっていた。

真定府を急いで攻めろと、チンギスは言っていない。

城は数えきれないほどあり、その多さは、金国の懐（ふところ）の深さだ、とチンギスは思っていた。城にこだわれば、その懐の奥に引きこまれることになる。

真定府を間近から囲んでいるのは、歩兵三万のみで、ほかの歩兵は離れたところに駐留していた。

騎馬隊は、もっと離れた場所で、一万ずつが間隔を置いて布陣した。それで、三重に囲んでいるようなかたちになり、外から真定府に接近する金軍はいなかった。

チンギスの本営には、大家帳（ゲル）が組み立てられていた。チンギスの居室があり、幕僚たちと会議などもできる食堂があり、大広間もあった。

両隣には、カサルとテムゲの家帳があり、それを三十ほどの幕舎が囲んでいた。その幕舎の中には、兵站の司令所があり、馬匹（ばひつ）の管理をなす者などがいるのだ。

草原から馬は連れてくるが、食うための家畜は、商人を装った者が買い上げ、運んでくる。

方々からのものをいくつかの牧に入れ、そこから軍に入れるもの、再び売るものと分けられて出ていく。

買ったものを直接軍に運ばないので、どれがモンゴル軍の兵糧に遣われるのか、わからなくなってしまうのだ。

金国は、物流がやや混乱しはじめている。

真定府には、ここにモンゴル軍がいるかぎり、一粒の麦も入らないということになる。ただ、城内には数年分の蓄えはある、と推測できた。

「殿、十六名が集まっております」

ソルタホーンが、居室の外から声をかけてきた。チンギスは、読みかけていた書類を卓上で閉じ、腰をあげた。

大家帳を出る。従者が二名、ついてくる。十名の従者のうちの二名は、たとえ本営の中であろうと、チンギスから離れない。

四半刻ほど歩くと、柵が見えた。いや、柵の上には、木の皮などで屋根が作ってある。そこには、二百名ほどの俘虜がいる。戦で捕えた兵というわけでなく、城内の民の中から、人を選んで俘虜としたのだ。

柵のそばに、小屋があって、衛兵が二名立っていた。

チンギスは、小屋の中に入った。

尋問がうまいと言われている将校が、ひとり待っていた。チンギスは、その将校と並んで座った。

男がひとり連れてこられた。兵ではないので、平服を着て、茶色の布で髪を縛っていた。眼に怯えの色がないのは、ひどい扱いを受けてこなかったからだ。

「靴の職人とあるが、靴だけなのか、それとも、革で作るほかのものも含むのか？」

質問するのは、将校である。

「北の草原では、靴はすべて革で作るのでしょうが、こちらではそうでもないのです」

男が、靴の種類を並べはじめた。木を遣うもの、鉄を遣うもの、さまざまな素材を、革と組み合わせるもの。華美なものではなく、丈夫なものを考えているようだ。

モンゴルの靴は、革で足を覆うものという感じが強かった。底にだけは厚い革を縫いつけるが、あとは柔らかなのである。

「おまえに、夢などはあるか？」

将校の質問が予想外だったらしく、男はしばらく考えていた。

「どこかの城郭で、靴を売る店をやることですかね」

「どこでもいいのか？」

「人のいるところなら」

そこで、チンギスは将校の質問をやめさせた。男の履いている靴を脱がせ、手にとった。古いが、しっかりしたものだった。

「アウラガで、靴を売る店を出せ」

それで終りだった。

この男は、来年にはアウラガで、靴の店を出しているだろう。

仕立屋も、店を出させることにした。細かい職種になるが、暮らしに豊かな彩りを与えることになる。そうやって十六名の中から十一名選んだ。

柵の中にいる者も、適当に五、六名呼んでみたが、これと思うことはなかった。

全員が、北へ行く。十一名は人の上に立ち、残りは職人として働く。

小屋を出ると、ソルタホーンが並んで歩いてきた。

「どうですか、殿？」

「なにがだ？」

「ここにいる俘虜は、殿がチンギス・カンであることを知りません。そういう人間と話すのは、どんなものなのかと思いまして」

「俺の気晴しに、つべこべ言うなよ。大同府にいたころに感じ、またここまで進攻して感じるのだが、金国は豊かだ。それは間違いないことで、モンゴル国も、そこそこは追いつきたい」

「必ずしも、いいと言われているのではない、と俺には聞えますが」

「こういう豊かさは、熟れてしまうのだ、という気がする。熟れるだけならいいが、その先で腐れるのだな。難しいものだ。モンゴル国の遊牧の暮らしが、貧しいものだとも俺は思っていない」

「なにが豊かなのか、捜す戦を、殿はされているのかもしれません」

以前は腹を立てることもあったソルタホーンの言い方が、いまは耳に馴れてしまっている。チンギスは、さらに本営から離れる方向へ歩いた。ここまで来ると、もう陣はなく、しばしば哨戒の兵に会うだけだ。

「駈けるか、少し」

チンギスが言うと、ソルタホーンが片手を挙げた。

どこにいたのか、馬が曳かれてきた。

駈けはじめると、姿は見えないが、ともに駈けている麾下の気配を感じた。

なにをやるにしたところで、ひとりきりになることはできない。恐らく、死ぬまでそうなのだ。

真定府郊外は、草原と木立の連なりだった。東へむかえば、地平が見える。背後は山になる。

草原が多いと言っても、北の草原とはまるで景色が違っていた。駈けていて、大地に抱かれている、という感じがしない。

二刻ほど駈けると、引き返した。陽が傾きかけてきたのだ。

闇の中を駈けることが、怖いわけではなかった。ただ警固の軍は麾下だけでなく、一千騎ぐらいは出てきそうだった。つまり、無意味に大騒ぎをさせることになる。

本営に戻ると、大家帳の居室に入った。具足を解き、服に着替えた。

カサルが来た、と従者が告げてきた。

チンギスは、居室に酒を運ばせた。

「テムゲも、来るはずだったのですがね。気になることがあったのか、軍の中にいると言ってきました」

　自分に会いたくないのかもしれない、とチンギスはふと思った。

　弟たちに、そして息子たちに、いつ終るとも知れない戦を、強いている。それについて、反対だと言い募ってしまうかもしれない、とテムゲが怯えたことは考えられる。

「用件は？」

「ボレウとナルスが、しばしば俺のところへ来るのですよ。欠伸が出てしまうではないか、とボレウは言いはじめました」

「早く攻撃をはじめたい、と言っているのだな」

「それについては、叱るようなことでもない、と俺は思っています。むしろ、いいことですよ」

「それはそうだ」

　従者が、酒と肴を運んできた。

「肉もだ。カサル、一緒にめしを食うことにしよう」

「いいですね、それは。兄上とめしというのは、久しぶりという気がします」

　カサルが、二つの器に酒を注いだ。遠征の旅になってから、器は木の椀である。

　焼物の碗が、チンギスは好きになっていた。どこか、確乎としたものを感じる。それでも、旅で運べば、割れてしまうこともあるのだ。

「明日から、攻めはじめるか」

「それはまた極端なことを。明後日ぐらいに、してやったらどうです」

「ここは戦場だ、カサル」

「わかりました」

「じっとしているのが地獄なら、攻撃をかけるのも地獄だ。ちょっとあり得ないほど、金国の懐の中に入っているのだからな」

「兄上が、そんなことを言われるのですか」

「俺は、暗いところ暗いところへ、自分を押しやろうとするところがあるようだ。そこにある光こそが、ほんとうの光だと感じてしまうのだな」

カサルもチンギスも、ちびちびと酒を飲みはじめていた。肉が運ばれてくる。骨のついた羊の肉で、焼いてあった。このあたりで採れる香料を、ふりかけてある。

「ようやく、ジョチはあたり前の判断をし、戦をこなせるようになっていますよ」

「のようだな」

ジョチについては、報告を入れさせていた。

自分について、あまりに気を遣いすぎる。それで、何事も、考えこんでしまうのだ。動きが遅れ、あるいは方向違いへ行き、チンギスの動きと合わなかったりする。そうなったことを、さらに気にする。

どういう理由で、自分に対して不必要な緊張感を持つのか、チンギスにはわかるような気がしてきた。

もともと、長男であるがゆえに、早くから判断を任せ、後になってそれを検証するということが多かった。微妙な判断の相違など、どちらが正しいかわかりはしない。そんなふうに開き直ることができず、チンギスの判断に必死で合わせようとしてくる。

その重圧は、相当のものだったのかもしれない、とチンギスは思った。ジョチを過敏な男にしてしまったのは、自分だったということになる。

父親として、細やかな対応はしてやれなかった。特にジョチは、成長する時期が、チンギスの厳しい戦と重なり合った。

「時には、めしにでも呼んでやったらどうです。叱るのは、俺がやっておきますから」

「俺の顔を見ると、あれはひどく緊張する。そして自分を失うのだ。あまり会わない方がいい、という気がする」

「それで、兄上がさらに重たいものになるのですよ。預けられた領地も、最も難しいところではありませんか」

「それを難しいと取るか、今後、最も大事な地域のひとつと考えられるか、なのだ、カサル。俺は、ジョチにそれを考えさせたかったのだが」

「言葉が少ないのですな、兄上は。ジョチは、いい武将ですよ。ほかの将軍たちと較べても、なんの遜色もありません」

「はじめから、違うものを求めすぎた」

それはジョチだけでなく、カサルやテムゲに対してもそうだった。

どこからか、馬蹄(ばてい)の響きが聞えてくる。こんな時刻に、動いている隊がいるのだろう。それ以外は、静かな夜だった。

四刻ほど話しこんで、カサルは帰っていった。もう、ジョチの話はしなかった。

ひとりになると、チンギスはさらに酒を命じた。

酒の代りに、女が入ってきて、着物を脱いだ。三日か四日に一度、こうして女が現われる。チンギスは、ただそれを抱く。無駄なこととも思えたが、眠れずに苦しむことがあまりないのだ。同じ女が現われたことは、ないはずだった。名も、どこから来たのかも、知らない。チンギスの方から命じることはなかったが、ソルタホーンが手配しているようだった。

翌々日、麾下を率い、チンギスは真定府の城壁の近くへ行った。

ナルスが作った、攻城兵器が並んでいる。それについているナルスの部下たちは、誇らしげだった。

「この城壁は、石を叩きつけたぐらいでは、崩せません。鉄球でも。やはり内側からでないと、無理だと思います。城壁の上に兵を送りこむために、雲梯(うんてい)に工夫を加えたものを作ってあります」

「最初の百名が、問題か、ナルス」

「まさしく。百名が城壁にいれば、次の百名はそれほど苦労はしません」

「この城郭の規模は?」

「太原府や大同府と変りません。ただ、二十年前に築き直されました。城壁の厚みは二倍ほど。石を組んだ見張り櫓(やぐら)は、見えるだけでも八つ。全部で十四あります」

「あの櫓の上は？」

「板を組んであります。邪魔な時は、火矢で燃やせると思います」

「あれをな、ナルス」

「殿の鉄弓ですね。試してみようと、俺は思っていました」

チンギスが、鍛冶に鉄を工夫させたものだ。鉄だけだと工夫のしようも限られているが、鉄に別のものを混ぜて、鍛えあげるのだ。

弾力のある板が、できあがっていた。曲がっても戻るが、時々折れる。

その板を二段にして、真中に矢を通してある。そういう工夫は、すべてナルスがやった。弦は、丈夫なものを作りあげた。

「開戦の合図にしたいのですが、どこを射ますかね」

「あの櫓に当てよう。木の板を組んだところだ」

「突き抜けるかもしれませんね。敵は、怯えるに違いない、と思います。何度も試射をしているので、当てる自信はあります」

ナルスが、声をあげた。

丸太を組んだものが、運ばれてきた。二段の大弓が固定されていて、その間に、指が回らないほどの矢が通された。弦は、鉤をひっかけて縄で引っ張る。ひとりでは無理のようで、三名でやっていた。

矢がつがえられると、ナルスはしゃがみこみ、歯車のようなものを回して、狙いをつけはじめた。微妙に、矢は動いているようだ。

「よし、喊声をあげろ。敵の眼を、全部こちらに引きつけろ」

喊声があがる。それは波のように、モンゴル軍の中に拡がった。

「おい、その縄、俺に引かせろ」

「そのつもりです。当たらなくても、俺を罰しはしない、と言ってください」

「当たっても、褒めないがな」

喊声の中で、ナルスはもう一度しゃがみこみ、狙いを確かめた。

立ちあがり、頭を下げた。チンギスは、握った縄を引いた。手に衝撃があった。それから、震動のようなものが耳を打った。

矢が、音をたてて飛んでいる。それは櫓の上部に吸いこまれ、しばらくすると、木の板の部分が、嘘のように飛び、石組みから落ちた。

すべてが、静まり返った。

しばらくして、どよめきが空を覆った。

「行け」

ナルスが、低い声で部下に命じた。

地から湧き出したように、太い木の柱が立ちあがった。次々に立ちあがり、十本になった。上からの攻撃を防ぐために、大きな楯を持った兵が二列に並び、その間を歩兵が駈けていく。

「十名が、一度に城壁に出現します。敵がそれに対しようとした時、次の十名が飛び出します。

それほど犠牲を出さずに、百名が城壁の一部分を確保します。次の百名から、なんなく城壁に出られます」

「ボレウは、精鋭を送り出したか」

「最初の百名は、ジンの軍から、次の百名がボレウの軍です。そして」

ナルスが、言葉を切り、全身を動かした。

城壁の上で、争闘がはじまる気配があった。何人か地に落ちてきたが、すべて敵のようだ。圧倒しはじめている、とチンギスは思った。

城門の方で衝車が動き、くり返し門扉に突っこんでいた。

城門が開けば、騎馬隊が突っこむ。それで勝負は決するはずだ。かなり時をかけたが、狗眼の者たちは内側から城門に近づくことはできず、兵力で制圧するしかない、という結論が出ていた。

不意に、城壁から弾けるような音が聞えてきた。耳馴れない音だ。

「火薬です、殿。音は派手ですが、威力は大してありません」

「火薬、か」

城門が内側から開けられるより先に、城壁のかなりの部分を、ボレウの軍は制圧したようだ。すでに、一千を超える兵が、城壁にいて、次に来る味方を待っている。

城壁から、旗が振られた。それが合図のように、城門が内側から開いた。

「火薬にかかわっている者たちを、全員捕えよ。決して、殺すな。兵はすべて首を打て。城壁に、首を並べろ」

チンギスの命令を、ソルタホーンが伝えていく。

「殿、俺の雲梯は、思った以上でした。殿の大弓も」

「もういい、ナルス。ここには、いろいろな職人がいそうだ。俺は、愉しみだよ」

「少しは、褒めてくださいよ、殿」

「当たっても褒めない、と言っただろう」

城内で、大きな争闘はないようだ。城壁を制圧したところで、勝負は決したのだろう。

火薬とはどんなものなのか。チンギスは、それを考えはじめていた。

四

城を築かなければならないだけでなく、広大な畠も必要かもしれない。

ボオルチュは、命じるだけ命じると、黙ってチンカイを見つめている。

絶縁の使節として、チンカイが二度目に燕京へ行ったのは、去年の冬だった。

そこでチンカイは、持って回った言い方だが、これまで朝貢したものを、年限を切って全額返却して欲しい、と伝えたのだった。内容はともかく、伝え方は外交儀礼に則ったものだったので、宿舎とされているところに帰ることは許された。その場で捕縛されていたら、命はなかっただろう。

翌早朝、チンカイ一行二十一名は、燕京を出て、四方に散った。

二十一名のうち、十八名は捕えられ、処断された。チンカイは、北へむかわず、まず南へ逃走した。追う者にとって、南は死角になっていたと言っていい。

途中から西に転じ、西夏(せいか)に入り、陰山(いんざん)から陽山寨(ようさんさい)に到達した。死なずに済んだことが、そこでようやく実感できた。

アウラガ府に到着した時には、出発してから半年が経っていた。

ボオルチュは、報告を聞くと、労(ねぎら)いの言葉もかけず、三つばかり小さな仕事を命じた。

一度失敗した使節だから、労いなどなくても仕方がないと、チンカイは与えられた仕事に集中した。

それが終った報告に来たところで、しばらく休め、と言われるものだと思っていた。

西に、大兵站基地を作る。カラコルムがあるが、さらに西で、アウラガからは曲がりくねらずに行ける。距離として、二千四百里西になるということか。

「駅では駄目なのですか?」

「カラコルムまでの間に、駅が何カ所かある。西の基地までにも、数カ所の駅を作る」

「私の仕事は、西へむかいながら駅を作っていく、ということではないのですね」

「いや、大集積地を作るのだ」

「つまり、城を築くのですね」

「これまでとは、違う城を」

「いま兵は、ほとんど金国に行っていて、新たに召集しなければなりません」

「召集はしない。おまえが部下とやる」

「私の部下は二十名足らずです。駅のひとつを作るのさえ、難しいと思います」

「五百名は出す。負傷して戦に耐えられなくなった者たちだ。それに、いまの対金戦で、俘虜が出ている。いまのところ八百名で、これは兵ではないのだ。農耕をなす者、よく水を扱う者、石積みの職人。鍛冶もいる」

「そういう者たちは、城ができてから必要になるのでは」

「その人員で、やって貰う」

「つまり私は、難しい仕事を与えられたのですね」

「そういうことだ。重要な局面でおまえを遣うというのは、殿も承知しておられる」

「燕京から逃れた時、運がよかったと思ったものですが、実は悪かったのですね」

「諦めろ、チンカイ。殿は、鎮海と名乗らせろとまで、言われているのだ。つまり、おまえの仕事が気に入られた」

　諦めるしかなさそうだ、とチンカイは思った。細かい仕事をいくつかやらされた時は、細かいというだけでどこか不満だった。

　大きすぎる、と不満を持つわけにはいかない。

「すぐに進発して、一年で一応の完成を見たい。五年、五万の兵を養える城。それを、殿も私も考えている」

「わかりました。しかし人員は足りません」

「金国での戦は、まだ続いている。俘虜も出るはずだよ」

「そんなものをあてにしろ、と言われているのですね、ボオルチュ殿」

「殿も私も、そういう無理が言える人間におまえがなった、と思っている」

実際、無理を言われることを、理不尽と感じてはいなかった。チンギス・カンの、ほんとうの部下になったのだ、という気もどこかにある。

「二日後に、出発します。アウラガ府にいる部下の仕事は、誰かに引き継がなければなりません」

「一緒に仕事をしている者たちに、押し被せていい」

「ひどいことを言われる」

「大変なのは、おまえだけではない、ということだよ」

「五年、五万と言われましたね」

ボオルチュは、ただ頷いた。

「およそ、計算などできない規模ですが、これまでにない、壮大な基地を作ってみせますよ。砂金は、どれぐらい遣っていいのですか？」

「ほとんど、渡せない。モンゴル国の砂金は、すべて戦費なのだ」

「では、物を動かして砂金を得ることは、認めていただけますか？」

「認めよう。大して売る物とてないが」

「見つけますよ」

「そんなふうに、頭のやわらかなおまえに、殿も私も期待した」

アウラガ府を出ると、営舎にしている家帳へ行った。

部下を、全員集める。

「旅だ。西へ行く。何年か戻らない、という覚悟をしろ」

部下は二十八名いた。

燕京への使節で生き残った二名は、アウラガ府の要員で、チンカイの部下ではなかった。あの時、部下だった十一名は処断された。

今回の旅は、全員部下である。妻帯している者が六名いたが、一年間は家族を呼べないと伝えた。

「明日一日で、仕事の引き継ぎをしろ。無理なものは押し被せろ」

チンカイと数名の部下は、細かい仕事を終えたばかりで、引き継ぐものはなかった。

馬車を一台用意し、旅に必要なものを積みこんだ。途中には駅があり、旅程の最後の四百里ほどにはまだ駅がない。

食糧も秣（まぐさ）も、駅には充分蓄えられている。

西へむかう道の駅は、かなり前から充実していた。通信所を兼ねているところもあり、鏡や灯火での通信、鳩（はと）による通信ができるはずだった。

チンカイは、地図の冊子に見入った。踏査も、西へむかってが最も詳しい。

大量の紙を仕入れた。アウラガには、紙を扱う部署があり、武器と同じように手に入るのだ。

翌早朝、出発した。

予備の五頭の馬は、馬車に繋いだ。

行軍ではない。みんな一日馬に乗っていると、音(ね)をあげてしまう文官だった。

夜営では、幕舎を張った。

馬車に積んである食糧のほとんどは、干し肉である。石酪(せきらく)の袋は、それぞれが腰にぶらさげている。

できるだけ、集落があるところで夜営した。そばの集落には入って、村人と話をしてみる。遊牧をなしているが、道の保守などもやるようだ。

東西の交易路は、もっとずっと南を通っていて、沙州楡柳館(さしゅうゆりゅうかん)もそこにある。アウラガから、そのまま西へむかう道は、ケレイト王国もナイマン王国もなくなってから通されたものだ。いわば、チンギス・カンの道だった。

羊たちが、帰ってきている集落があった。

「山羊(やぎ)の髭(ひげ)が欲しい」

そこの集落の長(おさ)に言った。長は、なぜだという表情をしたが、銭を見せると、両手で持ちきれないほど刈ってきた。

こんなところでも、銭が遣える。銀や砂金なら、草原のどこでも、相当大きな買物ができる。しかしまだ、羊を銭の代りにしていることの方が多い。

山羊は、羊の群の中に、いつも混じっていた。羊より活発で、強いらしい。ただ、羊の群の中で山羊を飼う理由は、遊牧民も知らない。もともと、そうやって飼っていたから、としか思っていないのだろう。

山羊の髭が珍重されるというのは、金国を旅していた時に、聞き齧（かじ）ったことだった。

羊の毛では、不織布（フェルト）を作る。それはモンゴル族の暮らしには、ありふれたものだ。山羊の髭は、羊にはない。一頭の山羊から、とれるのはほんのわずかだ。そういうものだから珍重される、というのはチンカイの頭で容易に理解できた。しかし、それが売れるのかどうかは、知らない。

チンギス・カンの道には、豊かな牧草があり、数えきれないほどの羊がいる。

しかし、それ以外に売れる物が、ほとんど見当たらない。山羊の髭は、チンカイの思いつきにすぎなかったが、少し手に入れて馬車に積んでおくことはできた。

出発して十日ほど経ったころ、雪が降った。かなりの山地に入ったところで、進むのに難渋するほど積もった。

二十余の家帳がある集落のそばに、幕舎を二つ張った。

具足をつけた集団ではないので、それほど警戒はされず、長と話をすると、わずかな銭で食いものと薪（まき）を分けてくれた。

こういうものは、駅でならたやすく手に入るが、それ以外のものはない。

「山羊の髭だと？」

初老の長が、笑いながら言った。

「なぜ、羊の群の中に、山羊もいるのですかね？」

「それはな、山羊の方が、頭がいい。羊群が移動する時、先頭にいるのは、山羊だな」

「髭を売ったことは、ないのですか？」

「買いたいというやつがいたら売ったと思うが、いなかったな」

「少し、売ってくださいよ。百頭分ぐらい」

チンカイが銭を出すと、長はそれを摑(つか)んで頷いた。髭が買えたことより、ここでも銭が遣えることがわかったのが、収穫だった。

「こんな雪は、十年に一度だな」

「羊は、雪解けまで耐えるのですか？」

「ただ耐えるのではなく、麓の方に降りていくが、食える草はあまりない。春の芽吹きまで生き残った羊は、いい羊なのだ」

「この集落は、兵を出しているのですか？」

「出しているよ、若いのを二人。それで、二人がいる家族の税は免除される。生きて帰ってきたら、それは丸儲(まるもう)けだ」

吹雪がやみ、積もった雪が落ち着くまで、三日かかった。

山なみを越えるのは難渋したが、下りの斜面になると、雪はなかった。

二十日の間に、馬車は山羊の髭で一杯になった。

河を渉(わた)るたびに、チンカイはきれいだと思える石をひとつ拾い、袋に収(しま)った。

二十八日目に、目的としていた台地に到着した。

驚いたことに、十騎ほどの迎えがあった。

「どうされたのですか、ダイル殿？」

「俺がここに来て、もう十六日になる。アウラガにいても、女房は養方所にかかりきりだし、俺は通信の仕事をやっていた。やっていたと言っても、ほとんどすべてを、部下がやっていたさ。ならば、裁量も部下に任せた方がいい。そう思って、隠居したさ。殿は、ほんとうに隠居できるか、と笑っておられた。そしてボオルチュから、おまえの仕事を聞いた」

「それで、差配に来られたのですか？」

「まさか。おまえの築城の手助けになることだけをやる。邪魔だと思ったら、言ってくれ。年寄は、どうも節度というものを失っている」

ダイルは、大同府の北の草原の中に、ダイルの城砦（じょうさい）と呼ばれるものを築いた。それはいまも、遣われている。

「邪魔にならないだろうと思える場所に、幕舎を二つ張っている。ひとりで来ようと思ったのだが、それは許されなかった」

「当たり前です」

ダイルは、チンギス・カンの一族なのだ。本来ならば、もっと大きな仕事をしているはずだった。なぜか、ここに築く城に、関心を持ったようだ。

「ダイル殿、私はここで、屯田もなさなければならないのです。アウラガ府から出る砂金は、わずかなものですから」

「相変らず、人遣いが荒いよな。殿なのかボオルチュなのか」

「二人ですよ」

チンカイが言うと、ダイルが声をあげて笑った。

ダイルが見たものを聞くだけでなく、自分でも地を這い回った。そして、城を築く位置、人が暮らす場所、屯田をなすための土地を見きわめた。

チンカイ自身が杭と杭の間に縄を張った。

ほかの者は、物資の調達に動いている。

近隣の村から、ダイルが女を三人連れてきた。幕舎が並んだところに、天幕だけを張った広い場所を作り、とりあえず組んだ丸太と板を並べて、食堂にした。

女たちは、毎日の食事を作る。碗や皿も、村で焼いたものを買った。定住している村が近くにあり、そこではそんなものもできるのだ。

河があり、それを下ると湖があった。流れを多少変えることで、城内に水を引きこむことができる。そしてそれを城外に流し、河に戻すことも可能だろう。

畠を作るのに適した土地というものを、チンカイはよく選ぶことができないが、ダイルがわかっているようで、緩やかな東むきの斜面を指さした。

時折雪が降ったが、積もることはなかった。西にのぞむアルタイ山系は、白い山々の連なりになっている。

ひと月ほど経ち、俘虜の第一陣四百名が連れてこられた。

ひとりひとりの名と、なにができるのかを記録していく。農耕をなせる者十名、石積みをできる者二十名を選び出した。

畠にする土地を、耕した。毎日、河原から石を運んできて、方々に山を作った。

「馬車に積んだままになっているのは、山羊の髭だと思うのですが」

チンカイが歩いていると、石を運んでいた中年の男が言った。

「見てわかるのか？」

「わかります。十年も前に、織物をなす者が北の草原から買ってきたことがあります。糸に紡いで織ると、高価な布になったそうです。ただあまりに少なく、商いになるほどではなかったようです」

「おまえ、この山羊の髭の係にする。少なくとも、売れる糸にまでできるか？」

「その前まで。洗い、水に晒（さら）す過程が必要です。そして先方に山羊の髭と認めさせてから、糸に紡ぐのです。それをできる者、糸を織りあげることができる者は、います」

「先方とは？」

「これよりさらに西の国々です。いい商いになる、という話を聞きました」

「よし、名は？」

「劉応（りゅうおう）です。真定府で、布を売る店をやっていました」

「山羊の髭を、おまえに任せよう。もし売れる物なら、私は十四の集落から、山羊の髭を買ってきたので、続いて買えると思う」

「売りに行く、という才覚は私にはありません。それがどういうもので、どういう糸になるかは、説明できるのですが」

「黄貴の部下を、ひとり送って貰おう。それまでに、できることをやっておけ。もしかすると、来るのは早いかもしれん」

「その黄貴殿という人も、私は知りません」

「当然だな。モンゴル国の交易を統べている人だ、と思えばいい」

ボオルチュに、特急便で通信を送る。複雑なことは送れないが、伝えたいことは伝えられる。この通信網は、知れば知るほど、驚きが大きくなる。

手持ちの砂金の小袋は、二つあるだけである。しかもひとつは、チンカイ自身のものだった。

近隣の村から人を動員して、営舎を作った。

やってくる俘虜は、漢族や契丹族や女真族である。床のある家で暮らしてきた者が、ほとんどなのだ。

農耕をなす者が、肥料を作りたい、と言ってきた。それがどういうものか、チンカイにはわからない。人の糞尿を溜めこみ、熟れさせたものだと聞いた時は、なるほどと思った。

方々に、厠を作らなければならない。そこに溜ったものを、さらに大きな場所に移して熟れさせ、土に撒くのである。ほかに火を燃やしたあとの灰、動物の骨を細かく砕いたものなども、いい肥料になるという。

「ひとつの建物に、二段の寝台が三十か。つまり六十名が寝る」

「四十にできる広さがあるのですが、寝台同士を近づけてはならない、と言われております、ダイル殿。これは陣を組む時もそうで、風が通らなければならない。疫病は、そうやって防ぐのだそうです」

「カサル殿が、養方所の医師の考えも聞いて、考え出した陣だな。金国遠征の軍も、そんな陣を組んでいるのだろう」

営舎の建設など、ダイルが差配すると、驚くほど早く進んだ。腰の高さまで丸太を積み、あとは板で囲う。光や風を入れるために、取りはずしのできる戸がある。

チンカイが自身で差配すると、どこかで作業が滞る。

「モンゴル軍は、真定府を陥すと、いくつかに分かれて駐留しているそうだ。それに対して、金国軍はなにもできずにいる」

「そのうち、大軍を集めますよ」

「だろうな。雪解けには、動きそうな気がする」

「ここへ、あとどれぐらいの俘虜が来るかです。ボオルチュ殿は、八百と言っていましたが」

「俘虜とは言えんな。攫ってきたようなものだろう」

「暮らす場所を移した。そう思えと、全員に一応言ってあります。見張りもなにもついていないので、逃げようと思えば、逃げられます」

「逃げたやつは、ひとりもいないだろう。ここは、金国から遠すぎるものな。護送中に、十名以上が死んだではないか。充分に食わせ、過酷な移動ではなくてもだ」

「旅などしたことがない、という人間もいたと思います」

「新しく暮らす場所か。俺も、そんなのが欲しいという気がする」

山羊の髭が、売れるのだろうか。

アウラガからここまで、草原と土漠や砂漠以外、見事なほどなにもないのだ。

鉱物を見つけられるかもしれないが、そのためには、山師が何年も歩き回らなければならないだろう。

「ダイル殿、石は見分けられますか？」

「どんなふうに、見分ける？」

「銭になるかどうかです」

「宝石とか貴石とか、そういうものも石だろう。その辺に転がっているのも、石だ。石に値をつけるのは、どこか人を騙す詐欺のようなところがある」

「ならば、私にはお似合いではありませんか。今度、集めたものを見てくれませんか」

「それほど、銭が必要か」

「どれぐらい必要かは、うまく読めないのですがね。銭がなければ、話になりません」

「銭のことを、俺に被せるなよ。苦手なのだ。というより、やりたくない」

「石を見分けるだけです」

チンカイは、本気だった。銭になりそうなものがあるはずだと思って、ここまで旅をしてきたが、見つかったと感じるものはなかったのだ。

山羊の髭が、売れるのかどうか。

城のための資材より先に、銭のことを解決しなければならない。

五

村に、緊張が走っていた。

若い男たちが二百人ほど集まり、それぞれ武器を手にしていた。

ジャカ・ガンボは馬に鞍を載せ、乗らずに曳いてジランの屋敷に行った。

アサンとタュビアンが、厩のところに立って、話をしていた。

ジャカ・ガンボを認めたタュビアンが駈けてくる。

「大ごとか、タュビアン。おまえの馬も曳いてきたが」

「カシュガルに、軍が迫っているのです」

「ほう、どこの軍だ」

「驚かないのですか」

「カシュガルには、迎え撃てる軍がいるだろう」

「しかし、知らせてきた者が、一万騎だと言っています」

人の眼で見て、正確な兵力を測るのは、難しい。草原では、若い兵に最初に教えるのが、その測り方だった。しっかりと基準を持つと、大きく間違ったりしなくなるが、それまで二年間は、一日に数刻、ひたすら騎馬の数を測っている。数えるというより、測るというのがぴったりだった。

　アサンがそばへ来て、ちょっと笑った。

「騒々しいですな、アサン殿」

「なにしろ、一万騎の騎馬隊ですから」

「一万騎とは、思っておられませんな」

「まず、二千騎でしょう。ジャカ・ガンボ殿は、どう読まれています」

「いきなり騎馬隊を見たら、二千騎が一万騎にも見えてしまうと思います」

「草原では、物見は?」

「ほぼ正確に、兵力を見てとります。新兵の時に叩きこまれるのが、まずそれなのです」

「私は、どれほどの軍を出せるか、ということから、二千騎と読んだのです。虎思斡耳朵(フスオルド)から来た軍でしょう。ほかに、カシュガルを攻めようというところは、ありませんから」

「なるほど。俺の推測などより、はるかに筋が立っている」

「もとを間違えると、とんでもないことになります。まあ、西に兵を出そうというところはないので、虎思斡耳朵からということになりますが」

「ホラズム・シャー国の、アラーウッディーンは?」

「兵をむけるとしたら、虎思斡耳朵ですね」

「なるほど。直魯古(ちょくろこ)から、グチュルクが帝位を簒奪(さんだつ)したので、いきなり周辺を攻めようという気になったのですな。つまり、内戦に近いことをやろうとしている」

グチュルクは、チンギス・カンに滅ぼされたナイマン王国の、タヤン・カンの息子だった。西遼（せいりょう）に逃げてきて、耶律直魯古（やりつ）に助けられたのだ。その娘を娶ったが、岳父を裏切り、幽閉したということだった。

耶律大石（たいせき）からはじまった西遼の皇統は、ここで途切れている。

「見に行きませんか。虎思斡耳朶は、三千騎を出す余裕があるでしょうが、和田（ホータン）も攻めていると思うのですよ」

カシュガルも和田も、もともとは西遼の領内だが、ほとんど独立しているという恰好になっている。

グチュルクがやりたいのは、西遼の力をひとつにまとめ、チンギス・カンと闘うことなのだろう。

「俺が行かなくとも、アサン殿は行くつもりでおられる」

「まあそうですが、タュビアンにも騎馬隊を見せて、何万騎なのか訊いてみませんか」

「それは面白い」

どこからか、五騎のアサンの部下が出てきた。

「戦場を見てみるぞ、タュビアン」

「ジラン様の、お許しがありませんが」

「ジラン殿は、私とジャカ・ガンボ殿に、見てきて欲しいと考えておられるさ」

アサンが、馬に乗った。ジャカ・ガンボも乗ったので、タュビアンは慌てて鞍にしがみついた。村の外に出る時に、百名ほどに囲まれたジランが、こちらに眼をむけているのが見えた。それに、アサンは軽く片手を挙げている。ジャカ・ガンボは、馬上から軽く頭を下げた。

駈けた。

カシュガルまで、馬を駈けさせれば、三刻ほどだ。

途中ではなにも起こらず、カシュガルの軍営の砦城を見降ろすことができる丘に登った。

タュビアンが、息を呑むのがわかった。

砦城は、城壁の上に人が集まり、攻撃を警戒している。そして砦外で、二千騎の軍が、カシュガルの軍一千三百ほどと、むかい合っていた。

「おい、敵は何騎に見える。あまり考えずに言ってみろ、タュビアン」

「一万騎です。そして味方が、五千騎」

アサンが、声をあげて笑った。

「敵は二千騎。味方は千三百騎」

「そうなのですか」

「しかし、地の利はこちらだな」

二千騎は二つに分かれ、千三百騎を挟撃しようとしている。動きが速いわけでも、ぶつかれば撥ね返されるほど、強固な騎馬隊でもなかった。

カシュガルの軍が、後方へ退がった。半里ほど退がると、敵の一方の動きが鈍くなった。動きが悪くなっていない方の敵へ、カシュガル軍が突っこむ。片方は、それを追うのが遅れた。

「普通の泥地のように見えるが、片方は泥濘の中に入りこんだのだ。地元の馬車や牛車も、あそこは避けて通る。ああいうのを、地の利と言うのかな」

一度は敵の半分を押しこんだものの、遅れた半分が、後方から襲いかかり、カシュガル軍は横に逃げた。

「どうですか、ジャカ・ガンボ殿？」

「カシュガル軍は、戦に馴れていない。調練はしっかりやっていて、押されても乱れない足腰の強さは持っていますが」

「馴れというのは、多分、大きいものでしょうね」

「アサン殿が連れておられる方々は、相当の手練れで、しかもあらゆる場を経験しておられます」

その強さを見たのは一度きりだが、敵に回したくはない、とジャカ・ガンボは思ったものだ。

戦況は五分の押し合いで、それが一刻ほど続いたが、兵力の差が見えはじめてきた。

本来なら、寡兵のカシュガル軍は、動き回るべきだった。膠着のような押し合いは、消耗が激しいだけだろう。

「ジャカ・ガンボ殿、タュビアンは帰した方がいいですか。それとも、ジャカ・ガンボ殿も一緒に帰られますか？」

「俺もタュビアンも、アサン殿のお供をしますよ。御心配なく。タュビアンは、決して馬から落ちません」

タュビアンが、右の鐙に革の筒を縛りつけた。そこに膝上まで脚を突っこんでいると、簡単には脱げないし、しっかりと馬に意思も伝えられる。

「久しぶりだ。俺はなんとなくたかぶってきましたよ、アサン殿」

「タュビアンと私は、馬に乗っているだけです。ジャカ・ガンボ殿が、五騎を指揮してください」

二手に分かれた敵の、一方の背後を三、四十騎で衝けば、たやすく崩せる。五騎がうまく連携すれば、同等以上の圧力が、敵に加えられるだろう。

「俺の後方に二騎。もう一方に三騎。二列の縦隊で突っこもう。先頭が倒れたら、次が先頭で指揮。なんとか、カシュガル軍のもとへ行き、反転して元へ戻る」

難しい作戦ではなかった。反対側の敵には、なにが起きているかわからないだろう。先頭が倒れたらなどと言ったが、そういうこともあり得る、という気がしなかった。いま押し合っている両軍の兵と、アサンの部下の五騎は、較べものにならないほどの差がある。

「アサン殿とタュビアンは、六騎の後方を駈けてきてください。よほど敵兵が迫ってこないかぎり、剣などは抜かずに」

ジャカ・ガンボは、斜面を下りはじめた。

躰に、蘇ってくるものがある。唐突のようで、実は常に躰の底で眠っていたものなのかもしれない。

敵の一千騎が、近づいてくる。カシュガル軍は、両側から攻め立てられるのを、小さくかたまって耐えているようだ。

ジャカ・ガンボは剣を抜き、雄叫びをあげた。敵。躰が思い出していた。敵は考える前に、斬り落とす。

五騎、六騎と斬り落とした。アサンの部下も、縦列を少しずらしながら、ぶつかる敵を斬り落としている。

ほとんど馬の脚を落とさず、カシュガル軍のそばに到着し、馬首を回した。

「横列」

声をあげた。

駈ける。敵が乱れながら、両脇に散る。それを、カシュガル軍が撃ち砕きながらついてくる。敵の半数は、完全に潰走をはじめていた。

残った敵の一千が、後方から攻撃をかけてくることはなかった。どこからも命令が出ないのか、立ち尽していているだけだ。

カシュガル軍が、攻撃の態勢を整えた。次の瞬間、突っこんでいた。敵の一千は、受けるのか前へ出るのか、前衛でも判断が行きわたっていない。

ジャカ・ガンボは、途中から軍を離れた。

勝敗は見えている。殲滅させられなかったとしても、敵は相当の距離を退がり、残兵をまとめなければならない。

その時、兵力が残っているのか。兵に戦意が残っているのか。

「あっさりしたものでしたな、ジャカ・ガンボ殿」

「両軍は、拮抗していたのです。そこに思わぬ攻撃が来れば、受けた方は算を乱します。それにしても、五名の部下の方々は、大変なものです。一騎当千という言葉がありますが、それを目のあたりにした、という気がしますよ」

「草原で、厳しい戦を闘ってきた方の指揮だ、と私は思いましたよ。それにタュビアンは、思ったほど怯えず、肚が据っていました。馬も見事に乗りこなしたし」

アサンは、もう戦の帰趨には関心がないようだった。

「砦内の将軍に会っていきましょうか、ジャカ・ガンボ殿」

「俺などが、将軍に会っても」

「いや、ここで会っておかないと、ジラン殿の屋敷にまで来られてしまいますよ」

ジャカ・ガンボは、仕方なく苦笑した。

七騎が近づいていくと、南門の扉が開いた。

砦内にいた兵はまだ城壁の上だが、見事な白髪の老将軍が、幕僚を十名ほど伴って、待っていた。

「ジャカ・ガンボ殿です、将軍」

「おう、あんたがそうか。見事な攻撃であったよ。砦内から、もっと兵を出さなければならんと思ったが、馬はもうなかった。砦壁の下へ来た敵に、攻撃をかけるしか方法は残されていなかった」

「いや、立派な軍です。実戦を積めば、どこへ出してもいい軍になります」

床几（しょうぎ）が出され、それに腰を降ろした。

次々に、注進が入ってくる。

敵はひとつにまとまることはなく、十里以上離れたようだった。

「多分、和田も襲われていると思う。虎思斡耳朶の軍は、直魯古様のころから、狩などばかりをやっていた。こちらを押し潰すほど、実戦にたけた軍ではなかったのだな」

「草原の戦に較べれば、ジャカ・ガンボ殿にはたやすかったと思います」

「われらも、調練を積むべきであるな」

「もともと、虎思斡耳朶と闘う想定などなかったはずです。直魯古殿も生きておられるようだし、前の関係に戻れないものですかね」

「グチュルクというのは、つまらないところで周到な男のようだ」

将軍が草原のことについて訊いてきたが、離れて時が経ち過ぎているので、ジャカ・ガンボにはほとんど答えられなかった。

チンギス・カンについては、知っている。若いころから、ずっと見つめてきた男のひとりだ。

ジャムカについて、将軍はその名を知らなかった。

「帰りますか、ジャカ・ガンボ殿」

言われ、ジャカ・ガンボは頷いた。

砦外の屍体（したい）はまだ片づけられておらず、そこだけに戦場の気配が濃かったが、しばらく駈けると何事もない原野だった。

ジランの村では、まだ若者たちが臨戦態勢をとっていた。

ジランが、食堂の火のそばに、二人を招いた。

「アサン殿が、ジャカ・ガンボ殿に言おうとしていたことを、私が言ってしまおう」

アサンがなにか言おうとしたが、ジランが手で制した。

「アサン殿は、チンギス・カンと結べる道を模索されている。アサン殿、いや轟交賈(ごうこうこ)が、チンギス・カンと独自に結ぶ道だ。蕭 雋材(しょうしゅんざい)様は、かつて一度だけ、テムジンであったチンギス・カンと会われている」

「それは、知らなかった」

ジャカ・ガンボは、自分にどういう役割が押しつけられるのか、考えていた。

「アサン殿が、チンギス・カンと直接会いたがっている。案内をして貰えないか」

「案内と言われても」

「道案内ではない。つまり、人と人として結びつけてくれないか」

「俺は、タュビアンの親代りでもあるし」

「それだが、ジャカ・ガンボ殿」

アサンが、はじめて口を挟んだ。

「チンギス・カンと私の間に立つ存在。私はそれを求めています。タュビアンは、その候補のひとりです。育てる人間のひとりに、彼を加えていただけませんか?」

「なぜ、アサン殿が」

「ジャカ・ガンボ殿が負傷された場で、私ははじめてタュビアンに会った。それから、ここへ来るたびに、話をしてきました。なにか、持っているのですよ。本人も自覚しないままに。それはジラン殿も感じられたことであろうし、ジャカ・ガンボ殿もそのはずです」

言われれば、確かにそうだったかもしれない。巡礼に行くというタュビアンを鍛えるところから、はじまったことだった。

ただ出会っただけなら、深く関わることはしなかっただろう。

「育ちますかね」

「それは、わかりませんよ、ジャカ・ガンボ殿。ジラン殿の屋敷へ来てからの数年で、大きく育ってはいるようですが」

自分が、タュビアンになにをしてやれるのか、と何度か考えた。流浪の身で、そんなことはできるはずもない。ともに流浪して、やがて朽ち果てるだけだ。

だから、ジランの村に居を定めた。しかし、どう育てるかなど、考えは及ばなかった。

「あいつは、父親のような存在を、三人も持つことになるのか」

ジャカ・ガンボが言うと、アサンが白い歯を見せて笑った。

「それにしても、アサン殿が関わっておられる轟交賈は、ほとんど完成しているのではないのですか？」

「完成はしません。小さなところは、たえず入れ替っています。大きなところを入れ替えるのは至難ですが、やらなければならないことなのです。すでにあるものは、いつか腐るというのが、蕭家の考えです」

「まあ、先の話ですな」

ジランが言い、下女に酒と肴を命じた。部屋にいるアサンの供五名にも、同じものを運ばせるようだ。

「久しぶりの戦沙汰が、戦捷というかたちで、無事に終ったようです。この村の男たちも、ほっとしています」

酒を三人で飲むのが、なにか心はずむことのように思えた。

運ばれてきた酒を、ジランが三つの碗に注いだ。肴は、干した魚を炙ったものだ。ジャカ・ガンボが碗に手をのばすと、アサンもそうした。ジランが、髭を撫でながら笑っている。

「チンギス・カンは、いま金国に遠征中でありますが」

「場所は、関係ないよ、アサン殿。俺が会いに行けば、どこであろうと会ってくれる、と思っている」

「それほどに」

「俺が、自尊心のようなものを、捨ててしまえばいいだけのことだ」

酒が、躰にしみこんできた。

二度ほど、若者からジランに報告が入った。集まった人間を解散させる、というものだった。

外は暗くなりはじめていて、池のそばの東屋に、灯が入れられるのが見えた。

茫乎の原野

一

冬の海が、好きだった。

終日、眺めていたこともある。楼台の椅子で、ラシャーンが着せかけてきた毛皮を躰に巻き、いつまでも眺めていた。時には、ラシャーンもそばにいた。

北の草原の冬の寒さは、この地とは較べものにならなかった。タルグダイの躰はそれを憶えていて、毛皮の中は暖かいとさえ感じてしまうのだ。

これはほんとうに冬なのだろうか、と時々思う。海を眺めていると、ほかの季節とは明らかに違うので、冬だと思うことにしているだけだ。

夏は極端に暑いが、冬以外は総じて暖かいのだ。そして、冬は短かった。

短い冬の終りに、タルグダイはラシャーンと一緒に、トーリオを連れて船に乗った。

ほんとうは、トーリオがタルグダイにせがみ、三人で乗ることになったのだ。北へむかって三日航海し、東山(とうざん)という島に着く、と李央(りおう)は言った。

もう丸一日半は乗っているが、躰に異変を感じることはなかった。ラシャーンもいつも通りで、トーリオだけがはしゃいでいた。

船には、船尾楼と呼ばれる、高くなったところがあり、その下に部屋があった。

李央が船の動きについて指示を出すのは、船尾楼の上からで、その下の部屋にタルグダイとラシャーンの寝台があった。トーリオは、水夫(かこ)たちが寝るところで、一緒に寝ることを望んだ。

帆はあげず、櫓(ろ)だけで進んでいた。片側に六挺(ちょう)の櫓がある。水夫たちは半日交替で、ひたすら漕(こ)ぎ続ける。

「風が、いつも北から吹いているのだな」

船尾楼の李央のそばに立ち、タルグダイは言った。李央は眼にかなった水夫を集め、そうなるともうひとりの船頭よりも、ずっといい腕を示した。十日かかるところを、八日で行く。

櫓の数などは十二挺で同じで、時には李央の方が重い荷を積んでいた。

潮流や風の読み方が違うようだ、とラシャーンは言った。そして李央ともうひとりを、同じ方向に行かせないようにした。

そのあたりから、ラシャーンの人の遣い方の一端が見えてくる。

「帰る時は、後ろから風を受けます。櫓に加えて、帆も遣います。馬忠(ばちゅう)様は、びっくりされると思います」

タルグダイは馬忠で、ラシャーンは礼賢だった。そういう漢名を持っているのも、悪いものではない。呼ばれると束の間だが、別の人間になったような気分なのだ。

「風を味方につけると強い、ということだな」

「行かなければならない方向があります。その時の風向きで、味方も敵もないのです」

「都合がいいことはあるのだな」

「それです、馬忠様。都合がいいか悪いかなのです」

「帰りが、愉しみだ」

都合がいいの悪いのと、敵か味方かというのは、同じだとタルグダイは思った。

李央は、戦になぞらえるのが、我慢できないようだ。戦で、癒し難い心の傷を受けた。タルグダイには、それがよく見えた。なにかのきっかけで、再び戦に出るようになることはある。しかし大抵は、消しきれない恐怖の中で、身を縮めるようにして、早晩、潰えていくのだ。

「俺は、風任せで生きたくはないな」

「任せてはいません。現に、いまは帆を出していませんし、風に逆らって航走っているのですから」

「それも、風を考えてのことだろう、李央」

「風を考えないかぎり、海の上を航走ることはできないのですよ」

「海の上では、そうだな。男の生き方で言えば、強い者に屈するということだ」

李央の眉が、ちょっと動いた。しかし、なにも言葉は返ってこなかった。

甲板を、トーリオが歩いている。そばに、水夫がひとりついていた。

「息子を、特別な客として扱うな、李央」

「あの水夫が、勝手にやっていることです。トーリオ殿は、はじめから水夫の中に飛びこんで、みんなに好かれたのですよ」

「おまえが命じたわけではないのだな」

「俺としては、この下の部屋にいてほしいと思うのですが」

トーリオは、笑いながら水夫となにか喋(しゃべ)っていた。水夫は、張ってある何本もの綱について、説明しているようだ。

顔をあげたトーリオが、船尾楼に眼をむけ、タルグダイを認めると手を振った。タルグダイは、小さく頷き返した。

トーリオのように、船の揺れの中で軽々と歩いたりすることはできない。必ず、左手ではなにかを摑んでいた。海に落ちたら、片腕では泳ぐのにも難渋する。

「トーリオ殿は、船に合っています。一緒にいる水夫もそれがよくわかって、縄をつけたりしていないのです」

「見ていればわかるのか、それが」

「ひと目で。馬忠様は、合っているとは言い難いです」

「揺れと躰が、一体になっているということか。俺は馬に乗ることでは、人に後れをとることはない」

「馬とは、意思で繋がるのでしょう。船の揺れは、全身でただそれを受け入れる、ということです。受け入れられないと感じた時は、危険なのでなにかに摑まります」

「なるほどな。そういうものか。馬でも、はじめから制御ができるやつがいる。それは、馬を受け入れている、ということかもしれん。李央、馬は？」

「乗りこなせると、自分では思っています。乗ると、馬が語りかけてくるのが聴こえます」

「それは、なまなかな乗り手ではない。今度、俺と遠乗りをしないか」

「来いと言われれば。しかし馬忠様は、なぜあのように人馬一体となれるのですか。奥方様も、そうです」

「馬とともに生きた。人生に、そんな時期がかなり長くあった」

「そうですか。お二人で、礼忠館(れいちゅうかん)へ乗ってこられるのを、何度か見ました。俺が見たこともない、乗り方でした。駈けておられるわけではなかったのに、そう思いました」

「李央、利いたふうなことを言うな。おまえの操船が、どうだこうだと俺が言うようなものだぞ。俺はおまえを、船頭としては認めようと思っている。男として認めている、というわけではないぞ」

「なんと言えばいいのか、わかりませんが」

「なにも言わなくていいさ。ただ、自分を見ていろよ。腑抜けになってしまった自分を」

「馬忠様は、なにをやってこられた人なのですか？」

李央の表情には、気後れと怒りが同居していた。タルグダイは、低い笑い声をあげた。本人にはわからなくても、伸び悩んだ将校の表情の、典型だった。

「俺は女房殿と一緒に、命を外の力に晒しながら、長い歳月を生きてきた。おまえのように、一度や二度で、心が潰れてしまうような、甘い生き方はしていないからな」

李央が、うつむいた。こういう話をして、臆せず眼を合わせてくるのに、どれほどの時がかかるのだろう、とタルグダイは思った。

「俺はおまえを、大した男だとは思っていない。逃げなければならない時は、俺の命の代りにおまえの命を放り出して、俺は逃げおおせるぞ」

「わかりました、馬忠様。俺も愉しくなってきました。馬忠様の前で、俺の男がどれほどのものか、試すことができたら本望です」

「本望など、男になりきれないやつが遣う言葉だ。すべてに関して、おまえはただ表面が見えるところで生きているのだな。つまらないやつだ。しばらくは、地を這い回って、世の事象を見ていればいい」

李央は、もうなにも言おうとしなかった。

タルグダイは、櫓手たちがあげる声を聞いていた。力のこもった、気持のいい声だ。

「李央、おまえはこれから、櫓手になることができるか？」

「どういう意味です？」

「おまえは、船頭でやっていくしかない、ということさ。剣の習練も、そこそこに積んだように見える。しかしそれは、船頭であってこそ生きることだ。そもそも、片腕で老人の俺にも、勝てない程度の腕だからな」

「はい」

「そのうち、剣の稽古をつけてやろう。ただし、一撃だけだ。勝負というのは、そうやって決まるものだからな」

「一撃だけでは、多分、俺は勝てないのだろうと思います。そして勝負は、大抵の場合、最初の一撃で決まるものですよね」

「わかっているではないか」

「俺は、海賊を相手の船戦に、何度も出ました。すべて制圧して終りでしたが、一度だけ、こちらの船に斬りこまれたことがあります。おぞましいことになりました。僚船が助けに来なかったら、全滅だったかもしれません」

「全滅かもしれないと、見定められたのは、船頭として適格と言える。しかしおまえは、そんなことより、斬り殺される部下を見て、失禁した。小便だけでなく、大量の糞が出るのも、制御できなかったのだな」

「そんなことが、わかるのですか？」

「李央、はらわたが滑り出してきて、それに足を絡ませて倒れる部下を見て、なにもできず、ただ反吐にまみれていた。そんな自分を、戦が終ってから責め続けている。それがおまえのようだな」

李央は、うつむいている。握りしめた拳が、瘧のようにふるえている。タルグダイは、それに眼を近づけた。

「気持が、躰に出てしまう。未熟だということだ、李央。このふるえはなんだ。おまえの臆病さか。いいぞ、東山に着いたら、お互いに棒を執って立合おうか」

「いま言われたこと、お忘れなく」

タルグダイは頷き、梯子を降りた。片腕で降りられるのかどうか、最初に船に乗った時に測った。

船尾楼の下の部屋に入ると、ラシャーンがしゃがんで糞を出しているところだった。タルグダイが出す糞の、二倍の太さがあると思える糞だ。

「あなた、途切れ途切れですが、聞えていましたよ。東山に着いたら、まず私が立合いますね。いきなりあなたと立合えるほど、李央は大きな男ではありません」

「そう思うなら、やってみろ」

タルグダイは、どこかでほっとしている自分を見ていた。李央と立合って、最初の一撃だけは自信がある。しかし李央は、全身全霊で、それをかわそうとするだろう。二撃目は、止める暇もなく、お互いに繰り出す。

その時のあやうさを、ラシャーンはきちんと感じとったのだろう。その場に立たせてはならない、と思っている。

ラシャーンを打ち破って、タルグダイと対峙する。そんなことはあり得ないのだ。ラシャーンが負ければ、自分など問題にならない、とタルグダイは思っていた。

ラシャーンは、李央と立合って、一合二合では、たやすく打ち倒せると判断しているのだろう。

「それにしても、おまえの糞は立派なものだな」

「あなたが見ていると思うと、ちょっと興奮しました。私の菊座が飽きられたのか、と思っていましたから」

「まあいい。その糞は、俺が捨ててきてやろう」

手をのばしたが、片手には余るほどだった。タルグダイは、大声でトーリオを呼んだ。まだ、甲板にいるはずだった。

「なんでしょう、父上？」

トーリオが、部屋へ飛びこんでくる。

「母者が出されたものを、捨てに行く。おまえも、半分引き受けろ」

「はい」

タルグダイの左手に、糞はずっしりと重たかった。残りを、両手で掬うようにして、トーリオが持ってくる。

船縁から、捨てた。いかにも海に似合う糞だ、とタルグダイは思った。

「俺とおまえだけが知っていることだ。誰にも言うなよ、トーリオ」

「当たり前です。母上が出されたものを捨てるのに、俺を呼んでいただいて、嬉しいですよ」

「おまえ、こんなに大きな糞を出す女には気をつけるのだぞ。まあ、滅多にいない女だがな」

「はい、父上」

見開いた眼を輝かせて、トーリオが言った。

三日で、東山に到着した。

ここには、造船所がある。船も日々進歩しているようで、ここで造られているのは、最も新しい型なのだという。新しい型と言われる船が、海門寨（かいもんさい）の港に寄ったことがあり、タルグダイは見に行ったが、旧型の船とどこが違うのか、見分けはつかなかった。

東山の造船所には、十数艘（そう）の船を繋げる桟橋があったが、着いているのはタルグダイが乗ってきた船だけだった。

陸上には、建造中の船が八艘並んでいた。

船が倒れないように、十数本の支柱で支えてある。大工たちは、甲板で仕事をしていた。

「躰が揺れているな。陸地に降り立ったら、不意にそんなになったぞ、ラシャーン」

「陸酔（おか）いと言うのだと、李央が教えてくれました。躰が揺れているように感じるだけで、気分が悪くなることなどないそうです」

船は荷を積んできたらしく、次々に吊り降ろされていた。空の荷車を動かさない。ラシャーンはそれを徹底させているが、船も同じなのかもしれない。

荷車が近づいてきて、降ろされた荷を積んで行く。木の箱で、中身がなにかは、タルグダイにはわからなかった。

李央が、棒を二本持ってきた。建造中の船を見ていたラシャーンが、笑いながら出てきた。

「俺は、馬忠様の前に立ちたいわけで、奥方と立合うのは、本意ではありません」

「おまえの棒が、俺の女房殿の躰のどこかに、ちょっとでも触れたら、俺が交替する。俺が立合うための関門が、女房殿なのだ。気を抜くなよ。油断すると、打ち伏せられるぞ」

李央が、ちょっと頷いた。ラシャーンは、気配を殺したままだ。トーリオも、タルグダイのそばに来た。心配そうな表情はしていない。

二人が、むかい合った。

不意に、李央の躰が飛んだ。身を起こした李央は、怪訝な表情をしている。

「おやおや、のろまかい。私の棒が見えなかったようだね」

李央が、棒を構えて踏み出した。次の瞬間、首筋を打たれて昏倒した。大工のひとりが、水を運んできてかけた。李央が、跳ね起きる。地に落ちた棒に、飛びついた。

「およし。おまえは、二度死んでいるんだよ」

「間違いだ。なにかの間違いだ」

「ならば、死なない程度にやってあげよう」

打ちこむたびに、李央は膝を折ったり腰を落としたりした。しかし、しっかりとラシャーンを見てはいる。

「もうやめてやれ、礼賢」

「あなたと打ち合ったら、この男は死んでいますよ。私は、命までは奪(と)りません」

「ええい、大した腕でもないくせに、傲慢な女だ。その棒を貸せ」

ラシャーンが差し出した棒を、タルグダイは左手で受け取った。

「いいか、李央。おまえはこれから、三度目の死を迎える。俺が打ちこめば受けるだろうが、無駄なことだ」

地に腰を落とした李央の眼が、タルグダイを見あげて光った。

タルグダイは、正面から打ちこんだ。受けた棒が二つに折れ、タルグダイの棒は、李央の額に触れるか触れないか、というところで止まっていた。

息が苦しくなっているのを隠し、タルグダイは数歩退がって二度大きく息をした。

硬直した李央の尻の下の土が、濡(ぬ)れていく。

「おまえは、これで三度死んだ。おまえの命が三つ、俺の掌(てのひら)で転がっているぞ」

李央が、何度か瞬(まばたき)をした。

「食堂に、食事の準備ができているようです、あなた。船はまだ荷を降ろし、それから新しい荷を積んで、明早朝に海門寨にむかって出航します」

タルグダイは頷いた。もう、呼吸の乱れは収まっていた。

造船所は、夜は方々で篝(かがり)が焚かれていた。建造中の船が、脚を何本も持った、巨大な虫のように見えるのが面白く、タルグダイは食事のあと歩き回った。

招待所のような宿舎があり、そこへ泊ることが、トーリオを喜ばせているようだ。

宿舎に戻ってくると、入口でラシャーンが李央と話していた。李央は、ほとんど直立している。

タルグダイの姿を見て、表情を強張らせた。

「礼忠館船隊を、やめなければならないのか、といま問われていたところです」

「なぜ？」

「あなたと立合ったりしたことが、分をわきまえない行為だった、と言っています」

李央は、うつむいたまま、ひと言も発しなかった。

「小さなやつだな、おまえ。ほんとうは小さな男ではないのに、なにかがおまえを小さくしている。俺は、船頭の李央と立合ったわけではない。臆病で弱いくせに、自分には多少の腕はあると、思い上がっている男と立合った。うちの女房殿は、俺に立合などさせたくはなかっただけだが」

「しかし俺は」

「船頭として、分をわきまえなかったのか？」

「いえ、そんなことは考えてもいませんでした」

「ならば、なぜ船頭をやめるなどという話になる。もう一度、打ちのめしてやろうか」

「あなた。お酒の用意を頼んでおきました。三人で酌み交わしませんか」

ラシャーンの、人を丸めこむやり方だった。

「飲もう」

タルグダイは言って、にやりと笑った。

翌早朝、夜っぴて新しい荷を積んでいた船が、出航した。

沖へ出ると、すぐに帆があげられた。それは風を孕（はら）んで膨らみ、船の動きがそれまでと違うものに感じられた。

「風で、これほど速くなるものなのか」

「いろいろなものが、重なり合っています、馬忠様。風を後ろから受けているだけではなく、潮流にも乗っています。左右に二挺ずつ櫓を出し、軽く漕いでもいます。櫓は、進むというより、方向を変えるためのものですが。大きな輸送船には、梶がついています。櫓で方向を変えるのは、軍船のやり方です」

それから李央は、左右に行く時の櫓の遣い方を説明した。

トーリオは速さに興奮したのか、舳先にへばりついて海を見ている。

「これだと、丸一日ぐらいで、海門寨に着いてしまうのではないのか？」

「いえ」

李央が、口もとでちょっと笑った。

「およそ、八刻で。水夫たちも、往路が苦しかった分、帰路は楽なのですよ」

八刻というのも、きちんとした計算に基づいているのだろう、とタルグダイは思った。

「いいな、船隊長。いまだ、二艘しかいない船隊だが」

ラシャーンは、船尾楼下の部屋から出てこない。

もしかすると、酔っているのかもしれない、とタルグダイは思った。

それでも、どうしようもないことだった。

二

燕京郊外に、八万の軍が集結していた。

ほかに十七万の軍が、燕京にむかっている。

ようやく、モンゴル軍に対する防御の軍が、編制されようとしている。

定薛(ていせつ)は、燕京の軍営にいた。

六十二歳になる。この年齢で、防衛軍の総指揮を任されるのは、かなりつらいことだった。実際に前線に立てば、周囲の者たちに気を遣わせてしまう。つまり、足手まといなのだ。

戦場全体を見渡し、総合力でモンゴル軍に対するしかない。

二十五万の軍を、五万ずつ五隊という編制にする。五万の軍を、どういう編制にするかは、各隊の隊長と話し合ってきた。

騎馬が一万、歩兵が四万。似たような編制しか出てこなかった。

軍を創りあげる力が、明らかに衰えているのを感じる。若いころは、それが愉しいと思えるほど、軍を創りあげるのが好きだった。一万の軍を、兵の質で五隊に分け、機動的に動けるようにした。そういう軍を五つ創りあげ、南宋との戦に臨んだ。倍する大軍であった南宋軍を、長江の南まで打ち払った。

以前は、軍人にすべてを任せるというところが、この国にはあった。軍は軍人がすべてだと、独特の価値観が貫かれていたのだ。

その考えだけはいまも残っているが、朝廷は事あるごとに口を出した。

モンゴル軍は、数万が帰還し、いまは十万の兵力になっている。冬の間に、そういうことが起きた。

補給がままならず撤退したのだ、と朝廷では結論づけされた。

十万を討つのに、二十五万がいれば充分だろう、と廷臣たちは考えている。

定薛は、数万が帰還しているという話を受けた時、自分の策が読まれたのだ、という気分に陥った。ただその策は、定薛の頭の中にあるだけのものだった。

臨潢府（りんこうふ）に五万の兵力を集め、西にむかわせる。大興安嶺（だいこうあんれい）の山系を越えれば、モンゴルの地なのである。そしてそこに、軍らしい軍はいない。

五万が、モンゴルの地を荒らし回る。

侵攻してきているモンゴル軍は、急遽（きゅうきょ）、引き返すしかない。その時、全力で追撃をかける。

勝つ道が、定薛にはそれで見えた。それ以外は、なにも見えなかった、と言っていい。つまり数万の軍がモンゴルに戻れば、その策はあえなく潰えたということになる。勝つ道も、失われた。

十万のモンゴル軍は、真定府の近郊に、一万ずつに分かれて駐屯していた。こちらが軍を近づければ、それは変幻に動き、敵としては実に厄介なものになる。

それでも、朝廷は、補給がままならず、半分飢えた軍だ、というように見ている。

定薛は、五千や一万の軍をいくつも編制し、攻撃しては逃げる、という戦法を考えた。

しかし、帝を仰いだ軍議で、それを言い出すことはできなかった。

大軍による、撃退。戦場も知らない廷臣が考え、ほかの廷臣も諸手を挙げて賛同する。ゆえに帝も、満足して頷く。

充分な兵力を与えているのだ、という雰囲気が、朝廷にはあった。

それに対して、定薛は反論する根拠も示せず、うつむくだけだった。大軍を与えられてのそういう態度は、驚くべきことに、ただの照れだと受け取られていた。

燕京の軍営の、三室もある無用な司令用の部屋である。前の司令が老齢で退役し、それ以後空席になっていたところに、定薛は都合よく押しこまれたというところがある。

モンゴル迎撃軍の総指揮官を命じられたことに、知り人はみんな祝意を示した。誰も、敵は見えてはいないのだ。

「出るぞ」

定薛は、衛兵に声をかけた。

二十騎ほどに囲まれ、朝廷にむかう。歩いて行けばいいようなものだが、軍司令の移動については、細かい決め事があった。

朝廷では、帝に拝謁するわけではなく、高官たちの前に出る。あらかじめ出してあった希望を、許せるものと許せないものとして回答が伝えられるのだ。

そんなものは使者で充分だと思っていたが、仰々しく伝えるのが、廷臣は好きらしい。

丞相（じょうしょう）の幹論（かんろん）がいた。したがって、ついている廷臣の数は多い。

拝礼し、定薛は回答を聞いた。無理な希望を出したわけではない。定薛のところで決めていい、と思えるものばかりだった。こうして、この国はいたずらに時を失っていく。

「これは認められない」

廷臣が大声をあげ、幹論は静かに頷いた。

「なぜか、理由をお聞かせいただきたい」

「定薛将軍、二十五万の大軍と充分な馬、兵器があってなお、不満なのか」

「そういうことではありません。大同府の下位の将軍を、実戦指揮のために召還したい、というだけのことなのですが」

「なぜ、完顔遠理(かんがんえんり)でなければならん。この男は、何度かこの燕京で謹慎させられていながら、ひそかに城外に出て、勝手気ままに動き回っていた、という噂(うわさ)がある」

「その謹慎はもう終えて、実戦に復帰させるのに、なんの問題もない、と思います」

「従順ならざる男、という評価を持っている者が多い。わが軍に人がいないわけではあるまい」

「丞相は、どういうお考えでしょうか?」

「従順ならざる者というのは、私の評価である」

定薛は、それ以上言おうという気をなくした。全部をよしとせず、ひとつかふたつ認められないものがある方が、朝廷の権威を示せる、と考えたなどということがあるだろうか。

宮殿を出ると、二十騎の供が待っていた。

「ここで解散とする。全員、軍営へ戻れ。わしの馬も曳いて行け。わしは書肆(しょし)に寄り、軍営の外でめしを食ってから、帰る」

自分も含めて、全員が非番となるということだった。そうやって決めてやれば、規則がどうと言い出す者もいいない。

書肆が並んだ一帯に、定薛は足をむけた。

欲しい書があるわけではないが、見て歩くことは好きだった。

「定薛将軍」

呼ばれたのでふり返ると、廷臣の福興が立っていた。漢名に思えるが、女真名である。いつからか、漢名で名乗ることが、朝廷の中では流行っていたが、福興の姓は完顔で王族に連なる。福興は、名門の出身でありながら、地方と中央を交互に勤め、そのたびに少し出世して、いまは朝廷の中央にいるひとりだった。

　さっきの丞相との面会の折にも、そこに顔は見えた。

「書がお好きなのですか、定薛将軍？」

「軍人が書見というのは、おかしいかな、福興殿」

「いえ。どのような書をお読みになるのか、と思いましてね」

「史書かな」

「そうですか。廷臣たちも、少しは書を読めばいいのに、とよく思いますよ」

「わしはもう、書見が愉しみという暮らしの中に入るはずだった。それが、金軍の総司令だとは」

「将軍は、それだけの実績をお持ちです」

「実績とは、なにかな。軍人の実績など、若いころにやった戦にすぎん。歳を重ねると、軍人は得るものがなく、失うことばかりなのだよ」

「実績は、経験とも言えると思います。そして経験は、失われません」

「昔の自分でないことを、痛いほど感じる日々だな」

福興が、じっと眼をむけてくる。

「完顔遠理将軍に、こだわっておられましたね」

「従順が、軍人の価値なのかね」

「まったくです。私はなにも言えなかったのですが、少々、癖の強い将軍の方が、いい戦をしてきている、と思います」

「完顔遠理を、軍指揮に戻した方がいい、と福興殿は思うのか」

「完顔遠理将軍が、居並ぶ廷臣を鼻で笑った。それが許せないのですよ、彼らは」

「あなたは？」

「私は、笑われて当然でしょう。特に燕京にいる私は」

「そうなのか。ちょっと意外な感じがするな」

「朝廷の中で、私は多分、孤立していると思います。少なくとも、考えはそうだから、口に出したら孤立するのです」

「だから、口に出さない、というわけか」

「廷臣としての生き方が、しみついてしまっています。お恥ずかしいですが」

「まあ、そうやって泳いでいかれるのだろう、あなたは」

「嗤(わら)っておられますね」

「いや、いくらか同情している」

「完顔遠理将軍については、私は認めています。淮水の岸沿いに賊徒が集結した時、その掃討の指揮をしたのが、あの将軍でした。私は南京応天府にいて、兵を集めるところから、掃討戦をつぶさに見ました」

「賊徒が相手ではな」

「賊徒を装った、南宋軍でした。他の将軍は賊徒扱いをして敗れ、完顔遠理将軍だけが、寡兵で正面からの戦をし、打ち払ったのですよ」

「ああ、あの戦か」

金国が抱える戦は、西夏との小競り合いか、南宋との淮水を挟んだせめぎ合いだった。完顔遠理が完璧に敵を撃ち破った戦を、定薛も評価していた。ほかに完顔遠理は、七、八回の賊徒の掃討戦はやっていて、負けを知らなかった。

実戦では、信用できる将軍なのだ。人格がどうかという点は、眼をつぶるべきだった。そして定薛は、好ましくない人格と感じたことはなかった。

「文官は、戦場で命をかけているわけではありませんから、軍人とは違うところに価値を認めたりするのです」

「従順ならざるか」

「馬鹿な話ですよね。そう思っても黙っていて、私はほんの少しだけ出世をするのですよ」

「それも、生き方だろう」

福興の屈託が、いくらかうるさいものに感じられてきた。

「それでは、私はこれで」

定薛の態度からなにかを感じとったのか、福興は先にそう言い、書肆を出ていった。

なにも書物を買わず、定薛は軍営へ歩いて戻った。

軍司令の部屋の前には、衛兵が立っている。

部屋へ入ると、軍営にいた三名の将軍を呼んだ。

「調練の段取りを決めて、報告してくれ」

「すでに決めてあります」

ひとりが、懐から紙を出して、卓の上に拡げた。

五万の軍が、それぞれ独自に調練をする。将校たちが、一万とか五千とかを率いて、ぶつかることを繰り返す。

欠点はないが、あたり前の調練計画書だった。そこに、なにかを書き加えることが、定薛にはできない。敵がモンゴル軍である、ということに特化して、調練をやりたい。

しかしモンゴル軍の戦は騎馬によるものと思い定められて、それに対して有効なのは、籠城戦という認識は変っていない。すでにいくつもの城郭(まち)が陥されているのに、それについての分析はなされていないのだ。

そういうことは、若い者の仕事だ、という思いが定薛にはある。老人は、これからやらなければならない戦に集中するので、精一杯である。

「迅速なのは、いいことだ。いま集結している軍から、調練をはじめろ。軍同士が、すぐに意思を通じ合わせられるように、そこのところの将校の調練も、密にやるのだ」

それから地図を拡げ、二十五万の大軍を、どうやって駐留させるか、ということについて話し合った。

定薛が指揮したことがあるのは、せいぜい三万から四万の軍だった。二十五万というのは頭の中にはあるが、実際にどういうものかは、想像もつかない。

五万の駐屯地を考え、それが五つあると思うしかなかった。

これで兵力を生かせるのか、と定薛はちょっと考えた。しかし、考えても仕方がないことで、すぐにそれは頭から追い払った。

四刻ほど軍議を続けると、定薛は疲れを感じはじめた。

「今日のところは、これでいい。明日、残りの二名も、軍議に出られるように、連絡をしておいてくれ」

一軍の指揮官五名は、決まっている。それには、朝廷の意見も強くあった。それを受け入れたところから、定薛の戦ははじまってしまっている。

完顔遠理を召還して、なんに遣うつもりだったのか。自分の副官にしようという思いが、どこかにあった。完顔遠理を頼ろうとしたのだとは、思いたくなかった。

燕京にむかって行軍中だった軍が、続々と到着しはじめた。

事前に編制を決めてあったので、混乱なく駐屯地に移ってくる。陣の広さは相当なもので、高所からも見渡すことはできず、地図の上でその規模を見るだけだった。

五名の将軍にはそれぞれ副官が二名ついていたが、定薛の副官は決まっていなかった。

「耶律東房と李泰明」

二人とも、中堅の将校だった。そこそこに経験を積んでいるので、判断を誤ることはあまり考えられず、若い分、体力を漲らせていた。

定薛の副官が指名されたので、軍の動きは活発になり、本営も城外の丘の上に置かれた。

定薛は本営に入ると、具足を着けた。城内にいる時は、いかにも戦の雰囲気を漂わせた具足姿は、あまり好まなかった。

十日経ち、全軍の集結が終った。兵糧を置く場所を三つ設けてあり、それは小さな城郭に匹敵するほどだった。

連日の軍議で、モンゴル軍の動静も伝わってきた。

チンギス・カンは、軍からいくらか離れた場所で、麾下二百騎と野営していた。幕舎をいくつか並べただけの、質素な本陣なのだという。

質素ではなく、質実と言うのだと、報告してきた者の言葉を改めそうになり、定薛は口を閉じた。具足を着けた以上、些事にこだわるべきではない。

モンゴル軍は、騎馬五万、歩兵五万だった。野営の場所がそのまま軍の編制になるわけではなく、動き出さなければ、ほんとうの構えはわからない。

「馬は、そろそろ草を食めるようになりますが、モンゴル軍では干し草を与え続けているようです」

李泰明が、報告に来た。

本営の司令の幕舎は大きくがらんとしているが、城内の軍営の部屋よりずっと居心地がよかった。

将軍たちも、気楽にやってくる。食うのは、兵たちと同じもので、特別なことはあまりない。それが軍なのだ、と定薛は思っていた。上から下へ、命令がしっかり通れば、それでいいのだ。

馬囲いでは、麾下の五百騎の馬が、常時一千頭置かれていた。耶律東房が、替え馬も用意すべきだと主張したのだ。

全軍でそうするのは無理で、司令麾下の五百騎だけが替え馬を持っている。

どういうかたちで、戦がはじまるのか。

城を守るという戦の段階はすでに終っていて、野戦で勝ち、モンゴル軍を北の草原に追う、というのが定薛の考える戦で、それは将軍たちにも伝えてある。

野戦で勝たないかぎり、モンゴル軍との戦の意味はなかった。

モンゴル軍は、野戦の軍である。金国に侵攻するまで、間違いなくそうだった。しかし、攻城戦を担当する歩兵を作りあげていた。攻城兵器も、思いがけないほど進歩したものを持っている。

騎馬のぶつかり合いで、勝てるのか。勝てないまでも、騎馬を止めるということができるか。止まってしまった騎馬隊には、隙が多くある。歩兵の、いい標的になるのだ。

歩兵には、馬抗柵（ばこうさく）に代るものを、いろいろ工夫させている。歩兵の伝統は、モンゴル軍よりずっと長いのだ。

そろそろ前衛の軍を進発させようとしている時、福興が十名ほどの供を連れ、本営にやってきた。全員が、具足姿だった。

「ほう、戦についてくるのか、福興殿」

「どうも、軍監の役を背負わされてしまいましてね。できるかぎり、将軍のお眼障りにはなりませんから」

「そうか、軍監か」

戦全体の監視役、そして朝廷への報告の役。

大きな戦なら、軍監がつけられることが多い。戦をまるで知らない文官がやってきたりすると、足手まといだが、福興がどうなのかはわからない。

「戦についての口出しは、軍監の任とは思っておりません。将軍と行動をともにいたしますが、求められないかぎり、意見を申しあげることもありません」

「わかったが、長い戦になるかもしれん。話し相手ぐらいは、してくれ」

福興が、ちょっと笑った。

定薛は、自分が孤独であることは、わかっていた。二十五万の大軍を従えていても、ひとりきりではあるのだ。それを、あまり恐れてもいない。

軍人の友は、死だけなのだ。死ぬまでに、なにをやれるかだった。それ以外のことに、あまり固執する気はなかった。変えられるものも、いまの軍にはかなりある。

耶律東房と李泰明が、忙しく動きはじめた。定薛の副官が動き回っているので、各軍はにわかに色めき立ったようだ。定薛は本営を動かなかったが、福興は各軍を一日かけてひと回りし、状態を検分してきた。

「副官殿は、お二人とも、きびきびとしておられます。各軍の将軍たちは、全員顔見知りなのですが、私が軍監であることを、受け入れてくれたようです」

細かいことを、定薛は訊かなかった。いまは、第一軍から第五軍まで、順調に進発できるかが問題だった。

進軍路は、二本にした。南北に微妙に寄った角度から、金軍は真定府に近づいていく。

「第一軍から、手筈（てはず）通りに進発。わしは麾下とともに、南の進軍路で進む」

二人の副官を呼んで、定薛は言った。

各軍に、伝令が飛んだ。

三

ボロクルが、一万騎を率いてチンギスについている。

冬の最中の編制替えで、ムカリとボロクルはチンギスのそばに来たのだ。

カサルを北へ帰し、二男のチャガタイ、三男のウゲディもそれにつけた。

カサルは、ほとんど軍がいないという状態になっているモンゴル国を、ずっと気にしていた。

だから、北への帰還について、大きな不満はないようだった。

ウゲディとチャガタイの領地は隣接していた。そして西の西遼と対する恰好になっている。

西遼と直魯古（ちよくろこ）という帝は、モンゴル国が西へ行こうとする時は、大きな障碍（しょうがい）になるはずだった。直魯古は、快楽に耽（ふけ）るようなところがあったが、戦の才はあるように見えた。

旧ナイマン王国のタヤン・カンの息子、グチュルクが逃走して来た時、迎え入れて娘のひとりの婿にした。鷹揚（おうよう）とも見えたが、ナイマン王国の残党を抱きこむ動きでもあった。

しかしグチュルクはすぐに叛乱（はんらん）を起こし、直魯古に撃ち破られたりしながら、徐々に力を扶（ふ）植（しょく）し、直魯古を捕えて、西遼の帝位を簒奪するに到った。

グチュルクは、小さな紛争を終熄（しゅうそく）させるためなのか、南のカシュガルや和田（ホータン）を攻めているが、見ているのはモンゴル国だろう、とチンギスは思った。

ある程度の軍がいなければ、危険という状態になり、チンギスは数万を帰還させたのだ。

ムカリが、ソルタホーンと立ち話をしているのが見えた。この二人は、常にどこかで通じている。百騎の雷光隊の居所を、ソルタホーンはいつも把握しているのだ。

チンギスは、腕を組んで陣を見渡していた。離れたところに、ボロクルの幕舎が見える。兵たちは、天幕の下に寝床を作るだけだが、うまく雨は凌（しの）ぐようだ。草原と較べて、中原（ちゅうげん）は雨が多い。

狗眼（くがん）の者たちの報告が入りはじめ、敵の陣容もわかってきた。

二十五万の大軍が、二手に分かれて真定府にむかっている。軍の召集から動きはじめるまで、意外に早かった。

総指揮官は定薛という将軍で、二十五万を五隊に分けている。はじめて眼前に現われようとしている、敵だった。これまでは、人ではなく城壁にむかい合っているような気分だった。

真定府の東は、どこまでも続く平原である。中華の豊かさは、中原と呼ばれるそこがあるからだ、とも言われていた。人の数も城郭の数も多い。

ソルタホーンが、小走りに近づいてきた。ムカリの姿は消えている。

「殿、雷光隊は平原の中に潜るそうです」

ソルタホーンが言う。ムカリとの会話は、どうやって連絡を取り合おうか、というようなことだったのだろう。

「殿はいつ、陣を動かされますか？」

「動かさぬ。動くと思って、金国の情報網は活発になっているだろう。そのあたりから、まずは意表を衝くさ」

「定薛という指揮官の情報が、少しずつ集まっております」

定薛という軍人については、狗眼ではなく、アウラガの情報担当が探っている。狗眼の仕事は、あくまで誰がどんなふうに動き、次にどういうことが考えられるか、とチンギスに伝えることだった。

人物を調べたりすることはアウラガの情報担当の仕事で、その規模は、いまではかなり大きなものになっている。

情報を集める者が数人いて、深夜、寝台のそばに立ち、耳もとで囁(ささや)いて消える。それが、狗眼だった。

チンギスはそんな情報でもいいという気はあったが、実際には、アウラガ府が正式にやる仕事で、組織もできあがっていた。

「実績のある将軍ですが、高齢です。人格者だと思われています」

「そんなところだろうさ」

「ひとつ、耳よりの話なのですが、地方にいる将軍を召還しようとして、却下されました。その将軍というのが、大同府の完顔遠理です。それから軍監に福興がついています」

「却下されたのか」

「総指揮官が、その実力を認めながらです」

癖のある人物なのか、人とうまくつき合えないのか、総指揮官の要請が却下されるのは相当のことだろう。

軍監の福興については、よく憶えている。

数年前、衛紹王（えいしょうおう）が正使で福興が副使という陣容で、使節団がアウラガに来たことがあった。どれほど金国に忠実なのかを、チンギスの言葉で確かめようという目的があったようだ。

福興の方が、正使よりずっと明晰（めいせき）で、胆（きも）も据っていたという気がした。

正使だった衛紹王は、いまの金国皇帝である。

二十五万という大軍を、相手にしたことはない。いまはこちらは十万なので、相当の兵力差があるが、これだけの大軍のぶつかり合いは、数が問題ではないはずだ。第一、まともなぶつかり合いは、せいぜい二、三万同士だろう。十万を超える大軍が、すべて同時に戦闘に参加できると考えるのは、無理があるのだ。

戦の展開はさまざまな想定ができるが、無意味に近かった。その場で、そこにいる指揮官が、どういう判断ができるかだろう。

金軍を迎えるのが、愉しみでもあり、どこかに恐怖も伴っている。

その気になれば、金国は二十五万の大軍を何度も編制できる、底力があるはずだった。国土の広さだけでなく、人の多さが圧倒的だった。

金軍の進軍は、それほど速いものではなかった。二手に分かれているが、先頭にいる軍は連絡を取り合い、同時に到着しようとしているようだ。

ジョチとトルイを呼んだ。

息子たちは、それぞれ一軍を率いるようになった。トルイはまだ若く、一万騎を率いるのははじめてである。いまのところ、無難に指揮をこなしている。

「カサルが北へ帰り、モンゴル軍は身軽になった」

あたり前のことを、チンギスは口にした。

ジョチが、相変らず緊張しすぎている。トルイは、末の弟らしく、気軽で陽気な表情をしていた。

「金軍とは、歩兵が正面からぶつからなければならん。兵力差はいかんともし難いが、その不利を、騎馬隊の動きで補う」

自分としては、かなり多く説明している、とチンギスは思った。

「敵の騎馬隊とは、テムゲを中心にして、ボロクル、ジェベの軍が闘う」

これで、三万騎だった。あとは、二人が率いる二万騎だけだ。

「おまえたち二人は、それぞれ遊軍として闘う」

ジョチの表情が強張った。トルイも、ちょっと顔を曇らせている。

圧倒的な兵力差がある中での、遊軍である。兵力の余裕のある時に採る戦法だと、誰もが考えるだろう。敵も、そうだ。

二隊が遊軍の動きをしても、敵は違う作戦を推測せざるを得ず、そこにつけ入る隙が出てくるかもしれない。

「きびきびと、迷いなく動くこと。交戦の判断は、それぞれでやれ。ここだと思う時は、二隊が一緒になればいい」

「どちらが、ここだ、と思った時なのでしょうか？」

ジョチが、強張った表情のまま言った。

曖昧(あいまい)な命令だ、と感じたのだろう。戦は、曖昧さの中で、思わぬほど押していたり、押されていたりする。

「どちらともなく、だな」

「それは、きわめて危険だという気がしますが」

「おまえたちは、兄弟さ。戦場の中で敵と殺し合いをしているのだ。どちらともなく、近づくことになるさ」

「俺は、兄者に従う方がいいのですが。俺を鍛えてくれたのは兄者です。黙っていてもわかる、ということはしばしばあります」

トルイが言った。

「おまえも、ひとり立ちするのだ、トルイ」

思いつきで、遊軍と言っているわけではなかった。緒戦でまず意表を衝く。うまく当たれば、その後の戦の流れを、こちらで作れるかもしれない。

「二人とも、自分が率いている隊を、二万騎以上の働きができるのだと、俺に見せてみろ」

「それは無理です、父上」

「無理を押し通さないかぎり、兵力差を撥ね返して、勝てはしないのだ。テムゲはもとより、ボロクルもジェベも、それなりの働きをするだろう。それ以上の働きを、俺は自分の息子たちにして欲しい」

ジョチは、顔を伏せて考えているようだった。一万騎の働きなら、と呟くようにトルイが言い、ジョチの方へ眼をむけた。

ジョチが、顔をあげる。

「やってみます、父上」

ちょっと吹っ切れた表情を、ジョチがした。

「もしかすると、面白いかもしれない、といま思いました」

「面白がった方が、力が出せるということはあるのだぞ、ジョチ」

「父上は、面白がって戦をされたことがありますか？」

「ないな。俺はいつも、ぎりぎりのところに立っていた。面白がる余裕など、どこにもなかった、という気がする。俺ができなかった戦を、おまえたちがやるのだ」

「俺が面白がっていたら、父上は腹を立てられるかもしれませんね」

「俺が腹を立てるほど、戦で面白がってみせる、というのだな」

「遊軍、やりたくなりました」

トルイが、投げ出すように言う。

「おまえ、父上と俺だけが話がわかっている、と思っているな」

「違うのですか、兄上」

「俺は、なにもわかっていない。ただ、父上になにか言われたら、やるしかないだろう、トルイ」

「それはそうですが」

「もういいぞ、二人とも。明日から遊軍をはじめろ」

チンギスが言うと、二人は直立し、それから幕舎を出ていった。

ソルタホーンが入ってきた。衛兵も遠ざけ、ひとりだけ声が聞えるところにいたはずだ。

チンギスはなにも言わず、卓の前の椅子から寝台に躰を移した。長く眠れない日が、三日ほど続いている。

「金軍が来るのは、あと何日ぐらいなのでしょうか」

「三日だな」

「それで、お二人には明日から遊軍なのですか」

三日というのは、チンギスの勘のようなものだった。いまのままの進軍だと、あと五日かかる。

「遊軍を、どう思う？」

「俺が、なにか言えるわけはありません」

「息子二人が、遊軍だからか」

「関係ありません」

「馬鹿げた作戦だからか？」

「それも、わかりません」

「ソルタホーン、思っていることを言ってみろ」

「遊軍ということを考えられた殿は、非凡なのでしょう。凡庸な俺は、思いもしなかったことですから」

「母上なら、理解してくださされたかもしれん」

「殿、それは」

ソルタホーンは、母ホエルンの営地出身の孤児だった。母の営地で育てられた孤児は、みんなきちんとした躾(しつけ)をされ、素質の芽を摘まれることもなかった。

ソルタホーンは、母が秘(ひそ)かに神がかりだと評した男だった。

軍に入ってからは、それを隠しおおせている、とチンギスは思っていた。神がかりなど、軍で受け入れられるわけはなかった。

「遊軍であったということで、二人とも死ぬことになるのかな」

「眠っておられない殿は、ほんとうにおかしなことを考えられます」

「よく眠っているぞ、ソルタホーン」

「短い時を、深くお眠りになります。しかし、それだけでは、躰にも心にも疲労が積み重なるだけです」

「そういう疲労の中で、俺は遊軍という策を思いついたのか」

「策なのですか、殿」

「策を弄しているとは思わぬ。第一に考えたのは、敵の眼からどう見えるか、ということだな。定薛将軍は、二万もの遊軍を、ほんとうの遊軍とは思わないだろう」

「少しずつ、遊軍と言われた意味が、わかってきたような気がします」

「あまりわかるな。俺でさえ、すべてを考慮したわけではないのだ」

「しかし、奇策として成立しています」

「もういい。あいつらには、そう命じたのだからな」

ソルタホーンは、うつむいていた。

「おまえがいま、なにを考えているか、言ってみようか」

「やめてください、殿」

「俺の息子でなくてよかった、と思っている」

「殿の思考についていける将校は、それほどいるわけではありません。ホエルン様の営地で暮らさなかったら、そもそも戦術になど関心は抱かなかったはずです」

「母上が、戦術のありようを、息子に教えられたわけでもない。峻烈なお方ではあったが、母上にあるのは直情であった。峻烈さは、どこかで抑えておられた」

母が教えてくれたことは、いまになって妙な力を持ってチンギスに覆い被さってくる。卑怯であってはならない。弱々しいものを剝き出しにして、兵を指揮してもならない。

「おまえとやつらは、母上のもとで兄弟のようなものだった」

「こんな時、俺はホエルン様のことを思い出したくありません」

「ソルタホーン、出過ぎるな。おまえは、俺と並んで、母上のことを喋れるような男ではないぞ」

「はい」

うつむいたソルタホーンの眼から、涙がこぼれ落ちていた。

「めずらしいな、おまえの涙。ボオルチュならともかく」

「時として、ホエルン様のことが、俺の気持をひどく揺さぶるのです」

「わかるような気もするが」

もう、ソルタホーンの涙は、痕跡も残っていなかった。

斥候が、その日の情況を知らせてくる。それはソルタホーンを通して入ってくるので、ソルタホーンはひと時、外へ出た。

狗眼の者が、金軍の兵糧について報告してきた。移動した先にある城郭に、供出を課している。

二十五万の兵糧は厖大なもので、兵站部隊も麦を運んでいるようだが、それでは追いつかない。

すべての報告を聞き終えると、もう陽は傾いていて、従者が幕舎に灯を入れた。

チンギスは、アウラガ府から届いている、ボオルチュの報告書を読んだ。二度に一度は、本営のジェルメからのものが、一緒に届けられている。

モンゴル国内でも、帰還した兵の数カ所への展開が終っていた。遊牧の民は、冬を乗り越えた羊に、思い切り草を食ませることができる時季を迎えている。

そういう民の動向も含めて、ボオルチュの報告書は端的で、しかも漏らしていると思えるものが、ほとんど見つからない。長く詳しい報告書を送っても、読まないかもしれないと思っているのだろう。

それと較べると、ジェルメの報告書は、必要以上に長く、どこか老人の繰り言に似ているという気がする。

ジェルメもクビライ・ノヤンも、アウラガの本営の留守居で、うんざりしているだろう。しかも、戦場はいつも遠い。

夕食は、報告書を読みながら口に入れた。誰かと一緒に食おうというのは、あまりやらなくなった。必要以上に、緊張している者が多いからだ。それに、一緒にめしを食うということが、特別なものになってしまうこともあり、特別にしないためには、何人もとめしをともにしなければならなくなる。

三つ入っている灯の、二つを吹き消した。

眠る態勢に入ったということだが、この状態で朝を迎えることもめずらしくない。兵がひとり入ってきた。従者とは持っている気配が違う。兵は、着けていた躰に合っていない具足を脱いだ。

女である。眠るために心待ちにしているところがあり、入ってきた瞬間に、実は女だとわかっていた。

そろそろ、長く眠った方がいい、とソルタホーンが判断したのだろう。

女は、具足の下に薄い着物をまとっていて、いくらか恥ずかしげな様子で、それも脱いだ。この遠征に来てからは、時々、具足を着けた女が来た。夜とはいえ、陣の中の移動を、ソルタホーンは考えているのだろう。

「名は？」

口に出していた。女は、ひどくびっくりしたようで、裸のまま立ち竦(すく)んだ。

「名だ」

考えてみると、女に声をかけたのは、はじめてのことではなかったか。

女はいつも裸で横たわり、チンギスに抱かれ、精を放つとそれが合図のように寝台を降り、隣室へ行く。以前は寝台のそばで身繕いをしていたが、それさえもソルタホーンはやめさせている。

「鄭清華(ていせいか)と申します」

もう一度促すと、女は消え入るような声で言った。

チンギスが喋ることはない、と聞かされていたのだろう。

「無理に、ここへ連れてこられたのか？」

なにを言われているか、女にはわからないようだった。チンギスは手招きをし、裸体を腕の中に抱いた。

「帰りたければ、帰ってもいいのだぞ」

「私が、お気に召さないのでしょうか。私は、選ばれたのです。二十人も三十人もおそばに行きたいと願う者がいて、その中から選ばれたのです」

無理に連れてこられた、という気配ではなかった。

「鄭清華」

名を呼ぶと、穏やかなものが心の中に拡がってくる。

もう一度、チンギスは名を呼んだ。

四

地を均す。

器に入れた水を置き、それでほんとうに平らかどうかを測っている。

チンカイは、腕を組んでそれを見ていた。

一応の建築の方法というものは、なんとなく知っていた。金国から連れてこられた三名の男が、手際よく土台を築きはじめると、チンカイは見ているしかなかった。

方々で、同じ太さの丸太が積みあげられている。煉瓦も焼かれていた。このあたりは砂漠ではないので、手軽に日干し煉瓦を作ることはできない。ただ、焼けた煉瓦は、石のように丈夫だった。

金国からの俘虜が、二百、三百と到着していて、働く人間の数は多くなっていた。

山羊の髭が、西域で高く売れた。

真定府の生地屋だった劉応とその部下は、いつでも織れるというほどに、きれいな糸に紡いだ。

西域の、貴族に珍重されているようだ。山羊の髭は、羊の毛などと較べると、極端なほど少ない。それでも、一度だけは、充分に商いになるほど集められそうだった。伸びるのに時がかかるので、次の髭を集めるのは、秋の終りぐらいになる。

砂金の袋を丸々ひとつ遣い、チンカイは集められるだけの髭を集めた。もう、砂金はひと袋しか残っておらず、しかし髭がすべて売れれば砂金十袋にはなりそうだった。

アウラガからこの地に到る道では、すべての山羊の髭を買い集めたが、羊群を飼う遊牧の民は、モンゴル国のすべての地域にいるのだ。

買い集めるための隊を、自分の部下を隊長にして八隊編制している。そしてチンカイは残った砂金袋のひとつを、八つに分けて買い集めるための資金として渡した。

なにがあろうと、砂金ひと袋は持っていようと思ったが、遣ってしまった。第一、あれはチンカイのものだった。

劉応は、河のそばに幕舎を並べ、部下として与えた十数名と、集めた山羊の髭を洗い、水に晒す作業を続けていた。その面倒な作業を経て、素直な糸に紡ぐことができるのだという。

糸が素直とはどういうことかと思うが、なんとなくわかるような気もした。

ほとんどのことで、技ではモンゴル国の者たちより優れたものを持っている、金国の職人たちが揃っていた。

チンカイは、職人の下にモンゴル国の者たちをつけ、労働とともに仕事も覚えさせた。作業に口を出すことはせず、工期を短期間で済ませろと、商人が値切るようなことを言うだけだった。

アウラガからの道は、冬の間に整備され、駅も増えていた。兵糧は、要請すれば届く。築城の工事に携わっている者の胃袋は、満たされていた。

宿舎は幕舎で、金国から来た者たちは、かなりの不自由を感じているようだ。冬の過ごし方として、幕舎を相当に過酷と感じたらしい。

話してみると、床のある家に住みたい、という者が多かった。

大工をしていた者を八名集め、その下に部下を二十名ずつつけた。

図面を引き、それに合わせて木材を作らせた。まず、丸太を切り出して、運んでくる。そこまでは手が回らないので、近くの遊牧民を動員した。銭を払うので、集落から十名というふうにやってきて、それは一千名を超えた。

銭は底をつきそうだったが、そのたびに劉応の山羊の髭が売れ、すべてがなんとか回っている。

このところ、髭の売上げの方が、勝りはじめている。

「山羊の髭とは、うまいものを見つけたものだ。はじめは、おまえが殿から過酷なものを背負わされて、頭がおかしくなったと思ったものだよ」

ダイルがやってきて、そう言った。

チンカイとダイルは、アウラガから伴った部下たちと一緒に、築城中の城から三里ほど離れたところに建てた家帳(ゲル)で、暮らしていた。ある程度の数の家帳は、兵站部隊が運んでくるようになった。

兵站部隊は、金国の奥深くで、大きな仕事を抱えているが、ここにも二十輛(りょう)ほどの輜重(しちょう)を送りこんでいた。ここも戦場だ、とアウラガ府からは認められているようだ。

「ところで、おまえが頼んできた石の値踏みだが、ひとつだけ、売れそうなものがある。大きさを揃えて、穴を開け、糸を通して数珠(じゅず)にするのだ。これがな、金国で売れるのだ。大きさを、揃えるのだぞ」

「そこが、難しいと思います。同じ大きさのものが、そう集まるわけではありません」

「なにを言っている。大きいのも小さいのも集め、大きいのはいくつかに分ける。それで大きさを揃え、磨きあげて光らせるのだ」

「しかし、石を切る、磨くというのは、大変な作業ではありませんか？」

「俘虜の中に、それをやっていた男がひとり見つかった。手先の仕事だけだ。石を切ったり、磨いたりするための道具は、鍛冶が作ってくれそうだ」

「そうなのですか。では、石を集めてここに運んできてもいいのですか」

「できるだけ大量にだ。荷車も部隊を編制した方がいいな」

ダイルが、利がどれぐらいあがるかを書きこんだ紙を出した。

山羊の髭には遠く及ばないが、頭数がかぎられている山羊より、当面は尽きてしまう心配はしなくていい。

「金国にない石なのだそうだ。一種類の石だけだがな。うまく売る方法を、大同府の泥胞子（でいほうし）が作ろうとしている」

「そううまく運びますか？」

「ボオルチュにしろ俺にしろ、やり方が汚ないことは、身にしみて知っているだろう、チンカイ。いいように取りこまれ、いいように遣われているのだからな」

「だから汚ないとは思いません。狡猾（こうかつ）で巧妙で抜け目がない、とは思っていますが。遣われるのも、悪くありませんよ」

ダイルが、声をあげて笑った。

「俺は、俘虜の中から、技を持つ人間を探し出すだけだ。動き回ったりするのは、もう億劫（おっくう）でな。しかしチンカイ、この築城は、戦を眺めているより面白いな」

「まあ、死人が出ませんからね」

「石の工房を作ろう。山羊の髭の工房もだ。これで、築城の費用の心配はなくなるはずだ。土はかなり耕されていて、野菜を植えられる。麦は、もうかなり伸びている」

「ダイル殿は、昔からこんなことが好きなのですか？」

「わからん。好きなことは、なにもないという気がする」

「まさか」

「いや、そうさ。ただ、生きるのは好きだ、と思っているよ」

ダイルに、この会話のような側面があることを、チンカイはいままで知らなかった。

「そういえば、チンカイ、圭軻（けいか）隊の者が、石炭は見つかると言ってきている」

「それは、私も聞いていています」

いまここが抱えているのが、火力の問題だった。煉瓦などは、木片で焼ける。しかし鍛冶に遣うとなると、骸炭（がいたん）（コークス）が適当だった。骸炭も、アウラガから運ばれてくる。

水はあった。山の水を集め、大きな河に流れこむ小川を、城に引きこんである。

城外の、集落を作る予定地でも、井戸は数本掘ってある。どこも水脈があるらしく、四間掘れば水に当たっている。その水脈も、圭軻隊の者が探ったようだ。

耶律圭軻は、チンギス・カンの、いやテムジンだった昔から、鉄の鉱脈を探す山師だった。耶律圭軻は死んでいるが、部下たちは圭軻隊と名乗って、その名を残した。

鉄があれば、ここの城は完璧に近いものになる。鉄塊は陰山の製鉄所で作られ、ここにも送られてくる。

ただ、北のケムケムジュートには大規模な鉱脈があり、ジョチがそこを完全に自領に加えたら、鉄塊も作られることになる。

「殿は、すべて鉄であったよ。やっとキャト氏が小さな勢力として立った時、求めたものは敵の首より鉄であった。草原には、悲しくなるほど鉱脈が少なくて、ほかの部族では鹵獲品を溶かして別のものを作ったりしていたものだ」

「いまは、鉄塊に不自由はしておりませんが」

「鉄が潤沢になって、束の間だが、殿は戦の目的を失われたのかもしれん。俺はそう思っているのだが、殿には訊けない。ほかの幕僚連中とも、こわくてそんな話題は出せたものではないな」

「鉄は目的でなく、手段だ。なにかの話の時、ボオルチュ殿がそう言っていました」

「そうか、目的でなく手段か」

チンギス・カンが、どんな目的を持っていようと、それについていける臣はひとりもいない。ボオルチュは、すべてを把握しているように見えるが、唯一、目的だけはわかっていないと思える。

チンギス・カンの行くところに、なにがあるのだろうか。

「ダイル殿、私は少しばかり、西や北に旅をしたいのですが」

「道や駅を作っておこうというのか。しかしチンカイ、その道はどこへ通ずるのだ」

「殿だけが、知る場所へ」

「どこへも通じない道だ、俺らにとっては」

「諦めて、私はとうの昔に受け入れていますよ。とうの昔と言っても、ごく最近のことだと、ボオルチュ殿は言われましたが」

「まあ、おまえは新参もいいところさ。キャト氏どころか、モンゴル族がひとつにまとまっていく姿も知らぬ」

「昔が、懐かしいのですか、ダイル殿」

「まったくおまえは、不愉快なことしか言わないのだな。旅に行ってこいよ。その間に、石の商いの方は目途をつけておく」

「申し訳ありません」

「なにが？」

「ダイル殿を遣うという恰好になってしまい、私はボオルチュ殿から叱責を受けそうです」

「殿の叱責でなけりゃ、いいだろう」

「そうですね」

チンギス・カンから叱責を受けることなど、およそ想像の外のことだった。

ダイルが、石を同じ大きさの玉にしていく仕組みを、説明しはじめた。

細かいことのほとんどが、チンカイが知らないところで進む。それは高い技術を集めているということで、いい状態であるが、時としてチンカイは、孤立して浮きあがっているような思いに襲われる。

チンカイの家帳にあった酒を多少飲み、ダイルは自分の家帳へ帰った。

旅には、供を三名つけた。

険しくはないが、丘陵の多い土地を、北へ千五百里で、ケムケムジュートである。謙謙州（けんけんしゅう）という漢の呼び名があるのも、その地になにか特別なものがあることを物語っていた。

四騎で、荷駄二頭を曳いている。

幕舎がひとつあるので、夜営で不自由することもなかった。村を通った時は、食糧も手に入れることができた。

遊牧の民もいないわけではないが、家は石や煉瓦や木で作られていることが多く、農耕をなす者が少なくない。

築城中の城の外に、長屋を三十ほど建てる。まだ材木などを集めている段階だが、寸法通りに作られるので、いざ建てはじめれば、数日で完成するだろう。

その長屋には、金国から俘虜として連れてこられた者たちが住む。対金国戦は、継続中であり、もしかするとこれからが本格的な戦になるのかもしれない、とチンカイは考えていた。

冬の間に、数万の軍をモンゴル国に戻したのを見て、金国戦ももう終盤なのだ、と言う者も少なくなかった。

現在金国で戦闘中の十万が、適正規模だとチンギス・カンは読みとったのだ、とチンカイは思っていた。思ったことを、なんの説明もなしに実行できる。それが、チンギス・カンだった。

野営は、できるかぎり集落のそばでやり、場合によっては集落の家に泊めて貰った。その土地の情報が取れるし、時には、協力者を見つけることができた。

ここはジョチが与えられた領地だが、まだ完全な統治に到っていない。これから、力で抑えることが必要かもしれないし、政事のあり方を厳しく問われることもあるだろう。

モンゴル国の西北部になるが、西遼という国を間に介在させていない分、実は西域に最も近い領土だった。

微妙で難しく、最も重要でもある地域を、チンギス・カンは長男に与えた。

野営の幕舎を畳んでいる時、現地の老人が、河で獲った魚の干物を売りに来た。

「陳双脚という男が、干物を作っております。石炭の鉱山を二つ持っていまして」

「双脚だと？」

「自分で考えた漢名で、凝りすぎたということでしょうか」

老人は、狗眼の者だった。ケムケムジュートの商いの道に詳しい有力者を調べてくれと、ヤクに依頼してあったのだ。

ヤクの組織は大きくなり、独特の調査は、すべて人を潜りこませてやるものだった。時には、人間関係を動かすような、仕掛けをすることもある。

アウラガ府にも調査をする組織があるが、あくまで表面のことで、裏は狗眼の者が担当していた。

「鎮海と似たようなものか。もっともこれは、自分で考えたのではなく、殿とボオルチュ殿の雑談の中から出てきたことだが」

「陳双脚には、新しいものが押し寄せてきているのだ、と言ってあります。謙謙州では、外の情勢に最も気を配っているひとりだと思います」

「陳双脚に、なんらかのかたちで、伝えておいてくれ。運を開きそうな男が、近づいてくることもあるとな」

狗眼の老人は、頭を下げると、売れなかった干物をぶらさげたまま、立ち去っていった。

森と草原が入り組んだ地域である。時として、湖水にぶつかったりする。

モンゴル国の草原は、極端に雨が少なく、従って地下の水脈が大事にされるが、ここは水についてはなにも考えなくてもよさそうだった。

三日後に、ケムケムジュートに入った。

いわゆる、城郭ではない。家があり、中心へ行くにしたがって多くなり、中央に広場がある。西にむかって開いているようで、西へむかい、西から来る道が三本あるようだ。

つまりここは終着の地点であり、始発の地点でもある。

いま築城中の城と、南北の道で結べば、チンギス・カンの道は、途中なんの抵抗も受けず、西へ繋がることになる。

宿は二軒あり、粗末な方を選んだ。食堂は宿になく、広場に面した場所に三軒がかたまっていた。

とりあえず、一軒に入った。卓が四つ並んでいて、ひとつに四名が腰を降ろせる。

野菜と肉を一緒に炒めたものを頼んだ。

出された料理は、強い火力を遣ってあり、野菜の瑞々(みずみず)しさと煮えた肉のやわらかさが際立っていた。

四人で、貪(むさぼ)り食った。

「気に入ったのか、俺の料理を」

初老の男だった。脂で汚れた白い上着が、なぜかうまそうな食いものと繋がった。

「そうなのですよ、双脚殿」

「ほう、わかるか」

「私たちの情報は、入っていたはずです。そちらから話しかけられたので、私の方も知っている名前を言ってみようと思っただけです。それにしても、料理もされるとは」

「この三軒の食堂は、俺のさ。隣では干物の魚を食わせる。その隣では、余った材料を簡単に調理して、安く食わせる」

チンカイは、立ちあがった。

「私は、鎮海と言います。酒でも飲みませんか、陳双脚殿」

「鎮海か。俺と同じように、おかしな名だ」

陳双脚は、声をあげて笑った。

料理用の上着を脱ぎ、薄い革の服に、栗鼠の毛皮の帽子を被って戻ってきた。

「銭は持っているのか、鎮海？」

「大して持ってはいません」

「それでは、安い酒を飲ませる店に行こう。おまえが誘ったのだ。俺は払わんからな」

「陳双脚殿、吝嗇というわけではありませんよね？」

「多分な。よくわからん。ひとつはっきり言えるのは、無駄な銭は遣わんということだ」

陳双脚が案内したのは、普通の家だった。入ったところが土間になっていて、そこの卓に着いて、老婆が出す酒を飲んだ。

チンカイは、モンゴル国の話もチンギス・カンの話もしなかった。ただ、物流の話をした。草原の物流、金国の物流。

このケムケムジュートには、三本の道が西にむかってある。どちらかというと、ここから物資が出ていく道だろう。入ってきても、さらに東へ運ぶには道はない。

「南に鎮海の城あり、と思っていただけませんか」

「相当大きな城なのだろうな」

「陳双脚殿が想像しておられるより、ずっと大きいと思います。そして物資が入ってきては、出て行くのです。物資の通り道ですが、通るたびに銭が城に落ちます」

「なるほど、そういうことか」

「基本はそうなのですがね。どんな商いも才覚によっては可能で、富は無限だろうという気もします」

「ほう、すぐにでもそこを見てみたいな」

「それが、まだできていないのです」

「なんだ、つまらぬ夢物語だったのか」

「いえ、城はできますよ、そのうち」

「おい」

「今年じゅうには」

それからチンカイは、この大地を縦横に通っている、物流の道の話をした。大雑把な話だが、陳双脚の眼は輝いた。

「それでは、このあたりで。喋りたいことは喋ってしまいましたから」

「おい、待て。おまえは俺に、なにをやらせようとした？」

「私が築いている城まで、およそ南に千五百里。ここを結ぶ、南北の道を、城が完成するのと同時期に、作りあげておきたいのですよ」

「作ればいいだろう」

「城から西への道も東への道も、そして南への道もあるのです。南北の道は、私より陳双脚殿に必要だと思うのです」

チンカイは腰をあげた。

「おまえ、俺を相手に商いでもしようというのか」

「いいえ。商いは、こんなものではありますまい。私は、陳双脚殿と駆け引きをしているわけで」

「本気で駆け引きをしているやつが、していると言うか」

「城の完成は、南北の道もあってというように私は考えているのです」

「おまえ、モンゴルの人間だろう、鎮海。モンゴル軍は、数年前にこのあたりに来て、迎え撃った軍を、二度ほど蹴散らした」

「軍がつける道は、どこか物流と相容(あいい)れないところがあるのですよ」

では、と頭を下げて、チンカイは立ち去ろうとした。陳双脚が、腕を摑んできた。

「もう少し話そう。俺は、轟交賈というものを、もっと知りたい」

「陳双脚殿、私を誘うのなら、もう少しいい店で。誘われた私は、払いませんよ」

「商いか、おい」

「いえ、駆け引きです」

「行こう」

陳双脚が、先に立った。

五

旗が鳴っている。

風が吹いていた。

ジョチの旗は青であるが、いまは白地に鳶色の縁取りの、モンゴルの旗を掲げていた。

一万騎で、移動を続けた。敵からも味方からも、はっきり見える移動である。

移動に、目的があるわけではなかった。強いて言えば、移動してなにかやろうとしている、と敵の指揮官に思わせられたらいい。一万騎の移動は、無視できないはずだった。トルイが率いる一万騎も、移動を続けている。

それと較べて、本陣は五万の歩兵が前衛で陣を組み、三万の騎馬が後方で構えている。一万騎三隊であるが、それはひとつと感じられているはずだ。

敵は、二十五万である。五万で一隊だが、その編制は、騎馬一万と歩兵四万であり、五つが同じだった。

なぜ五万の騎馬隊というように考えず、五つに分けてしまっているのか。二十万の歩兵をなぜひとつにしないのか。

ひとつでいるということは、情況に応じていくつにでも分かれられることだ。

ジョチは、敵の総大将の定薛が、どこにいるのか見定めようとした。五百騎ほどで動いている部隊があり、そこに定薛はいるのかもしれない。

しかし、敵の全軍を見渡すのは、至難だった。

二十五万は、いくつかの情報が一致しているので、間違いはないだろう。斥候がこれを見たら、数えきれない大軍、と言うしかないだろう。

この大軍とむき合って、父は平然としているのか。

モンゴル族を統一する前、父が率いるキャト軍は、いつも寡兵で闘っていたという。

そのころのことを、ジェルメやクビライ・ノヤンはよく語る。チンギス・カンの軍の創生のころを、自分たちは担ってきたのだ、という自負もあるのだろう。

戦は、峻烈だった。甘いところがあれば、その甘さの分だけ兵が死んだ。

ジョチが戦場に伴われるころには、かなりの規模の軍になっていた。いま思い返せば、自分を守るための部隊がいたのだ、とジョチには理解できる。あのころは、なんと過酷な場に立たされるのだ、と思ったものだ。

いまも、そうかもしれない。つらいことを選んであてがわれているような気がするが、どこかで守られてはいないのか。

「ツォーライ、本隊はそろそろぶつかるかもしれないぞ」

「まだ、前衛の距離は三里以上あるようですが」

「騎馬なら、あっという間の距離だ」

「それはそうですね」

「本隊がぶつかるのとは違う軍に、俺らはぶつかる」

「そういう命令が届いたのですか」

「届くわけあるまい。遊軍を命じられた。遊軍として動くだけだ。本隊が、正面の五万にぶつかったとする。まず、騎馬の攻撃だと思うがな。俺は、本隊がぶつかっている軍の隣か後方の五万に突っこむ」

「何度も、突っこむのですか？」

「敵は、一度突っこんできただけだろう、と思うはずだ。だからもう一度を警戒することは少ないと思う」

「そういうところへ、第二撃ですね」

ツォーライが嬉しそうな顔をした。

「二撃目は、意表を衝きますね」

「五撃までやる」

「えっ」

「いつ終るのだ、と敵に思わせる」

「トルイ様は？」

「あいつは、あいつの戦をするさ。お互いに遊軍なのだ。ただ、こちらは見ているだろうな」

「殿が五万、トルイ様が五万、ひと時でも突き崩せば」

「あとは本隊のやりようだ」

　遊軍が面白そうだ、と父の前で言った。なぜか、すべてを放り出したような気分になった。そして、たやすく開き直った。

　いままで、開き直ろうと、どこかで自分を追いつめていたが、気軽に開き直った方がいいような気がする。開き直りとは、もともとそういうものだろう。

「正面の五万は、父上がなんとかなさるだろう。俺とトルイの力を、はじめから計算には入れておられない。それに正面だけにかぎって言えば、父上の方がずっと大軍だ」

「わかりました。われらは、われらの戦をするということで、兵たちには力をふり絞れと言えます」

　調練に調練を重ねた。鐙と鐙の間が、拳ひとつ。敵とぶつかる時も、密集隊形で前進する時も、それができる騎馬隊だった。

「俺が死んだあとの指揮官を、三人まで決めておけ。おまえが死んだ時もだ」

「殿、それはもう決めてあります。思うさま駈け回って戦をする、というのが俺の夢でしたが、案外に早く実現するのですね」

「そして、夢が甘くはない、ということがわかる」

「戦ですからね、あたり前です」

五軍のうちの、前の二軍が進みはじめた。それでも、五万の最後尾が動きはじめるまで、かなり時がかかった。

前進した軍は、十万になる。父が、それを正面から受ける。

それ以上のことは、情況を見ながらでなければ、決められない。

ジョチは駈け出し、敵の左側を大きく迂回(うかい)した。これは、敵の側面、後方を脅かす動きになる。トルイも、反対側を同じように動いているようだ。

遊軍の動きは当然敵にも見えていて、騎馬隊が動きを止め、馬首を回して、反対をむく恰好になった。

後方の十五万が、ようやく動きはじめている。

ジョチは、背中で戦闘の気配を感じた。これは、本隊が前進し、金軍の前衛とぶつかったものだ。実際の戦闘は見えない。

本隊の歩兵が二つに割れ、その間を三万騎が駈け抜け、敵の左軍の中央に突っこんだ。突っこんだ瞬間、騎馬隊は十隊ほどに分かれて、それぞれ違う方向へ動き、まるで四万の歩兵が、内側から膨らんで破裂したように見えた、と斥候が報告してきた。

次の斥候の報告は、本隊が横に動きながらまとまり、敵の右軍に突っこんだ、というものだった。

後方から追ってくる敵にむかって、ジョチは駈けた。ほとんど無傷だった敵の騎馬隊が、対応する動きをとり、しかし追いすがってこようとはしない。

前方の敵が、近づいてきた。騎馬隊を先頭にしている。そこにむかって、疾駆する。突っこめる。二里の距離が、あっという間に半里になった。敵の騎馬隊も、前進しているのだ。

半里。前衛の兵の顔が見える。次の瞬間、ジョチは馬首を回した。本隊に絡みつこうとしている、二万の騎馬隊。見ないようにした。ツォーライが率いる五千騎は、反転せず敵に突っこんだ。

ジョチの動きは遊軍として想像でき、ツォーライの動きは意表を衝いただろう。

ジョチは馬首を回し、再び反転してツォーライの後方から突っこんだ。

勢いがついていた。ツォーライが二、三騎通れるほどの道を開けると、疾駆の勢いのまま、ジョチは敵の歩兵の中に突っこんだ。とにかく、蹴散らす。遮る者は斬り倒す。

ジョチは、先頭で突き抜けた。一里ほど駈け続け、反転した。敵を突き抜けてくるツォーライの軍が見えた。

その時ジョチは、出てくるツォーライと入れ替るように、敵の中に突っこんでいた。

駈けられる。駈けられると思ったら、駈けるしかない。止まるのは、騎馬の死を意味する。馬を潰してしまうのも、恥だ。

突き抜けた。前方に本隊のぶつかり合いがあるが、土煙でほとんど見えなかった。

反転する。突っこむ。出てくるツォーライと、突っこむジョチが、敵の騎馬隊を挟み撃つかたちになった。

敵の騎馬隊は、どちらにむかうか決めきれず、動きを止めた。人形を斬り落とすように、敵兵を討ち続ける。歩兵は、蹴散らす。

数度、それをくり返している間に、隣にいた一軍が、こちらにむかってきた。

ほとんど潰滅している敵を追い立て、新手の方にむかわせた。

敗走してくる味方を収容するだけで、それ以上の動きを敵はできなくなった。

ジョチは、ツォーライと並ぶようにして突っこんだ。しかし敵の歩兵は、きちんと四段に構え、どこかでジョチの軍を止め、押し包もうとする構えだった。

第一段を突き崩したところで、突き抜けず、退がった。

それから、西へむかって駈ける。そこには、敵はいない。丘ふたつ。馬群。

馬を替え、戦場に駈け戻った。

金軍が退がるのを、二万騎ほどで追っていた。トルイはいない。馬の脚を落としたようだ。

ジョチは、金軍の殿（しんがり）にむかって、突っこんだ。馬の勢いがまるで違い、小さくかたまっていた殿軍（でんぐん）を押し分け、浮足立たせ、潰走させた。

追う。討ち続ける。本隊の騎馬隊も、もうついてこない。五里ほど、追い撃ちに討った時、五万ほどの歩兵が行手を塞いだ。

丸太を寝かせている。それを綱が引き起こせば、丸太が突き出した馬抗柵になる。前衛の歩兵の後方で、弓を構える一万がいる。

ジョチは片手をあげ、退いた。

即座に、東へ百里移動、という伝令が届いた。

ジョチは、そのまま軍を東へむけ、駈けた。

移動である。ツォーライは、犠牲を調べて報告してくる。一千二百騎ほどを失ったようだ。

敵の中を、何度も駈け抜けた。犠牲が多かったのは、仕方がないことだ、とジョチは思った。

犠牲の多さを責められるなら、甘んじて受けるしかない。

夜を徹し、朝になってもまだ駈け続け、陽が中天にかかるころ、先に到着している本隊の騎馬隊が遠望できた。

ジョチはその場に留まり、迎撃の陣を組んで、次々に到着してくる歩兵を迎えた。

ナルスが、数台の馬車とともに通り過ぎていく。兵は、二人で一本ずつ、丸太を担いでいた。

歩兵の犠牲は、それほど多いとは思えなかった。潰れそうな馬から降り、手綱を引きながら、トルイの軍が歩いていった。やはり、犠牲は一千以上出しているようだ。

トルイは、はじめは後方から来る三軍の右の軍にぶつかったが、一度突き抜けただけで、本隊の戦場にむかい、歩兵を側面から突き崩している。

その動きの方が、勝敗に直接影響したかもしれない。ジョチは、本隊だけで充分に対処できる敵だと見たので、その戦場は無視していた。

ボレウとジンが、自分の脚で歩いてきた。

「俺たちで終りです、ジョチ殿。残っているのは負傷した者たちで、兵站部隊が収容搬送します。

養方所の大幕舎が、すでに安平のそばに設けられています」

「そうか。もう、俺はいいな」

「はい。明日までに、安平の城郭を陥すそうです。抵抗はないだろうと予測されていますが、わかりません」

陥ちる前に、陥ちたなどとは思わないことだ。

ジョチは本隊から離れたところで、駐留の準備をした。

まず馬の手入れをし、兵たちに馬具武具の検分をさせ、五十名の哨戒の隊を出し、休止を許した。

安平の攻撃には、まず歩兵があたるだろう。

ナルスがかなり先へ行ったので、攻城兵器の準備だと思った。

最初から決められたことのように、全軍が動いている。百里東へ移動するというのも、とっさに決められたのか、前から決めてあったのか、わからない。

「金軍は、どうしている？」

「俺が摑んだところでは、態勢を立て直して陣を敷くのに、明日までかかるだろうということです」

「どこからの情報だ、ツォーライ」

「ソルタホーン殿から。各隊の副官に犠牲を訊ねてこられ、情報も伝えてくれます」

副官同士で、連絡を欠かさない。それは知っていた。金国領に進攻してから、その連絡網とでも言うべきものは、強固になっているようだ。

焚火を五つ許し、大鍋で次々に干し肉を戻した。ジョチのところには、最後に兵糧が回ってくる。

ジョチは構えていたが、本陣からの呼び出しはなく、夜が更けた。

明け方、本陣に動きが見えた。

争闘の気配ではなく、ただ兵が動いているようだ。

「安平が、闘うことなく降伏したようです。本陣は、城郭の中に移るそうです」

ツォーライが報告に来た。

八刻後ぐらいに、軍議の召集があった。

それまでなにも言われなかったのが、いいことか悪いことか、ジョチにはわからなかった。やるべきだと思ったことを、やった。それが悪いと言われれば、それまでのことだ。

ツォーライに指揮を任せ、従者二騎を連れて、安平の城門を潜った。

城内に、混乱の気配はなかった。

数百名が入れそうな軍営があり、厩や練兵場、そして見張り櫓もあった。そこが、本陣だった。

テムゲが、広間にひとりでいた。

テムゲとは、ともに地を這って闘ってきた、という思いがある。あの時は、百人隊長のようなものだったが、戦が苦しく愉しかった。命のぎりぎりのところを、何度も見た。

ボロクルとジェベが、なにか言いながら入ってきた。そして頭に繃帯を巻いたトルイも現われた。

　ソルタホーンが、ムカリと一緒に現われ、ボレウ、ジン、ナルスが来たところで、座る位置が指定された。

　隊長だけの軍議であり、副官と名がついているのは、ソルタホーンだけだった。

　父が入ってきた。

　表情からは、なにも読めない。

「敵の犠牲は、一万を超えていて、わが方は三千です」

　ソルタホーンが言ったのは、大まかな数字なのだろう。千二百の犠牲というのは、やはり大きい。

「緒戦は、思い通りだった。金国に、かなり大きな衝撃を与えた。次は、北へむかうぞ」

　北のどこを攻略するのか、父は言わなかった。各隊の戦ぶりについても、なにも言わない。父は、顔を合わせ、隊長がひとりも減っていないことを、確かめただけかもしれない。軍議で、あまり細かい話になったことはない。

「定薛について、どう思った？」

　父が、問いかけてきた。定薛が、実際に闘ったのかどうかは、わからない。どこにいたかもはっきりしないが、後方の三軍の中央だろうというのが、最もありそうなことだった。

「ジョチ将軍は、最も近くにおられたと思うのですが」

　ソルタホーンが言った。

「後軍の中央にいたのなら、確かに近いし、一度突っこみました。歩兵が四段に構えていて、深く入るのは危険と判断しました。なにか、硬いものにぶつかった気分ですが、そこに定薛がいることなどは、考えてもみませんでした。この戦で、敵の大将の所在を知るのは、その首を奪るため。首を奪れないのなら、むしろ知らない方がいい。それが、遊軍である俺の考えでした」

「おう、ジョチ、詳しいことまで喋るようになったではないか」

皮肉を言われたのかもしれない。それならそれでいい。

定薛の戦について、それぞれが思うところを語りはじめた。古い軍人である、とトルイは言った。

「もういい。定薛とは、まだ闘うことになるだろう。次には違った顔を見せる。それがあたり前だぞ」

父が言う。

皮肉と、きまりきったことしか言わないのか。思っただけで、口に出せるわけがない。

腕を組み、ジョチはちょっとうつむいた。

「欠けた三千騎については、補充が来ます。新兵を入れた調練をくり返す余裕は、あまりありません」

「最も犠牲が多かったのがジョチ殿ですが、大丈夫ですか？」

ボロクルが訊いてきた。ジョチは、ただ頷いた。駄目だという言葉も、言えるわけがない。

「編制は、大きなところでは、変りません。これからも攻城戦は多いので、歩兵部隊や工兵隊は、細かいことを話し合っておいていただけますか」

ボレウが、代表して返事をしている。

「編制を、ひとつだけ変える。遊軍だ」

父が言った。

ジョチは顔をあげ、父を見つめた。

「トルイの軍は、ジョチの指揮下に入れる。遊軍がなにか、わかっていないところがあるからな。いいか、ジョチ」

「はい」

「弟の面倒を、しばらく看てやれ。遊軍の規模を、二万騎とする」

父は立ちあがり、ソルタホーンと一緒に広間を出ていった。

「なにか、おまえの仕事も、段々と難しくなってくる。まあ、それなりの働きを見せているからか」

テムゲが、そう言い残して出ていった。

ほかの連中も、ジョチに挨拶(あいさつ)して出ていく。

トルイだけが残っていた。

「俺はどうも、未熟だったようなのです、兄上。兄上の下で、また学びたいです」

「学ぶなどと。二人で、踏ん張ろうぜ、トルイ」

トルイが、白い歯を見せて、嬉しそうに笑った。ジョチも、笑い返した。

地衣の色

一

月が満ちている。

侯春は、丸い月が動くのを見ていた。見ているだけでは、わからない。しかし二刻も経つと、明らかに前の位置とは違っていた。

だから、月を眺めるのは、動くのを見ていることだ、と思っていた。

毎夜、見あげているわけではない。満月の時に、四刻眺めている。月のかたちの変化は見えず、丸い月の色や大きさが変って見えるだけだ。

雲に隠れて見えない時もあったが、それでも月の位置を正確に眼で追っている、という気持はあった。

沙州楡柳館である。

半年前に、塡立の許しを貰って、ここを訪った。宣弘という老人が受け入れてくれて、起居できる部屋を与えられた。

館の最奥にある部屋は、書が詰まっていた。書の置き場のようだと思ったが、隣の部屋には、宣弘の父、宣凱が暮らしていたのだという。そこはいま、宣弘の居室になっている。

幼いころから、父に書見をさせられた。

開封府の家には書が積みあげられていて、塾で読み書きを教えていた父の、宝と言ってもいいものだった。

その書物の中に、父を知る手がかりはなにかあったのかもしれない。侯春が読まされたのは、それほど難しいものではなく、書見に親しむために選ばれたものだ、といまならばわかる。

大量の書は、父が死ぬとすぐに、母が売り払った。それで一年も暮らすことができず、母はある日いなくなった。南から来た商人と一緒だったと教えてくれた者もいたが、侯春はそれほど気にしなかった。もっと幼いころから、母親の愛情を強く感じることはなかったのだ。

父の家だったはずだが、そこを追い出された。それも、あまり気にしなかった。開封府の城内で、塒を見つけ、さまざまな下働きの仕事もした。

盗みと物乞いだけは、決してやらなかった。父を傷つけることになる、という気がしたのだ。

下働きでは、ようやく飯にありつけるぐらいで、銭などあまり手にしたことはなかった。それでもたまには銭をくれる人がいて、手に入ったそれはほとんど遣わず、隠していた。

二年弱、そうやって暮らした。力仕事だと間違いなく銭になるのだが、歳が足りなかった。

ある時、城内を案内してくれ、と言った旅人がいた。その時、侯春は馬を預かる厩の商売をしている老人のところで、馬の世話と馬糞の掃除をしていた。

不思議な男だ、と思った。馬糞を集めている侯春を、じっと見ていた。それから、孤児か、と訊いてきたのだ。頷くと、何度、盗みをしたか、と言った。

侯春は本気で腹を立て、盗みと物乞いは死んでもしないのだ、と言い返した。男はじっと侯春を見つめ、それから大人に謝るように謝った。そして、城内の案内を頼んできたのだ。

厩の老人の許可が必要だと言ったが、老人は卑屈な笑みとともにそれを許した。

歩きはじめてすぐに、男は食堂に入った。侯春は外で待とうとしたが、入ってきてむかい側に座れ、と命じられた。

卓に次々に料理が出てきて、食えと言われたが、侯春は箸（はし）を手にしなかった。口の中は唾で溢（あふ）れ、皿に顔を突っこんで食いたいという衝動に襲われたが、耐え抜いた。

盗みと物乞いはしないが、施しも受けない。そう言うと、男は苦笑した。

それが、塡立との出会いだった。

塡立は五日開封府にいて、毎日侯春はともに歩いた。五日目に、養子にするからついてこい、と言われた。

養子という名の使用人だろうと思ったが、侯春は塡立が嫌いではなくなっていた。

月が、動いていた。放心したり、考えごとをしたりする時、眼は開いていても、月を見てはいない。しばらくして、動いていることに気づくのだ。

葡萄の棚の下にいた。枝にかかっていた月が、いまは丸くきれいに見える。

「いい月ではないか」

声がしたので、侯春は腰をあげた。

宣弘だった。紐のついた酒瓶を、ぶらさげている。

「その台の隅を、私に貸してくれないか」

「貸すなどと。どうぞ、全部、お遣いください」

「おまえのそばに、腰を降ろしたいのだ」

宣弘が腰を降ろしたので、侯春ももといた場所に座った。

宣弘が、酒の瓶に口をつけてひと口飲み、侯春に差し出した。

「大同府の月と、だいぶ違うか？」

「ここの空気は、乾いています。砂漠ほどではありませんが。そのせいなのか、月も星もくっきりと見えます」

「私も旅をして、さまざまな月を見てきた。湖に上がる、本館の方の楡柳館の月が、最も好きだったな」

「梁山湖の湖寨から見る月が素晴しい、という宣賛様の記述がありました。宣賛様は、呉用殿とよく眺められたようです」

「私の祖父さまだな。だが父は、私と月を観ようなどとはしなかった。もっとも、離れて暮らした期間の方が長いのだが。喜んで月を観る人だとも、思えなかったなあ」

差し出された酒の瓶から、侯春は少しだけ口に流しこんだ。

「私は、一度しか湖寨を見たことがない。父がある時、夢のはじまり、と言ったことがあった」

「夢が、湖寨からはじまった、ということですか」

「だろうな。それで、あの山のような資料を、全部読んだのか？」

「はい。気になるものを、いま読み返しているところです」

「そうか。私などよりずっとよく読める。あれを読破するのには、二年は必要だと思っていたよ」

塡立に連れていかれた大同府では、妓楼の下働きをさせられた。塡立は女を集めるような旅をしていたので、なんとなく予想はできたことだった。

しかし妓楼のそばに書肆があり、そこにあった書は、かつて自宅にあった書の数とは、比較にならなかった。

泥胞子が店番をしていて、しばしば侯春が代りをやらされた。書肆にある書はなにを読んでもいいと言われていたので、侯春は古い時代を扱った歴史書から読みはじめた。泥胞子は、侯春が読んでいるものに関心は示したが、なにも言わなかった。

「宣賛様が書かれたものが、かなりの部分を占めています」

「そうだったね」

「宣凱様の書きこみが、いくつもありました」

「祖父や父のことを、私は深く知ろうとしなかった。梁山泊が、父の人生の誇りだった。それでいいのだ、と思っていた。私には、私の人生があったからな」

「宣凱様と、よく話をされたのですか？」

「したよ。気の合う父子ではあったのだ。梁山泊についても、肝心なことは聞いたさ。それ以上になると、父の自慢話になるので、私の方が避けたのかな」

「いろいろな男が集まっていたのですね。それは、二代、三代にわたって」

「おまえは、四代目になるな」

「よく、『替天行道』の冊子の話が出てきます。その内容について言及してあるところは、見つかりませんでした」

「やはりな。読ませろ、と父に言ったことがある。それぞれの胸の中にあるものだ、と父は言った。それだけで、私はなんとなく納得したな」

「俺も、納得すべきですかね。あれほど膨大なものを読むと、冊子もひとつの言葉だと思えてきます」

「まさに、替天行道というひと言だな」

宣弘が、また酒瓶を差し出してきた。侯春はそれを、ひと口飲んだ。

祖父の侯真は、酒に溺れていたころがあるらしい。それが悪いことだとも、困ったことだとも書かれていなかった。酒に溺れた、という記述があるだけだ。

すべてのことが、宣賛の眼から見られたとしても、それについての考えなど書かれていなかった。それで、きわめて読みやすい文になっているのだ。

　これほど自分を抑えて書ける宣賛の意志力は、大変なものだったのだろう、と侯春は想像していた。

「侯春は、もう私より梁山泊については詳しいのだな。父が持ち続けてきた書類は、一度だけ生きたのだと思う」

「宣弘様や俺だけでなく、梁山泊の男の血を受けた者は、多くいます。その中の誰かが、また読もうとしますよ」

「おまえを父に会わせたかった、と思うよ。まあ、何日もつかまえられて、大変だっただろうが」

「何日でも、俺は話を聞きたかったです。俺の祖父や曾祖父のことだけでなく」

「すこぶる魅力的な男たちが集まっていた、ということは認めるよ。そして、血の問題を話せば、楊令(ようれい)という人の血が、どう伝わったかなのだな」

「吹毛剣(すいもうけん)を、誰が持っているのか、ということになりますね。わが殿が佩(は)かれている剣が、吹毛剣です」

「楊令様の孫か。血の流れというのは、実に不思議なものだな」

「そして、もしかすると無意味なのかもしれません」

「面白いことを言うな、おまえは」

　宣弘の笑う顔が、月の光の中に浮かびあがった。

「それはそうと、チンギス様は、二十五万の金軍を手玉に取り、真定府から東へ移動したようだな。金軍は追えず、軍の立て直しに懸命なのだそうだ」

「殿が求めておられるものがなにか、泥胞子も塡立もわからないそうです」

「おまえは？」

「私などは。ただの黒にすぎないのです」

「黒とは、どういうことだ？」

「殿が赤牛で、ボオルチュ殿が青牛で、俺が玄牛なのです」

「牛という繋がりがある、と私には思えるがな」

「大同府の妓楼での呼び名にすぎません」

「牛の呼び名を持っている者は、ほかにいないのだろう」

「それだけで、俺に自惚れろ、と言われているのですか」

「もともと冷静なやつだったのだろうが、妓楼の仕事の中で、それがしっかり育ち過ぎたようだな」

「いまの自分を、いやだとは思っておりません、宣弘様」

「いつかおまえは、自分の大人の部分を毀さなければならない時が来るよ。その時に、梁山泊を思い出せばいい、と私は思うな」

「宣弘様、入りたくても、梁山泊はもうないのですよ。湖寨の跡はあるのかもしれませんが」

「あるにはあるが、金軍の軍営になっている。その前は、北宋の軍がいた」

「行かれたのですか？」

「行ったよ。一度見たと言ったろう。外からはどんなふうに見えるのだろう、と思った。梁山湖のそばを通る用事があったのでね」

「湖寨は入れもので、やはりその中身が真の梁山泊ですね」

宣弘が、酒を呷（あお）った。低い声で笑っているようだ。

「入りたくても、梁山泊はもうない。私も、父の話を聞きながら、そう思ったものだ。だから、遺物のような書類の山を読もうという気を起こさなかった」

もう一度酒瓶を呷ると、侯春に差し出した。受け取り、侯春はまだ飲もうかどうか、いくらか迷った。弱い酒を煮つめた湯気を集め、強い酒にしたものだ。

「同じ感慨とは、私は驚いた。自分の思いがどんなものか、私は摑んでいない。おまえもそうだと思う。入りたくても、もうない。思いがなにか確かめるために、あれば入るということだぞ」

「そうですね。そうかもしれません」

侯春は、酒を呷った。

眼をあげると、月がずいぶん動いていた。

こうやって、人の世も動くのだろうか。それから侯春は、それが他愛ない考えにすぎない、と自嘲した。

「侯春、私たちで梁山泊を作ろうか」

「二人でですか」

「あの梁山泊も、最初は宋江と魯智深の二人だった、という解釈もできる」

「面白いですね。しかし、敵が見つかりません。金国は、殿の相手などにはなりようもなく、西夏や西遼もまた」

「どこまでも、大人っぽいところに留まろうとするのだな、おまえは。泥胞子も塡立も孤児だったという。そして、おまえのように大人っぽかったのだろうと思う。それがいきなり子供になったのは、チンギスという男、いやテムジンという男に会ったからだ。私の想像にすぎないのだがね」

大人っぽいと言われても、八歳から大人の間でひとりで生きてきたのだ。それ以外の自分を、思い描くことができない。

盗みや物乞いをしないというのも、信念などではなく、大人たちに信用され、仕事を得るためだったのではないのか。

つまらない人生だ、とふと思った。これまで、泥胞子や塡立の人生と較べて、面白味がないとはよく感じた。つまらない、という言葉が浮かんだのは、はじめてのことだ。

侯春は、酒を呷った。

「満ちた月が好きか、侯春」

「月そのものを、好きだと思ったことはありません。月が満ちると、それだけ日が過ぎたのだ、と思えるのです」

「それだけか」

宣弘が、つまらなそうに呟いた。

好きか嫌いかを、考えたことはない。月はただ夜空にあり、時によっては星の明るさを消してしまう。

「侯春、まだ、あの書類の山と格闘するのか？」

「あとしばらくで、気になった部分を読み返せます。それで、大同府へ帰ろうと思います」

「そうか。私も、開封府まで行こうと思っている。一緒に旅をするか」

「いいですね。いつ出発されます？」

「冬が来て雪が降り積もり、その雪が解けるころに。ただし、馬で駈ける。モンゴル国の駅で、時々馬を替える」

「駅を、見てみたいです」

「はじめのころとは違って、さまざまなかたちがあるぞ。広大な牧で、馬を飼っているところもある」

「金国の中にも？」

「いや、金国には作れまい。いまはな。金国では、馴染(なじ)みの宿が方々にある」

「宣弘様の人生というのは、半分は旅だったのですね」

「旅で見るものなど、高が知れたものだ。無限の広さがどこにあるのか、いまになってようやくわかってきた」

「無限の広さが、あるのですか？」

「どこにでもある。人の心の中にある荒野だ。無限に広くできるかどうかは、その心の持主次第だということだな」

「なにか、はぐらかされた気がします」

「人生の真実など、みんな人をはぐらかす。私ぐらいの歳になると、それもわかってくる」

「なにを、信じればいいのですか？」

「若き日の熱情を。それで心と躰を燃やしていた時が、人がほんとうに生きた季節だ」

いま、侯春は若かった。二十歳なのだ。そして、心が熱くなった時はない、という気がする。

梁山泊のことを、知りたかった。曾祖父と祖父がいた。入りたいと思った時、梁山泊はなかった、という感慨を、父は持ったのではないだろうか。

沙州楡柳館に残された書類を読みながら、心が騒ぐのを感じた。騒ぐというのは、燃えることとはずいぶん違うだろう。

十歳で、妓楼の下働きになり、二十歳まで、書肆の書物を読み漁った。

それでわかったことが、なにかあるのか。

男というのは、いくらか哀しい生きものである。歴史の中にあるのは、みんなが正しいと言うことだけにすぎない。

深く正しいことなど、どこにもなくて、自分で作るしかないのかもしれない。

躰のどこかに、動いていない部分がある。心にも、それがある。

動かせるのか。自分の中で、すでに死滅したものではないのか。

心には、無限の広さがあると、宣弘は言った。荒野の広さだ、というようなことも言った。その心が、荒野が、深い闇に包まれているとしたら、それはないということと同じではないのか。

「宣弘様、自分はこうであると思っていた自分と、違う自分になることができるのでしょうか？」

「できる者と、できない者がいるだろう。私は自分が、こうだと思っていた自分のままで生涯を終えるのだ、と思っているよ」

「そうなのですか」

「入りたくても、梁山泊はもうないしな。もうない梁山泊について、おまえが調べに来た。それより前に、テムジンという男が、この沙州楡柳館に、吹毛剣を持って現われた。それからたえず、草原で吹くテムジンの風を感じてきた」

宣弘が、酒を呷った。そして立ちあがり、なにか声をあげた。声だけで、言葉は聞きとれなかった。

「侯春、おまえ馬には乗れるのか？」

「これでも父祖に、梁山泊の男たちがいるのですよ。豹子頭林冲とまでは行きませんが」

「俺の父は、脚が少し不自由だったのでな、馬は苦手だったらしい。だから、旅が好きではなかった。若いころ、私は父の眼であろうとしたものさ」

「沙州楡柳館での暮らしは、俺にいろいろなことを教えてくれました。物流がなにかも、多少はわかったような気分です」

「轟交賈は、私が思い描いた通りの姿になっている。受け継いだものを、少しずつ若い者に託するということを、すでにはじめているのだ。そしてある時、ふと気づいた。すべてを受け継がせた時、私にはなにもないのだ、ということをな」

侯春には、なにも言えなかった。持っていた酒瓶を、黙って宣弘に差し出した。

二

城の全貌が、ようやく眼で見えるようになった。

ダイルはもう、工事の現場に立ち会うことはしなかった。金国の俘虜だけでなく、モンゴル国の罪人も投入され、作業しているのは三千名を超えているかもしれない。

ここで工事に携わっているかぎり、罪人も俘虜もモンゴル国の民も、待遇に変るところはなかった。ただ、指揮する者が選び抜かれていた。

最少が五名ひと組で、指揮者がいる。それを十集めて、また指揮者がいる。そんなふうにして、五百名、千名を指揮する者もいる。軍と同じだ。

チンカイは、二十数名の部下を直轄にして、工事場全体をまとめあげ、しっかりした秩序を保っていた。

城は、外周の石積みは、背丈ほどができていた。それをさらに高くするつもりなのか、別の城壁を作るかは、チンカイの頭の中にあるのだろう。

いまは、城内の建物に力が傾注されている。燃えることを警戒してなのか、木はまったく遣われていない。煉瓦、日干し煉瓦、石で作られていた。川が一本引きこまれ、それは城内で分流して、三本になり、また一本になって大きな河に帰っていく。

複雑に、溝が掘られていた。それがなんのためのものか、一度聞いただけでは憶えきれないほどだった。

井戸もかなり掘られているが、水は引きこんだ川だけでも充分らしい。それほど雨は多くないが、地下の水脈は豊富なのだ。

ダイルがこの地を調べた時は、そこまではわからなかった。圭軻（けいか）隊から、地面の下の情報を聞いていたのか。あるいは、実際に掘らせてみたのか。

人や物資は、いずれ集まると読んだのだろう。ちゃんとした水脈がある。周辺の土地が肥沃である。そういうことを重視して、場所を選んだような感じだった。

そういう才覚も見込んで、ボオルチュはチンカイに築城を命じたのだろう。しかしチンカイの才覚が鮮やかに光ったのは、山羊の髭だった。それを、集められるだけ集めた。

劉応（りゅうおう）という俘虜のひとりを隊長にし、五十名ほどの部下をつけ、髭を洗っては干すという作業を河辺で続け、その上の丘では、糸として紡いでいた。

山羊は羊の群の中にいるが、百頭あたり五頭もいはしなかった。しかし羊の数は厖大であり、したがって山羊の数も半端ではなかったのだ。わずかな銭で髭は手に入り、糸に紡いで西に運ぶと、信じられないような値がつくのだった。

それでチンカイは、砂金と銀の粒をかなり手に入れた。山羊の髭は、工事の邪魔にならない場所に建てた三つの小屋に、まだ相当蓄えられている。

　銀の粒で、近辺の集落の長は、丸太を切り出して運んでくる。石を運んでくる。両方ない者は、人を出す。

　城とは別に、河沿いに集落が作られていた。中に二段の寝台をいくつも並べた、長屋が多かった。モンゴルから来た者たちは、思い思いに家帳（ゲル）を組み立てている。

　自分の家を作って、家族を呼び寄せることも、場合によっては許される。囚人も俘虜も、三年働いたら解放されるが、それにはチンカイの部下の評点が必要になってくるのだ。

　働く意欲を搾り出すとか、働かざるを得ないとかいう、俘虜や囚人の労役とは較べものにならない、効率的な働く環境をチンカイは作りあげた。

　石の数珠も、山羊の髭ほどではないが、儲けになることが見えてきた。山羊の髭が売れればいいと考えるのではなく、数珠の製作にも二十名ほどをきちんと割き、河辺に工房も建てた。

　城外にあるのは、集落だけではない。丸太の柵がめぐらされた、広大な牧が二つある。畠にいたっては、余地があるところになにか植えられている。

　ひとつの牧は三つに区切られ、牛がいて豚がいて鶏がいる。駱駝（らくだ）の場所も作られるようだ。羊の肉は、近くの集落から買い入れる。

　いくつものことが、同時に進んでいて、人もうまく振り分けられていた。そういうことに関しては、ダイルはなにもできない。職人たちは、尻を蹴飛ばせばよく働くと、思いこんできたところがある。

ダイルは、よく陽が当たる丘の中腹に家帳を建て、腰を落ちつけた。部下たちと従者の家帳は、その下に並んでいる。

家財というほどのものはないが、床には不織布の代りに、西域の絨毯と呼ばれるものを敷いていた。寝台を包んでいるのは虎の皮で、かけている蒲団は羽毛だった。

そんなものを集める趣味はないが、ツェツェグの亭主であるテムゲが、さりげなく置いていったものだ。一度遣うと手放せなくなり、馬車の荷には必ず入れるようになった。

工事は遠望することが多く、城の中を歩く日はあまりなくなった。

全体を見わたすと、チンカイという男の才覚の大きさが、よく理解できた。自分にどれほどの才覚があるのかわからないまま、チンカイはいまも必死で工事の指揮をしている。

「いつまで、この地に留まられますか、ダイル殿」

声をかけられた。顔を見なくても、それがヤクだということはわかった。

ヤクとは、ともにさまざまなことをやった。

領内の通信網を整えたのが、一番大きな仕事だっただろうか。とにかく、整備するはなから、領地が拡がっていくのだ。部下たちもそれなりに仕事を覚えたが、仕上げはヤクと二人でやらなければならなかった。通信だけは、誰にも任せられない、と思ったのだ。

ヤクはまだ狗眼の頭領のままで、部下を率いて駆け回っている。通信網の仕事も、ヤクひとりで背負った。

ダイルには、自分だけが老いこんでしまったという、負い目のようなものがあった。

「ここはいい土地だと思わないか、ヤク」

「いい土地ではありますが、難しい場所でもあります」

「西の諸国に近すぎる、というのか」

「それは、チンバイは、最近、西域の諸国の位置が大まかに入った地図を出した。

チンバイは、最近、西域の諸国の位置が大まかに入った地図を出した。

「あれは、よくできた地図だ。俺は、西の旅をしてみようと思う」

「やめてください。面倒を起こされて迎えに行くには、遠すぎますよ」

「おまえは行くだろう、ヤク？」

「私は、ダイル殿よりだいぶ若いのです。まだ、行きたいところへ行ける歳ですよ」

「俺は、やっぱり隠居だな」

「アウラガで、隠居してください」

「なあ、ヤク。俺がここを気に入っているのは、アウラガから遠いからだと思わないか。はじめからそのつもりではなかったが、ある時、ふと気づいたのだ。この肩の軽さはなんだろうと思った時」

「それを言われても、私は困りますね」

妻のアチから遠い。娘のツェツェグからも、孫たちからも遠い。そんなことより、チンギス・カンの一族であるという自分から、遠いのだ。

逃げて、ここへ来たわけではない。自分がまだできる仕事を探した、というところはあったのだ。そして、はじめは確かにあった。

　金国から俘虜として連れてこられた職人たちを、チンカイはうまく扱えていなかった。しかしそれは、ほんの数カ月のことにすぎなかった。気づくと、チンカイはダイルが思いもしなかった職人の力を引き出していたのだ。

「見てみろよ、ヤク。チンカイは、徒手空拳でここへ送りこまれたようなものだ。砂金も銀の粒も持っていなかった。それがいま、この人だ。もっと集まるだろう。砂金を手に入れるところから、はじめたのだ。工事もはじめていた。頭がおかしくなるほど、いくつものことを同時にはじめ、どれも潰えず、いつの間にかここまで進んでいた」

「確かに、そうですね」

「あいつは、他国との交渉でも、卓抜な力を見せた。つまり、肚も据っている。口さきで人を動かすことなど、馬に乗るようにうまくやる」

「しかし、ほんとうに決めることはできません。そこで、誰かに寄りかかるのです。ボオルチュ殿に、寄りかかっていましたからね」

「言うな、ヤク。見てわかるだろう。こんなことはもう、若い者の時代なのだ」

　ヤクが、ちょっとうつむいた。

「西遼へ行くのか、ヤク」

「ちょっとばかり、乱れすぎています。このままでは、どこかに併呑(へいどん)されますね」

「それはそれでいいさ」

「ただ、その前に、死に物狂いで、軍を東へむけるかもしれません」

西遼はすでに、旧ナイマン王国のタヤン・カンの息子に、奪われているようなものだった。西遼の最後の帝である直魯古（ちょくろこ）は、いまグチュルクというその息子に、捕えられている。

グチュルクが、直魯古の旧臣を手懐（てなず）けてしまえば、それで殺すだろう。そのあたりまでなんとなく読めるが、詳しいことはわからない。

グチュルクが、男らしい行いとは無縁で生きてきたことは、明らかに見えている。父のタヤン・カンと生死をともにすることもなく、なりふり構わず不仲だった叔父を頼り、叔父のブイルク・カンが窮地に陥ると、ひとり西へ逃がして貰った。

西遼では、すぐに直魯古に取り入り、同情を買い、娘婿になった。そういうところは、抜け目のない男らしい。

側（そば）にいて信用され、自分の同調者を集めると、叛乱を起こした。

いま、西遼の実権はグチュルクが握っている。それでも西遼国内は、秩序の中心を失っているだろう。

グチュルクはそれをうまく利用して、西遼の部族の長の眼を、外にむけようとするかもしれない。武骨で素朴な長が多いという話で、尚武の気風は強い。

そういう長たちを、グチュルクは舌先三寸でまとめあげてしまいかねない。そういう才だけはありそうに、ダイルには見えていた。

そして西遼の外からの脅威は、いま圧倒的にモンゴル国だろう。西夏と連合することも、当然考えるはずだ。

「ダイル殿、たまには従者も供もなしで、遠乗りでもしてみませんか」

「いいな。明日の早朝に、出かけよう。引き馬を一頭、用意しておく」

「疾駆ですな」

「俺の躰が、まだしっかりしているところを、見せてやろう」

「夜明け、下の馬囲いで待ちます」

ヤクが、姿を消した。

泊っていけという言葉を、ダイルは呑みこんでいた。絨毯や虎の毛皮と羽毛の寝台を見られることに、いくらか気後れがあった。

家帳に入った。ようやく陽が傾きかけたころで、寝るには早かった。従者が声をかけてきたので、食事だけは運んでくるように命じた。

酒を飲みはじめる。家帳は、城外の集落から離れたところにあるので、もの音も人の声も、ほとんど聞えない。

酒が弱くなった。以前ほどの勢いでは、飲めないのだ。そして、酔う。

ダイルは、石酪をしゃぶりながら、ちびちびと酒を口に運んだ。やはり、ヤクを誘うべきだった、と思う。いまの自分を、なぜヤクに隠さなければならないのか。

食事が、運ばれてくる。気づくと、外は暗くなり、篝が焚かれていた。

皿の肉を少しだけ食い、ダイルは寝台に横たわった。

なかなか寝つけなかった。このところ、そういう夜もよくある。

思念は乱れていて、とりとめがなく、不意に父のモンリクの顔が浮かんできたりした。

父のように、どこかに館を建て、そこを動かず、部下に通信網の管理をさせる。そんな老後を、一度考えたことがある。

しかし、どう考えても、自分の老後ではなかった。父ほど、ものごとを深く考えることができない。知識も、かぎられている。父は盲目になったが、自分よりはるかに視野が広かった。なにを見ているのだろう、とよく思ったものだ。

眠っていた。

夜明け前に眼醒め、服を整えて外に出た。

篝のそばで眠りそうになっていた部下のひとりが、慌てて起きあがった。篝は、しっかりと燃えている。

馬囲いの前に、ヤクが立っているのが見える。馬も、四頭引き出されていた。まだほとんど影だが、そういうものが見分けられるようになっている。

「行こうか」

鞍に跨がったダイルに、従者が石酪の袋を渡してきた。口に入れられるほどに砕いてあるので、馬上の食事としては最適だった。ダイルは、一片を出して口に入れた。

駈けはじめる。地表の状態によっては手綱を絞るが、ほとんど疾駆だった。なにも考えなかった。ただ駈ける。四刻ほどで馬の限界を感じ、ダイルは停まった。

鞍を降ろし、塩を舐めさせてやる。それから薄い羊の革で、汗に濡れた馬体を拭った。引き馬の方は、まだ元気だ。

「一刻ばかり、休むとするか、ヤク」

「腰が抜けそうですよ、ダイル殿」

「俺もさ」

鞍につけられていた革袋から、水を飲んだ。ヤクは、馬乳酒も持ってきていた。口に石酪を入れ、馬乳酒を少し飲んだ。

草原の民の食事は、ほんとうはこれで充分なのだ。そう思っても、手をかけて調理したものがあれば、その方を食ってしまう。

「あと二刻ほど駈けると、大きな集落があります。商賈などはありませんが、長の家で昼食ぐらいは食えると思います」

「この遠乗りで、そこへ寄る理由がある、ということだな」

「多分。見ておいた方がいい、と思います」

「おまえがそう言うなら」

一刻が過ぎると、引き馬の方に鞍を載せた。

「しかし、草原の遠乗りの方がずっといいですな。この地は、景色がめまぐるしく変りすぎます。草原を駈けていると、人の世を超えて駈けている、と思える時がありますよ」

「なにを、わけのわからないことを言っている」

景色がめまぐるしく変るというのは、確かだった。地形が違うのだ。

二刻を、またなにも考えずに駈けた。

集落があった。日干し煉瓦と木で造られている家が多く、石を遣っている屋敷もあった。

ヤクが訪いを入れたのは、そういう屋敷のひとつだった。

すぐに中に請じ入れられ、長の老人が出てきた。部屋は庭にむいて窓が開いていて、大きな卓と十数脚の椅子があった。天井から垂れさがった赤い布が、一方の壁を覆っている。

「鎮海城といえば、山羊の髭などを買いに来た人がいます」

「まあ、もの好きが集めているのですよ」

「このあたりは、遊牧は草原ほどの規模でなく、したがって山羊も少ないのです」

「欲しい人間が多くいるわけでなく、適当な量があるということではありませんかね」

「鎮海城は、完成が間近とか」

「それは、外観だけですな。工事は、まだ一年は続くでしょう」

「チンカイ殿という、工事の指揮官は」

長の視線が、微妙にダイルの顔を掠めた。

長の名は、獰綺夷と言った。西遼に多くいる部族の長のひとりだろう。

ヤクが、わざわざ会わせたのだ。ダイルは喋りながら、獰綺夷を探り続けていた。

「チンカイ殿は、有能な指揮官ですな。俺はこの工事がはじまるころ、わずかな助力をいたしましたが、すぐに役立たずになりましたよ」

「軍人ではあられない。かといって、職人のような人でも、役人でもない。助力とは、どういうことをされたのです？」

「職人をまとめて、働かせる、ということですかな。はじめ、チンカイ殿はよく職人を把握しておられなかった」

「働いている人の中には、金国の俘虜がいるのですか？」

「俘虜とは言いきれませんね。もともと兵ではなかった者たちですから」

「そうなのですか」

ダイルは、俘虜の捕え方、選別の仕方を語った。モンゴル軍が、金国の中央部にまで攻めこんでいることを、この長は知っている、とダイルは思った。

獰綺夷は、少し深く話すと、殻のようなものの中に身をひっこめる。その殻が隠しているのは、なんなのか。敵意か。それとも自身の野望か。どうにもならないしがらみか。

獰綺夷は、ヤクにはほとんど関心を示さなかった。ただの従者のような扱いをしている。ヤクは、伏し眼で、ひと言も喋らない。

しばらくすると、昼食が出された。

特に贅を尽したものではないが、この集落で普通に食べられているものでもない、とダイルは感じた。

「この集落を、見せていただいてよろしいでしょうか。自分の脚で歩きますので」

「なにを言われる、ダイル殿。馬にお乗りください。引き馬は、こちらで預かっておきます。いや、ここに到着され、最初に馬の手入れをされたことに、みんな感心しているのですよ。さすがに草原の男だと」

「習い性ですな。人よりも大事にしている、と思える者もいるほどです」

「だから、モンゴルの騎馬隊は強いのですな」

獰綺夷の顔は、明らかにモンゴル国の民とは違っていた。彫りが深い。だからなのか、眼差しが哀しみを湛えているように見える。

「この食事の代価をお支払いしたいのですが」

「とんでもない。なにを言われます。ダイル殿に来ていただいたのは、光栄なことなのですから」

しばらく、民について話をした。

それから馬に乗り、集落の中を回った。相当の広さがある。家が何軒あるのか、数えるのは難しそうだ。

「住人がおよそ三万人。その中の一万は、兵になり得る者たちで、獰綺夷殿は同じような集落をあと三つ従えています」

ここも入れて、四万の兵力になる。すべてを動員することはできなくても、戦となれば二万は率いるのかもしれない。

三刻ほどかけて集落を回り、しかし馬を降りて住人と話すことはしなかった。ヤクの眼が、それを止めていたからだ。

獰綺夷の屋敷に戻って引き馬を受け取り、獰綺夷に挨拶して、集落を出た。

疾駆はせず、駈けた。

ヤクが、馬を寄せてくる。

「あの集落には、虎思斡耳朶の周辺から、人が入っています。すでに、一千に達しているでしょうね」

「ふむ」

「獰綺夷は、直魯古と悪かったのです。狩と女色に溺れていましたから。獰綺夷という男、西遼の中では人望もあり、グチュルクはそれに頼ったのでしょう」

グチュルクごときに騙されるのか、とは言えない。むしろ、獰綺夷の方が利用しているかもしれないのだ。

「獰綺夷は、ある程度の地歩を築いたら、グチュルクを追放するな」

「そのためには、モンゴル国との戦で、民が認める戦果をあげることです」

いずれ、敵になる男。だからヤクはダイルを会わせたのだろう。

しかし、自分は軍人ではない、とダイルは思った。戦に命をかけるより、別のことに打ちこんできたのだ。

テムジンが、大同府から帰ってきたころのことを、時々思い出す。テムジンの旗のもとに集まる者は、ほとんどいなかった。それでもダイルはテムジンを連れて、大小の長のもとを回った。

やがて、ヌオとバブガイが、それぞれの百人隊を率いて参集してきた。

あれからは戦の日々で、ダイルもそれに加わることがあったが、戦ができる情況を作ることが、主な仕事になった。それでもあのころは、みんなすべてのことをやらなければならなかった、という気がする。

ジェルメと並んで、ヌオに指図されながら、矢を作っていたこともある。

戦になれば、城の守兵としている一千騎で、闘わなければならない。

陽山寨のスブタイが、軍の一部を送ってくれれば、いくらかは楽になる。しかし、スブタイにそれだけの余裕が与えられるのか。

陽山寨の近辺にある、いくつかの製鉄所を守り抜くのが、まずスブタイがなさなければならないことである。

「なかなか、楽をさせて貰えないのだな」

馬を寄せてなにか言おうとしたヤクに、ダイルはそう言って馬腹を蹴った。

三

未知のものだ。畏れと昂りが同時にあった。

どういうものか、話は聞いていた。いつか自分がそこに到るだろうということも、チンギスは信じて疑わないできた。

それがいま、ひと駈けのところにある。

前方の丘を、ソルタホーンが指さした。

麾下の二百騎だけを連れ、丘に駈け登った。

チンギスは息を呑み、手綱を引いた。棹立ち（さおだ）になった馬を、押さえこむ。

なんなのだ、これは。はじめに思ったのはそれだった。想像の中になかった。これまで、豊海（バイカル）を眼にしたことがあるが、まるで違うものだった。水が、力に満ちている。

「海か」

呟くと、ソルタホーンがそうですと低く言った。

丘を降りた。道があった。道のむこうは岩で、波がぶつかり、白い飛沫（しぶき）があがっている。

「殿、本隊には土地の者が来ていると思います。営地を決めなければなりませんので」

「海が見渡せる場所に、俺の幕舎を張れ。本隊の営地と離れていてもいい」

「麾下の二百騎は、離せません」

「それでいいさ。おい、海の水は塩辛いというのは、ほんとうかな」

「誰かに、汲（く）んでこさせます」

「いい。俺が、自分の掌で掬って飲む。両方向に斥候を出し、適当な営地を捜させろ」

ソルタホーンが、大声を出す。二騎ずつが、左右に駈け出した。チンギスは、海のむこうにある陸地を見ようとした。それから、海のむこうはまた海だ、と聞かされたことを思い出した。

ソルタホーンは半刻の偵察を命じていたので、四騎はすぐに戻ってきた。

二百騎の営地に適当な地形はいくつかあったようだが、ソルタホーンは迷わず一カ所を選んだ。

そこには、水があった。

木立の中にある、ややくぼんだ土地だった。風も、いくらか遮られるかもしれない。

部下たちが、木を切り出し、杭にし、綱を張った。馬囲いである。

チンギスは、緩い勾配がある草地を降り、海際の岩の上に立った。

飛沫が、足もとに落ちてくる。

チンギスは少し降りて、水を掬えるところに行った。見た目よりずっと流れが強く、足もとを水が洗った。河の流れとはまるで違う。寄せてきたと思うと、引いていくのだ。

水がなぜそんなふうに動くのか、考えたがわからなかった。わからないことは、これからもっと増えていくだろう。

どれほどの歳月かわからないが、気が遠くなるほどの昔から、わからないまま海の水は動いていたのだろう。

自分など、小さなものだ。海にとっても大地にとっても、いるかいないかわからない、小さいとも言えないものだ。

チンギスは、岩の高いところに腰を降ろした。遠くを見る。近くを見る。すぐにどこを見ているかわからなくなり、笑った。

「殿、チンバイ殿がお見えです」

ソルタホーンが、背後から声をかけてくる。ふり返ると、チンバイが並んで立っていた。

「お久しぶりです、殿」

「どれほど、会っていないのかな」

「二年と少しですね」

「おまえの地図には、いつも会っている。次々に新しくなるのだな」

「モンゴル族の地の地図など、昔のままです。モンゴル国の領地が拡がるので、新しい地図を作らざるを得ないのです」

「いや、おまえは好きなのさ。金国の一部も、地図になっていた」

「好きだということを、否定はしません。いまは二百名からの部下がいるので、あらかじめ地図を作るのも、難しくないのです」

チンバイが、懐から紙を出して拡げた。

「これは？」

「山東（さんとう）の大まかな地図です。殿がいまおられるのが、ここです」

チンバイが、地図の一カ所に指先を置いた。

「ここが」

「海岸線の地図を、まず作ります。草原なら、河の流れですね」

「山東というのだな、この地は」

「中華の争乱の多くが、ここから起こっているそうです」

そういう記述を、書で読んだことがある。

楊令が作ろうとした梁山泊という国も、ここから遠くないはずだ。

「どこで争乱が起きようと、そんなことはいい。俺は、大地があるように、海がある、ということを確かめた。大地も海も、ともに天の下だ。これを確かめるのに、どれほどの時がかかったのかな」

チンバイは、地図を持ったまま、海を見ていた。

「おまえとは、長くなるなチンバイ。チラウンもだ。俺が大同府へ逃げるのに、砂漠に踏みこもうとした時に、出会ったのだった」

「ボオルチュと二人」

「あれから、長い旅だったのか」

「殿の旅は、これからももっと長いでしょう」

「よく、山東の地図ができたものだ」

「去年から、金国の海岸線を部下に起こさせていたのです。それが終ると、地形を描き入れるのです」

「俺の動きを見て、山東だけ地形も描き入れたのか」

「まあ、わかっている部分だけですが」

軍の指揮官たちは、チンバイの地図を重宝だと考えている。ほとんど、頼っていると言ってもいいかもしれない。

「金軍は、もう一度ぐらいぶつかってくるだろう。次の勝敗は、相当厳しいものになる。負ければ、モンゴル軍は干上がる」

勝敗というものが、頭の中でいくらか遠くなっているような気がする。否応なく、勝敗はあるわけで、戦をすると決めた段階で、超越すべきではないのか。

「弟は、うまくやっていますか?」

「チラウンは、それなりさ。俺の大事な幕僚だよ」

実際のところ、伸び悩んでいる。チンギスと同年だった。実戦の指揮官として、伸びろと言う方が無理なのかもしれない。

「俺は、これで。山東の地図を、将軍たちに配らなければなりません。今日は、殿のお顔を拝見できて、嬉しかったです」

チンギスは、小さく頷き返した。

ここで飯を食い、泊っていくのは、気が重いのかもしれない。大地を相手にしてきた人生で、いつか寡黙にもなっていた。

昔は、チンバイの愚痴が面倒だ、とボオルチュがよく言っていた。

チンバイが去っても、チンギスはしばらく岩の上から動かなかった。

海だという感動や、広いという衝撃は、最初の一瞬だけだった。

海が、躰に入ってきた。大地が躰に入っているように、海も入ってきた。

チンギスは、それを愉しんでいた。

やがて海が濃い色に変ってきた。チンギスは腰をあげ、緩い斜面を登って、木立の中に行った。

幕舎が並べられ、すでに篝が焚かれている。

チンギスは、幕舎の前の床几（しょうぎ）に腰を降ろした。従者が、馬乳酒を差し出してくる。鹿が二頭、焚火の上で焼かれていた。

焼けた表面の肉を削りながら、焼き続ける。麾下の者たちが、考え出した焼き方だった。内臓は出してあり、時々はそこに香草などを詰めて留める。

行軍時の料理だが、兵たちはそれを愉しみにしている。鹿を見かけた時、チンギスは自ら射ることもあった。

従者が卓に肉を運んでくる。卓を挟んでむかい合ったソルタホーンが、チンギスが手をつけるのを待った。

「うまいな」

ひと口食らい、チンギスは言葉を出した。辛いが、それが焼いた肉に合うのかもしれない。

「殿は、中華の料理は、かなり体験されていますが、これはどうですか？」

「中華という感じがしないぞ、ソルタホーン。ただ、中華は広いからな」

「草原では、なぜいつも羊の肉を煮ているのでしょうか？」

「それは草原の、いいところであり、悪いところだった。煮るのは草原のやり方で、すべてのことを考えて受け継がれたものだ。極端に言えば、一軒一軒でやり方も違う」

「煮た肉をしばらく食わないと、俺はなんとなくそれを求めるようになっています」

「草原の男は、みんなそうだ。遊牧のやり方から、戦まで、同じものを受け継ぎ、それに磨きをかけてきた」

「その弱さというものも、あるのではありませんか？」

「先走りするな、ソルタホーン。ある意味、草原は閉ざされていたので、それでもよかったのだ。だから、俺が大同府で暮らしたというのは、実に大きなことだったな」

「はい」

「しかも、妓楼と書肆の持主の、従者のようなことをしていたのだ」

「従者などと」

「いや、そうだ。本来なら、奴僕（ぬぼく）でもおかしくなかった。蕭源基（しょうげんき）殿が、俺のどこかを認めてくれた」

赤牛と青牛だった。食いものが足りなくて、すぐに逃げ出すだろうと思われていたようだ。しかし、平然としていた。石酪があったからだ。草原の食に、助けられたのである。

命を継ぐための一年だったが、いま思い返すと、あそこで新しい命も手に入れたのだ。

ソルタホーンのところへ、伝令が来たようだ。チンギスは、従者に命じて肉を運ばせた。ひと皿食い終えたころ、ソルタホーンが戻ってきて、本軍の設営の位置を報告した。

十万は、南北に二十里の距離をとって、燕京にむかうかたちで布陣しているようだ。

そういうことについて、チンギスはあまり深く知ろうとはしなくなった。部下の将軍たちの方が、ずっと周到なのだ。

「敵も、三軍に分かれて、こちらへむかって来ています」

二十五万である。前の戦で出した犠牲は、さすがにすぐに補充したようだ。

「歩兵は、ひとつにまとまり、戦場の真中にいて動かず耐えろ」

「殿、いまそれを言われなくても」

「騎馬が中心の戦になる。しかし歩兵も出る。どれだけ耐えられるかだ。身を守るものを、ナルスが作れる時を与えるために、いま言っている」

ソルタホーンが、うつむいた。

「おまえは海を見て、いささか高揚したようだな」

「申し訳ございません」

「いいさ。敵が到着してくるまで、どれぐらいの時がかかるのか、よく測っておけ」

ソルタホーンが、片膝をついて頭を下げた。

チンギスは、風の音を聴いていた。いつまで聴いていても飽きず、幕舎の寝台に入ったのは夜半だった。

不思議なことだが、横たわると波の音が躰に響くように聴こえてくる。それが心地よく、すぐに眠くなってきた。

四日、海のそばで過ごした。

チンギスは、きのうの夜、幕舎にやってきた陳志華（ちんしか）という女のことを考えていた。躰が小さく、子供かと思ったほどだが、二十三歳で一歳の赤子がいるのだと言った。

「兄上、入ります」

テムゲの声がした。

「ほぼ三十里の距離で、敵は態勢を整え直しています」

テムゲは、卓に地図を拡げた。はじめにチンバイが持ってきた時と較べると、書きこみはずいぶん増えている。

陣が点々と書かれていて、兵数もそこにある。

「ほぼ、五十万か」

「五日ほど前から、定薛は青州を中心にして、民の間から兵を募りはじめています。義勇軍というやつで寄せ集めです。得物もそれぞれですが、腕に覚えがある連中でしょう。指揮官も決めているようですが、軍制は整っていません」

敵の兵力が二倍になった、と考えるべきだったのか。見た目はそうだろうが、二十五万のままで、二十五万の群衆を巻きこんでいる、と考えるべきかもしれない。

「そうきたのか、定薛は」

「そうとはどうなんですか、兄上？」

「死に兵だろうと思う」

「つまり二十五万は、本隊の二十五万の楯のようなものだ、ということですか。ちょっとまあ、戦ではやってはならないこと、最後の手段、そんな気がします」

「俺は、青州で人が集まっていると聞いて、それがなんのためなのかと思っていた。まとまって、本隊に合流するわけか」

「地が、敵で覆い尽されます、兄上」

「定薛というのは、大した戦人ではないな。二度目だから、もう少しましな方法をとるのかと思っていた」

「五十万は怖くない、と言われているのですね？」

「おまえは怖いのか、テムゲ？」

「わかりません。五十万などと、想像したこともないので」

「二十五万の倍だ」

「それは、そうなのですが」

「定薛とは、もうちょっと長くなると思っていたがな。これで終りにしよう」

「はい」

「ほう、どうやる？」

「それは」

「肚を据えて答えろよ、テムゲ。おまえが考えた通りにやるぞ」

テムゲがうつむいた。腕を組んで、ちょっと考える表情をした。それから顔をあげ、にやりと笑う。

「兄上の命じられる通りに、闘います」

「それが答か」

「俺の答は、そうですよ。ジョチに、同じことを訊かないでくださいよ。本気で考えて、悩み抜きますから。俺は、深く考えることが苦手というか、できないというか」

「ジョチは、遊軍のままだ。トルイもな」

「本隊が、三万騎と歩兵が五万ですか」

「五万の歩兵は、まず戦場へ出て、そこの中心から動かない」

「そうなのですか」

　テムゲの頭が、めまぐるしく回っているのが、チンギスにもわかった。子供のころから、兄弟の中では最も気転が利いた。考えるのも早く、時にはそれで先走りしすぎるところもあった。

「俺は、こんなですから」

「存念を言え、テムゲ。俺からただ引き出そうとするな」

「五万の歩兵を、囮（おとり）に」

「ひどいことを考えるなあ、おまえ」

「兄上はさっき、二十五万は死に兵だと言われました。それと較べると、囮というのは、策のひとつになっていると思います」

「確かにな。もういい、行け、テムゲ」

「兄上の頭の中には、戦の様相がすでに描かれているのですね。しかし、下の者にはなにも言われない。たまには、言ってくれませんか。時には、兄上の考え通りに戦をしていることを、事前に確かめたいのです」

「戦に事前などない。だから、思い描いたことを、俺は言わない。言って、それと違ってきたら、おまえは慌てるさ。慌てたら、それは隙だ」

テムゲが、二、三度頷いた。海の音にでも耳を傾けている、という表情だった。

海の音は、不思議に夜の方が大きく、躰に響く。テムゲと二人で、並んで座り、夜の海の音を聴きたい、とふと思った。

「申し訳ありませんでした、兄上」

テムゲが、頭を下げた。

「俺は、もう行きます」

チンギスは、ただ頷いただけだった。

一緒に幕舎を出て、去って行くテムゲを見送った。

その姿が見えなくなった時、ソルタホーンが現われた。無表情で、手に細い木の枝を持っている。

「海の上を動く船が、どんなふうか調べさせていました」

ソルタホーンは、枝で地表に絵のようなものを描いた。

「ヘルレン河の、バブガイ殿の船とか、豊海で魚を獲る船とか、そういうものと較べると、海の船は底の形状が違うのですね。ここが、こんなふうに尖（とが）っているのです」

尖っているのは、舳先ではなく、底の中央を縦にして尖っているのだった。

「これほど、尖っているのか」

「バブガイ殿は、ヘルレン河の船の底を、いくらか尖らせるということをなさいましたが、あまりに尖らせてしまうと河底に着いてしまうので、緩やかなものでした。海の船は、これぐらいは尖っているのですよ」

ソルタホーンが、枝で地面にもうひとつ絵を描いた。

「底が尖っている方が、波や潮流に強いのだそうです。バブガイ殿も、海で船を造られたら、そんなふうになったと思います。海の船をヘルレン河に持っていっても、しばしば底がつかえて、遣いものにならなかったと思います」

「ソルタホーン、おまえは誰に頼まれて、海の船を調べたのだ？」

「かねてより、海の近くまで来たら、調べようと思っていたのです。船を造っている連中に、戻ったら教えてやります」

チンギスは、海に眼をやった。

海のむこうになにがあるかを、答えられる者はいない。どこにも、なにかがある。見えはしない遠くに、なにかがある。

「行ってみたいな、ソルタホーン」

「無限ということが、俺には信じられません、殿。幼いころは、草原は無限だと思っていました。砂漠や森や山があり、やがては海に到る。それがわかりました。海も、多分、そうなのでしょう。無限なものがあるわけがない、と時々考えます」

「天は無限だと、思うことはある」

「天は、別ですよね」

ソルタホーンが、ちょっと首を振った。

「出動ですか、殿」

チンギスは、ただ頷いた。

わかるのかなどと言えば、眼を見ればと得々としてソルタホーンは言う。

「明日、早朝」

ソルタホーンが、復唱した。

四

とにかく、見渡せないほどの兵だった。

新しく集まった兵が二十五万だ、と福興は聞いた。本軍と合わせると、実に五十万の兵ということになる。

古来、青州ではよく叛乱が起きた。それも、青州から中央にむかうという叛乱である。民の不満が吹き溜る場所などと言われているが、ほんとうの理由はわかっていない。理由などなく、たまたま数度の叛乱が起きただけだとも思えた。

福興は、常に定薛の本陣とともに動いた。

そばにいるのは従者だけで、部下たちは軍の中を動き回っている。二十五万の軍だから、十名で見て回るのは並大抵ではない。二日に一度ずつ、福興は報告を受けていた。

五軍に分かれた本軍は、しっかりしている。そこに、二十五万の義勇軍と称する軍が、合流してきたのだ。

義勇軍を率いる三名と定薛は、数度の軍議をくり返していた。それには、幕僚たちとともに、福興も同席した。

義勇軍の三名は、指揮官というより煽動者だった。本来なら、金王朝とは相容れない者たちだ。それを定薛がどう遣おうとしているのか、福興にははっきりとは見えなかった。

勝利の時は、その三名になんらかの見返りがあるのだと思えたが、それは軍議の中で明らかになってこない。

幕僚たちも、そういう取引はあたり前だと感じているのか、細かく訊こうとはしていなかった。

本陣には、定薛用の大きな幕舎があり、周辺にはひとり用の幕舎がいくつかあった。福興は、その中のひとつをあてがわれていた。

隣の幕舎が、副官の李泰明だった。

「軍監殿、そろそろはじまりますぞ」

外に出ると、上半身裸の李泰明が棒を振っていて、動きを止めると声をかけてきた。

筋骨が隆々としていて、いかにも強そうである。躰にひとつの傷もないのは、すべての斬撃を肌一枚のところでかわしたのだ、と言われていた。

もうひとりの副官の耶律東房が、顔に大きな傷を持ち、痩せて暗い印象があるのと、対照的であった。

「これほどの大軍になると、はじまると言っても、どこからなのだと考えてしまうな」

「それは、義勇軍からですよ。その動きで、本軍がどうするか、総帥がお決めになります」

もしそうだとしたら、李泰明は見かけによらず口の軽い将校である。定薛はまだ、なにも言ってはいないのだ。

「ずっと考えているのだが、あの義勇軍はどんな役割を果すのだろう。いくらか多すぎるという気が、しないでもないが」

「いいのですよ、いくらいても。どうせ最後は逃げるやつらですから」

「そういうものか」

「あの敵でわずらわしいのは、歩兵が半数いるということなのです。歩兵と騎馬隊を完全に分断してしまえば、扱いようはいくらでもあります」

福興は、前の戦をふり返ってみた。確かに、歩兵と騎馬隊は嚙み合っていた。しかし、それを分断してしまえばいい、ということだろうか。

二万騎の騎馬隊の攻撃で、崩れるきっかけができた。時に、執拗な攻撃をかけてきた一万騎は、狙い澄ましていたような気がする。

福興の眼から見ても、それは精強で、無闇な攻撃ではなく、ひとつひとつ考え抜かれているようだ、と思えた。

それによって全軍が崩れたというところがあるが、定薛はそれが味方にとっては不運な奇襲だったという考えを変えなかった。将軍たちもみんな、奇襲という考えだったのか。

「前の戦での、モンゴル軍の二万騎の攻撃は、考え抜かれていたのかな」

「奇襲は考え抜かれてあり、それに嵌(はま)ってしまったのは、大軍であるという油断があったからだと思いますよ。すぐに、態勢は立て直したものの、奇襲に対する備えは、怠れません」

「モンゴル軍は、ほぼ騎馬の軍だと私は思っていたが、歩兵もそれなりの力を持っているのですかね」

「急遽、調練を仕上げたというところがありますが、それなりに精強ですね」

李泰明の言うことが、福興にはどうしても理解できなかった。

定薛はもとより、二人の副官も将軍たちも、チンギス・カンに直接会ったことはない。

福興は、十年ほど前に、チンギス・カンのもとに、使節として出向いた。副使の立場であり、正使はいまの帝だった。

声が、躰に響いた。みんなが、眼の印象を語ったが、福興には、まず感じられたのが、声の深さだった。のどではなく、躰の芯から出ている声。それでいて、どこか穏やかでやさしげでもあった。

ただの荒々しい男ではない、と福興は思った。みんなが語った眼の印象は、確かに福興の中に残ってはいるが、声は躰にしみついて、いまでも聴こえてきそうだった。

もうひとりの副官である耶律東房と麾下五百騎を連れて、定薛が戻ってきた。

聞けば、義勇軍の中を三刻駈け回り、士気を鼓舞したのだという。

よほどの歓呼で迎えられたのか、定薛は昂りを隠していなかった。

次々に命令が出され、伝令が駈け回った。

「はじめるぞ、福興殿」

「全軍が、動くのですか？」

「それでなければ、大軍の意味はあるまい。義勇軍の士気は、きわめて高い」

軍監として帯同された時から、福興はできるだけ、感情を顔に出さないで喋ることに努めていた。自分の考えが、たとえわずかでも定薛の考えに影響してはならない、と思ったからだ。

「しかし、五十万が動くとなると」

「それは、大地が動くさ。この歳で、これほどの大軍の指揮ができるとは、軍人として本懐以外のなにものでもない」

「私には、想像がつきませんよ」

「わしにもだ。しかし、五十万の精鋭が、長い駐留に疲れた十万に、後れをとることがあると思うか」

定薛が、白い髭に指さきで触れた。

毎朝、従者に髭を洗わせている。白さが際立ち、そこだけが違うもののように立派だった。福興は、ちょっとべとつく自分の髭に指をやった。

「これは、わしの人生での、最後の戦になる。モンゴル軍を打ち払ったら、わしは退役し、老後の暮らしに入るのだ」

「では、見事な勝利を、お祈りします」

「ここではもう、全力という言葉しかないのだよ、福興殿。わしの軍人としての経験のすべてを、ここに投入する」

定薛が、また髭に触れた。

将軍たちが、集まってきた。二十五万の軍の陣は広大なのに、将軍たちは本陣のそばにいたようだ。あらかじめ、呼んであったのかもしれない。

軍議がはじまり、伝達されたのが、軍の構えの順番だった。その順番通りに、動くのだろう。

開戦は明日、と伝えられた。

その夜、福興は、幕舎の前の焚火のそばに、十名の部下を集めた。

「全軍が、出動の準備でざわついている。敵が、まともにそれを受けるのかどうか、私にはよく読めぬが、定薛将軍にはなにか見えているのだろう」

「いろいろな事情がありますが、その中で最も大きなもののひとつとして、兵糧があります。もともと不足気味だったのが、義勇軍の参集で急迫しているのですよ」

部下のひとりが言った。

「義勇軍には、食いつめた者が集まっている、と見ている将校も少なくありません」

別の者が言った。

そんなふうにして、さまざまな意見が福興のもとには集まってくる。部下ひとりひとりの感じ方の違いもあるので、福興は咀嚼(そしゃく)し直す。

「将軍たちの動きは、どうなのだ？」

その考え方は、軍議に同席していると、なんとなく見えてくる。軍人はどう動くかだ、と福興は思っていた。

あまり喋らず、うつむいていることが多い将軍が、自分の軍に戻ると、軍規を厳しくし、調練も課している。

将軍たちの動きはさまざまだが、とにかく戦にむかう緊迫感は溢れている。

翌未明、幕舎を畳み、馬に鞍を載せた。

定薛を待つ。麾下の五百騎は、すでに揃っている。

幕舎から出てきた定薛の、顔がおかしいと感じた。髭を赤く染めていると気づいたのは、しばらく経ってからだ。

「行くぞ」

麾下の兵が、一斉に声をあげた。

駈けはじめる。福興は、麾下から少し遅れたところを、部下と一緒に駈けた。

晴れているのに、雷鳴か。雲がいくつか浮いているだけの、蒼天(そうてん)である。

雷鳴は、地が動く響きだった。まさに、大地そのものが動いている。福興はそう思った。遥か彼方の低い山地までも、その動きは続いているように見えた。

実際は、五里四方もないはずだ、と福興は頭の中で計算した。五軍は、五つに分かれているのだろう。区別がつくのは、隣を駈ける軍だけだった。

駈けているのは歩兵だから、馬上からいくらか冷静に見ることはできた。

二十五万の軍。空を見て、福興は進軍の方向に首を傾(かし)げた。モンゴル軍がいると言われている方に、背をむけていないか。

作戦は、聞かされていない。軍議では、五軍の順番が決められただけだ。

夜の間に、五軍の指揮官には命令が届いていたのだろう。

二刻移動し、全軍が停止した。反対むきに方向を変える。これで、モンゴル軍とむき合うかたちになったはずだ。

「はじまっているぞ」

定薛の声が響いた。

福興は、各軍の旗を確認した。モンゴル軍の方向にむいて、軍議で決められた通りの順番になっている。

義勇軍の二十五万は、モンゴル軍とぶつかりはじめている。次々に斥候が戻ってきて、戦況の報告をしていた。

モンゴル軍は、歩兵五万が出てきて、やはり歩兵が多い義勇軍とぶつかった。

はじめ、モンゴル軍の歩兵は、伸びた草を掻き分けるように、義勇軍の中に突っこみ、進んできたようだ。

一刻ほど進んで、動かなくなった。動けないというふうに、定薛はとらえたようだ。なにしろ、五倍の兵力と闘っているのだから、いずれ動けなくなるというのは、福興も考えたことだ。

ただ、モンゴル軍の作戦としては、どこかおかしいという思いもあった。不用意に、大軍の中に突っこんできたのだ。

総計で五十万という大軍であるから、チンギス・カンにも全体が見渡せなくなった、とも考えられる。

前の戦では、二十五万を一度潰走させた。二十五万が五十万になると、全体を見渡した判断はできなくなるのか。しかし、騎馬隊はどこへ行ったのか。

さらに一刻ほど経った。

モンゴル軍の歩兵は、先を尖らせた丸太を突き出し、さらにその内側に丸太の柵を組んで、身を寄せ合っているという。それを、義勇軍が囲んでいった。

壮大な、包囲戦である。二十五万が五万を囲むと、地はほぼ軍で埋め尽されたように見える。これで戦況がわかるのは、相当の数の斥候を義勇軍の中に置いていたからだろう。

こういう時の攻撃は、弓矢だろう、と福興は思った。しかしモンゴル軍は、楯で頭上を覆っているという。荷車が、二十台以上いたようだ。

義勇軍は、攻めあぐねているように思えた。

モンゴル軍は、投石機で、義勇軍の頭上に石を落としはじめたようだ。そのたびに、義勇軍の兵が数名打ち倒される。

しかし、二十五万だった。石の百や二百は、大河に落ちてくる一石にすぎない。

さらに二刻、三刻が過ぎた。福興はいたたまれず、定薛のそばに行った。斥候は、まだ次々に到着している。どれほどの斥候を放っていたのか。しかも、すべて騎馬である。

「福興殿、斥候は一千、しかも馬を曳かせ、自分の脚で歩かせた。本陣への報告だけが、騎乗を許されている」

「そうですか。斥候の数が、異常に多いのではないか、と感じていました」

「通常の、十倍だ」

定薛が、声をあげて笑った。

「これからだぞ、福興。この定薛の、戦人としての底力を、見せてやる」

髭の赤い定薛の顔は、人ではないもののように見えた。

騎馬隊が、一万、二万と姿を現わした、という報告が入った。

「よし、捕らまえたぞ」

定薛の声は、周辺に響き渡った。

「やれ」

耶律東房と李泰明が、声をあげて駈け回った。

騎馬隊が駈けはじめ、それに続くように、第一軍から四軍まで、二手に分かれて進みはじめた。

「チンギス・カンは、歩兵を見殺しにできず、騎馬隊を出してきた。それで義勇軍を撃ち砕こうとする。義勇軍は、散々に撃ち砕かれるだろうが、モンゴル軍の騎馬隊は、そこで一旦、馬脚を落とさなければならん。そこを、十万の軍が両側から攻める。まず騎馬隊二万騎がぶつかり、二つに断ち割り、八万の兵がそれぞれ囲む。あとは、木偶（でく）を討つように、騎馬隊の兵を突き落とすだけだ」

「はい」

福興の気持も、昂ってきた。

チンギス・カンの戦は、騎馬隊の勢いだけの、稚拙なものではないのか。止まってしまえば、そこで終る。

終らせるに充分な兵力を、定薛は集めていたのだ。

「この戦を、包み隠さず、朝廷で報告しろ、福興。丞相も、わしを総帥にしたことに、快哉を叫ぶであろう。この赤い髭で、燕京に凱旋するぞ」

まだ戦は終っていない。そんな気分が、どこかにあった。

いかに大軍といえど、たやすく勝ち過ぎるのではないのか。定薛が用意した事前の策は、それほど秀抜なものだったのか。

「来い、来い。早く来い、チンギス・カンよ。おまえは金国の大地を、自らの血で赤く染めるのだ」

定薛が、咆哮している。

しかし、騎馬隊が突っこんできたという斥候の報告は、まだ入らない。

「臆したか、チンギス・カン」

三万の騎馬隊が、近づいては離れていく、という報告が入ってきた。

「ここへ来て、なぜ臆するのか、チンギス・カンよ。おまえの獲物は、眼の前にあるだろう」

定薛が、雄叫びをあげる。

福興は、定薛から眼を離し、周囲を見渡した。

麾下の五百騎がいる。それを守るように、四万の歩兵が囲んでいて、その外側に騎馬隊一万騎がいる。

どこにも隙はない、と福興は自分の眼で確認した。

モンゴル軍の騎馬隊が、義勇兵に突っこみはじめた。しかし、まだ浅いようだ。

時が過ぎていく。陽が、中天にかかっていた。定薛が、呻くように声をあげる。

「耶律東房、合図を出せ」

長い竿につけた旗が、大きく振られた。

モンゴル軍が、義勇軍に突っこんだようだ。

そしてそのモンゴル軍に、両脇にいた十万の金軍が突っこんでいる。闘争が、不意に戦場全体に拡がった、と福興は感じた。

「見ていろ、義勇軍をモンゴル軍が蹴散らしはじめる。つまりこちらに逃げながら、義勇軍は散る。モンゴル軍は追う。それを、ここの軍で迎え撃つ。後方から、モンゴル軍は十万に押され、挟撃の中に来る。残りの十万は、チンギス・カンがいるであろう後方の一万騎と対する」

定薛が、すでに起きていることを語っている、というように福興には聞えた。

「全軍を戦場に引き出して、決戦だぞ。もっと義勇軍を突き崩せ」

斥候が、到着してくる。

モンゴル軍の歩兵は、じっとかたまって動かない。騎馬隊は攻撃された時だけ、義勇兵の中に突っこみ、駈け回って外へ出る。なかなか、決戦というかたちに持ちこませない。

三万騎のうち、めまぐるしく動くのは二万騎で、その扱いにさえ、金軍は手こずっているようだ。

そしてチンギス・カンは、正面で動かない一万騎の中にいる。

その報告を聞いた瞬間、定薛の声と動きが、糸でも切れたように止まった。

あと二万騎いるのだ、と福興は思った。

不意に、背後でなにかが起きた。そう思った時、騎馬隊が風のように福興のそばを駆け抜けた。

モンゴル軍の騎馬隊のようだ。

「二万騎」

李泰明が、悲痛な声で叫んだ。

前の戦で奇襲を担った軍が、また現われたということだろうか。

歩兵が、一万騎に縦横に駈け回られて崩れかけている。騎馬隊が、まともにぶつかり、次々と払い落とされている。

そこからどうすれば逃れられるか、福興が考えた時、二万騎はひとつになってこちらにむかっていた。

耶律東房が、騎馬隊を動かし、先頭を遮った。それでも耶律東房の首は宙を舞い、定薛が圧し潰されたような呻きをあげた。

「福興殿、決戦の場所が変った。ここを離れてくれるか」

頷き、福興は部下を率いて駈けた。全員、具足はつけていない。旗もない。討つ気になれば討てただろうが、まったく攻撃は受けなかった。

戦場を離脱したところで、五騎を残し、さらに駈けた。

夕刻、打ち合わせた丘のかげに、五騎は戻ってきた。

「呆気ないほどでした。定薛将軍の首が槍の穂先に突き立てられ、百騎ほどが戦場を駈け回りました。それで、義勇軍は散り散りになり、金軍は西へむかって逃げました」

「追撃は？」

「定薛将軍の首を奪った二万騎だけで、およそ五、六万の金軍兵が討たれただろうと思います。陽が傾くと、それでやめています。チンギス・カンは、もう海辺の方の営地に戻ったようです」

「あの二万騎だな」

「ジョチとトルイ。チンギス・カンの長男と四男だそうです」

福興は、小さな焚火に、枝を放りこんだ。

「勝負にならなかった、ということか」

「信じられないですが、そういうことです」

どこかで、こんなふうになるのを予測していなかったか。

福興はしばらく考えたが、よくわからなかった。負けるにしろ、予想を超えた負け方だったのではないか。

掌を焚火にかざしたが、いつまでも暖かくならなかった。

五

駅の建物が、ありがたかった。

鎮海城から、北へ五百里のところである。

チンカイは、薪を燃やした部屋に入り、熱い湯を飲んだ。

ここからさらに北へ一千里で、謙謙州(ケムケムジユート)になる。いまのところ、大きな駅はここひとつだった。五百里先にも駅を作るつもりだが、その前に話し合っておかなければならない。

陳双脚(ちんそうきやく)である。

前の旅で訪ね、物流の話をした。興味深い話だったようだ。謙謙州から南へ、曲がりなりにも道を作っていた。五百里ほどで、まだ道幅はないが、荷車が通りやすい地形を選んでいるようだった。

旅には、十名の供を伴った。三名は、いつも旅に付き添う部下である。七名は、ボオルチュが寄越した部下だった。謙謙州を中心にしたジョチの領土で、民政を担うことになっている。

馬車を一台曳いてきた。ここまでは、それほど難渋せずに済んだ。もう、そこそこの道幅が拡げられているからだ。

食事の用意ができたようだ。

入口のところに食堂があり、三、四十名は食事ができるようになっている。外に卓と長椅子が並べられると、百名以上が一度に食事ができる。

牧は三千頭の規模だが、いまは馬が五十頭ほどと、牛が二十頭いるだけだ。牛は、使役されるもので、食用ではない。

ここの差配はまだ若い男だが、左腕がなかった。戦で負傷し、なんとかアウラガの養方所に運ばれたが、その時、腕は腐っていて切り落とすしかなかった。

将校だったので、指揮をさせると堂に入っている。五十余名で、この駅をうまく回しはじめた。ここにいるのは、歳を取っていたり、怪我で躰が不自由で、戦に出られなくなったりした者たちだった。

出された料理は、大きな鍋が二つだった。

小さな竈(かまど)に骸炭を燃やしてあって、鍋はそれにかけられている。くつくつと煮立っていて、うまそうな匂いを漂わせていた。

料理をした者が、器を配った。モンゴルでは見かけないめしの食い方だが、二つの鍋は羊を煮るためのものだった。

「なんの鍋だ、これは？」

「猪肉(ししにく)の鍋です。四日前に、猪(いのしし)が一頭獲れましたので、肉は外の雪の中に埋めてあります。そうすれば、ひと月以上、腐りません」

「ほかにも、いろいろ入っているようだ」

「はい、チンカイ様。森の野草、木の実、ちょっと苦味のある草の根。そういうものが入っております。汁は、もともとは兎を二羽、煮つめて取ったものですが、鹿や熊や猪などの鍋をやる時、骨も煮ますので、そこから味のある汁が出ます。つまり、なんの汁かはわからなくなっております」

「取り置いておくのか？」

「はい、汁だけは。一日に一度、火にかけて煮たたせておくと、夏でも腐りません」

「香りがいい」

「それはもう、砂漠にある香草まで、集めてありますので」

「草原では、ほとんど羊を煮て食う」

「はい、私もそれで育ちました。ただ、ここを通るのは、草原の人だけではありません。それで料理を調べ、こんな鍋を考えたのです。誰にでも馴染めるものを」

器に、鍋の中身が注がれていく。

大きな器に、茹でた麦が盛られている。

「最後に、汁の中に麦を入れられればよろしいと思います」

器につけられていた匙で、掬って口に入れた。猪肉の脂が、口の中に拡がっていく。脂が、羊ほどしつこくない。嚙んだ時、脂と肉が一体になる、という感じだった。

チンカイは、二口目、三口目を、黙って口に入れた。野草や草の根が、いい味を出しているようだ。

「うまいな、これ」

チンカイが言う前に、部下が言った。

「羊の腸の中に、血と内臓を詰めて煮たものもあります。酒を飲む時に、喜ばれたりします」

「まるで、旅館の親父だな」

「われわれが口にするのは、麦に汁をかけたもので、時々、小さな肉の塊が入っています。われらは、戦には出られませんが、軍であり、ここは戦場なのです。十日に一度、器に一杯の酒が許されます。隊長が決めたことです」

「あの片腕の」

「まだ仕事が多くあるので、畠にまでは手が回らず、麦は東の村から買っています。安いものですが、自分たちで育てて収穫すれば、ただだと隊長は言います」

鎮海城の外には、畠が作られている。相当に広い土地を用意してあるが、その一部しか耕せていない。

いずれ、城のまわりの集落の人間は、一万人を超える。かなりの食糧の消費になるので、羊を飼い、畠を作る。そうしながら、城の仕事もやるのだ。

城に蓄えられるものが多くなると、それを守る軍も必要になる。兵も、やはり羊を飼い、畠を作り、自ら食いものを生み出すのだ。

まだ、山羊の髭を売った砂金で、食糧を集めている。ほかに必要なものも、買う。

しかしいずれは、食堂ができたり、暮らしに必要なものを売ったりする店が構えられ、街という様相を呈するはずだ。

ボオルチュが望んでいるのは、そういうものだろう。西へ行く軍に補給する。それは兵糧だけでなく、武具や馬も、旅に必要なものも、補給する。

鎮海城が、チンギス・カンのなにを支えることになるのか、自分なりにわかっているつもりだった。ボオルチュの要求は容赦がないが、いまではそれを満たすのが、快感に近いものになった。ボオルチュに命じられ、これまでカラコルムなどに兵站の基地を作ってきたが、鎮海城はそれらとは規模からして違う。ただ貯蔵する場所ではなく、それ自体が巨大な動物のように生きて、育つのである。

腹が満ちると、文官たちは眠そうな顔をした。それぞれの寝台へ行き、眠っていいという許可を出した。

チンカイは、駅の建物の中を、見て回った。

壁まで日干し煉瓦で作られていて、窓の戸などが板である。床は、焼いた煉瓦だった。煉瓦を敷き、日干し煉瓦を積めば、いくらでも拡げられる建物だった。屋根は木の皮を葺(ふ)いてある。鎮海城を築く過程で、さまざまなことを学んだ。この駅の建物が、どれほど巧みに造られているか、見ればわかるようになっている。

水が、引きこんであった。下水や厠などもうまく作られていて、三里ほど先の場所に、糞尿を蓄えて熟(こな)れさせ、畠の肥料にするための大きな穴も作ってあるという。

隻腕(せきわん)の隊長と、酒を飲みながら、しばらく話をした。酒を飲んだのは、チンカイだけだ。オルギルというその隊長は、いくら勧めても頑に飲まなかった。

部下と同じ状態でいたいというのは、すぐれた将校の特質と言ってもいい。

「オルギル、誰の軍にいたのだ？」

「スブタイ将軍の軍に、六年いました」

「俺の好きな将軍だな」

「好き嫌いについて、軍人は言うべきではありません。ただ、俺はいまでも、将軍を尊敬しています」

西域の人間について、しばらく喋った。

オルギルはなにも知らなかったが、自分がやるべきことは心得ているようだった。

「明日、男がひとり来る。供は何名かはわからんがな。まず、よく見ておけ。それから、肚を割れる相手かどうか決めろ」

「駅長としての任務は、果します。チンカイ様は、それ以上のことを、求めておられますか？」

「俺は、無限に求める男さ。俺に無限に求める、ボオルチュという人がいる。ボオルチュ殿に、無限に求める人も、またいるのだ」

「それは」

「言うな、オルギル。われわれはすべて、ほんとうはその方に求められている。それは、宿命のようなものだ」

「宿命ですか」

「人は、それを自覚できるかどうかさ。俺たちは、その宿命を嘆き合いながら、酒を酌み交わせられるぞ」

「はい、いずれは」

オルギルが、笑顔を見せた。意外に幼い表情だった。

雪が降りはじめた。

地に薄く積もっているが、それほどひどくなりそうでもない。もともと、雪がすべてを覆うという土地ではない。

二騎、雪の中を近づいてきた。

軒下に立ち、腕を組んでチンカイはそれを見ていた。

頭が白い。それは白髪ではなく、帽子に雪が積もっているからだった。

「おう、鎮海殿」

陳双脚の帽子は、栗鼠（りす）の毛皮だった。もうひとりも、同じようなものを被っている。

馬を牧童に預け、陳双脚が近づいてきた。

草原の民なら、まず馬の手入れをする。陳双脚は、当然のようにそれを牧童に任せた。草原の民とは、馬に対する考え方が違うのだろう。

建物の中に入ってきた陳双脚は、連れの若者の帽子の雪を払った。

「伜（せがれ）の陳高錬（ちんこうれん）だ。俺より、漢名らしい漢名をつけやがってな」

「そうか、御子息か」

「まだ十五歳だが、南へむかう道を作る指揮を、俺の代りにしばしばやった」

「あの道については、陳双脚殿の力でかなりの部分ができている、という報告は受けている。礼を言う。そして、わが殿に、いつか会って貰おうと思っている」

二人に、湯を出した。部屋の火にも、薪を足した。壁に作られた竈の火は、かなり大きく暖かい。積みあげた煉瓦が屋根の上まで通っていて、煙はそちらに抜ける。

煙道の筒の中には、かなりの量の肉がぶらさげられているらしい。それは煙の香りがついて腐りにくいものになり、味も変るというのだ。

「鎮海殿の主君に会う必要など、俺にはない」

「しかしな」

「いずれは、謙謙州はモンゴルの一部になるのかもしれん。いまは西ともぶつかり合って、下手をすると西からもモンゴルからも、税を取られるという、最悪の事態になりかねん。そこのところだけは、まず解決しておきたいのだ」

「モンゴル国の一部になり、モンゴルに税を払うとしたら、ほかの国に払うことなど考えられん。それは、モンゴル国が絶対に許さない。それも含めた、税なのだ」

「税を払ったら臣下、ということにはならないよな」

「それは民になるということだが、陳双脚殿は、よほどわが殿のことが嫌いか」

「好きでも嫌いでもないわ。俺はただ、謙謙州の人間を守り、食わせていかなければならんだけさ」

陳双脚は、石炭の鉱山を持っているほか、食堂を三軒やっていたりする。ほかにも、人々に仕事を与えられることを、なにかやっているのかもしれない。道路を作るのにも、ただ使役で駆り出したわけでなく、いくらか銭が出ているという話を聞いた。

想像以上に、領主らしい領主なのか。民はみんな、陳双脚を領主として仰いでいるのか。

「他国へ納めるより、モンゴル国の税は安い。それは、旧ナイマン王国の民を調べてみればわかる、と思う」

「だいぶ前から、調べているよ、鎮海殿。謙謙州にモンゴル軍の騎馬隊が来て、闘う者は皆殺しにする、と言った。反抗をしなければ、血は流さぬとも。血の気の多い者が、五千ほどの防衛の軍を作り、闘った。相手にもならず敗れて、半数が殺されたよ」

「それで、モンゴル軍を恨んでいるのか?」

「反抗しない者を殺したのならな。そういうことがあった、という報告は受けていない。それから、俺はモンゴル国についての情報を集めはじめた」

「わかった。その情報の中に、俺や鎮海城も入れておいて欲しいな。多分、陳双脚殿が直接会った、最初のモンゴルの臣だろうから」

「入れてある。そして、道を作りはじめた」

「それは、鎮海城と繋がってもいい、ということだな」

「物流で繋がるのはいい、という程度だ」

熱い湯は、ようやく飲めるようになったようだ。陳高錬は両掌で器を包みこんでいて、そういう仕草はまだ子供だった。

「俺は、伜とともに、ここに三日留まる。駅というのがどういうものかも、見ておきたい。伜には、鎮海城も見せたい」

「俺は、三日経ったら鎮海城へ戻る。よければ、陳高錬殿を伴おう。鎮海城の、どこを見ても、誰と喋っても構わんよ。帰路は、警固を数騎付けよう」

「ここでの話が、うまく進んだら、見せてやってくれ。警固など、余計なお世話だ。伜は、どこからでもひとりで帰ってくる」

「すでに、うまく進みそうな気がするがな」

「俺は、謙謙州の民を、食わせていかなければならんのだ。今日だけでなく、明日も。そのためには、詰めなければならない話がある」

「つまり、駆け引きをしているのだな、陳双脚殿」

「まあ、いまお互いに手の内は隠している」

「俺はもう、陳双脚殿を相手に、駆け引きをしようなどとは思わないよ。そういう相手ではない、と思っているからだ。チンギス・カンを、主君として仰いでいる。なぜそうなったのかは、よくわからない。臣でいることは、とてつもなく大変なことだが、それがいやだとは思っていない」

「そうか」

陳双脚は、湯の器を卓に置いた。

「ここは、暖かいな」

「草原の北は、寒さが厳しい土地なのだ。どれほど厳しいか、俺もよく知らないぐらいだ。ただ、寒さを凌ぐ方法を、いくつも持っているとは聞いた」

「謙謙州も、寒いと言われている。冬に、他所(よそ)へ出かけたことがない俺は、そう言われていることを、知っているだけだ」

「もうすぐ、夕餉の時になる。その前に、酒でも飲まないか。馬乳酒を煮て造った、強い酒がある」

「ひとつ、言っておく。手の内などないと言うなら、教えておかなければならん。俺が持っている山で、石炭が採れる。謙謙州の民でも、薪の方がいいと言って、あまり欲しがらない。まして、他所から奪いに来る者もいない」

陳双脚が、じっとチンカイを見つめてくる。チンカイは、眼をそらさなかった。

「しかしな、他所から奪われるだろう、と思えるものもある。鉄鉱石の鉱脈がある。山いくつにも連なってあるようだ。謙謙州は、大きく言えば盆地で、周囲は山に囲まれているのだよ」

謙謙州の鉄については、かなり前から、圭軻隊の報告もあったという。鉄については、チンギス・カンはいつも貪欲だった。ただ、これまでは遠すぎたのだ。

「謙謙州の鉄を、モンゴル国は欲している。いや、わが殿が、欲しておられる、と言うべきであろう」

「道を拓(ひら)くのも、そのためか」

「予測はついていたのだろう、陳双脚殿？」

「奪いに来るわけではなさそうだ、という気がした。鎮海殿の話を聞いた時だよ。物の流れの中で、俺は鉄を捉えるべきだ、と思った」

「正しい、と思う。ひとつだけ、俺がはっきり言えるのは、鉄が謙謙州の民を豊かにするだろう、ということだ」

「鉄を売る力など、われわれにはない」

「製鉄も含めて、大変な仕事の量になる。つまり、働く場所がある、ということだ。農耕にしろ遊牧にしろ、気候に左右されたりするが、鉄はただ生産が続く。民は、確実な仕事を得る、ということだ」

「駆り出され、奴隷のように使役されることはないのだな」

「殿と、会ってみるか？」

「いや、鎮海殿の言葉を聞きたかった。もう聞いた。民がひどい目に遭うことになったら、俺が人を見る眼を持っていなかった、ということだ」

「せめて、俺の上にいる、ボオルチュという人にでも」

「いずれ、そんなことも考えられるかもしれん。倅は、会いたいと言っているが」

陳高錬が、顔をあげた。

チンカイは、竈の中に薪を放りこんだ。

「まず、鎮海城へ来いよ、陳高錬殿。その上で関心が持てたら、アウラガまで行ってみるといい。もっとも、わが殿はいま金国で、まだしばらくは、帰還されまい」

「まず、鎮海城へお連れください。これは父が言っているのではなく、俺が望んでいるのです。外のことは、なにも知りません。はじめて知る他所が、この駅なのですよ」

「おう、この駅は、まだ完成してはいないがな。謙謙州までの間に、もうひとつ大きな駅を作りたいのだ。人を集められるなら、陳高錬殿が作ってみないか。無論、それなりのものはお支払いする」

「まず、見たいのです。明日、一日かけて見てみてよろしいでしょうか？」

チンカイは従者を呼び、オルギルを連れてくるように命じた。

オルギルは、すぐにやってきた。

「この男は、鎮海城から謙謙州までの道を、すべて差配する者です。統轄と言った方がいいのかな。明日、このオルギルが陳高錬殿を御案内します」

立ちあがり、直立して陳高錬は頭を下げた。

「食堂に、酒を用意してくれるか、オルギル。飲むのは、陳双脚殿と俺だ」

「はい。食事の前に、腸詰などもいかがでしょうか」

「用意してくれ。陳高錬殿、この男の左腕は、アウラガの養方所で切り落とされましてな。医師が切ったので、傷口などもきれいなものだよ」

「戦で負傷し、輜重に乗せられ、アウラガまで運ばれたのですよ。その間に腐っていて、切り落とされても、大して痛みは感じなかった。興味があるなら、密かに見せてやってもいいぞ」

「ほんとうに、痛くなかったのですか？」

「痛くなかった。痛くないというのは、死にかかっていた、ということだよ。しっかり生きていれば、痛かっただろうが、あまり想像したくないな」

「養方所というところに、医師がいるのですね」

「怪我をした者や、病の者が、百名以上入れる。戦にも医師がひとり付いていくことが多いので、血止めなどは正しくなされて、生き延びる者も少なくないのだ」

チンカイは、陳双脚を食堂に誘った。

二人は、しばらく話し続けていた。

城下聳動（しょうどう）

一

カシュガルから北へ行けば、虎思斡耳朶（フスオルド）だということは、知っていた。

しかしそこに着く前に、進路は東へむいたようだ。しばらくして、東へむかっていることに、タュビアンは気づいたのだ。

アサンは、なにも言わない。

考えるような表情をしていて、それから護衛の部下になにか命じる。大抵は、二騎で駈け去り、三日か四日経つと、また合流してくる。その間、護衛は三騎になる。

ただの護衛ではないのだろう、とタュビアンは思いはじめていた。アサンと、もっと深い旅をしているようだ。

五人ともとんでもない手練れだ、とジャカ・ガンボは言っているが、武術はおまけのようなものだ、という気がした。

原野の雪が解けはじめたところで、いつも左手に近づいたり遠ざかったりする長大な山なみは、白いままだった。

あの山なみを越えると虎思斡耳朶だとしても、アサンはそこへ行くつもりはない。その理由を、タュビアンはずっと考え続けていた。考えがまとまったので、機を見て訊こうと思った。

アサンは急いでいて、小さな集落で、どこかへ行っていた護衛の二名と合流したのは、きのうだった。

それで、進み方に余裕が出てきた。

まだ明るいうちに野営に入り、獲ってきた兎を焼きはじめる。雑用は命じられたが、食いものに触れることは、許されなかった。出されたものを、食うだけだ。

「ジラン殿の屋敷を出て、何日になる？」

「十九日目です」

「ほう、旅のつらさにうつろにならず、きちんと考えていたのか」

「つらいとは思っておりません、アサン殿」

「その脚だからな。馬はつらいだろうと思っていた」

「去年のカシュガルの戦で、俺が馬に乗るところは、御覧になったはずです。膝から下は駄目で、だから杖をつかなければ歩けませんが、膝から上をしっかり鍛えたので、腿（もも）の力では大抵は負けません」

「おまえが見事に馬を乗りこなしたのは、戦場でだ。旅は、また違うものだからな」

「それでも、つらくはありませんでした」

「わかったよ。そうむきになるな」

「申し訳ありません。俺には、自信を持てることがあまりなくて、馬は数少ないもののひとつなのです」

「しかしおまえは、馬二頭で音をあげる。潰れる寸前まで駈って、二頭までしかもたんな。私の部下は、十頭は疾駆させ続けることができる。私でも、六頭か七頭は」

「二頭ですか」

「それをよく、頭に入れておけ。ほんとうに急がなければならない時、それを知らないと、死ぬことになる」

「ぎりぎりのところでは、この脚が邪魔になるのですね」

「自分の脚だろう。邪魔などとは言うな。その脚が、おまえに与えてくれたものもある」

「はい」

焼かれている二羽の兎に、香料がまぶされた。それも、タュビアンはやらせてもらえない。

「アサン殿、ひとつお訊きしてもよろしいでしょうか？」

「いいぞ」

「カシュガルから北へ行けば虎思斡耳朶ですが、そこへはむかわれませんでした」

「グチュルクという、僣王（せんおう）が怖いからな」

「天山（てんざん）の山なみが持つ産物に、関心を持たれたのですか？」

「それは正しいが、結論に到るまで、時がかかりすぎるな。東へむかったのさえ、おまえは丸一日気づかなかった」

虎思斡耳朶の軍が、昨年、カシュガルや和田（ホータン）を攻めた。それはすぐに追い返されたが、西遼の軍がそんなふうになったのだと、ジランの慨嘆は深いようだった。

以前はひとつの国で、砂漠の部族も山岳の部族も、同じ国にいるという思いは強くあった。それが、直魯古（ちょくろこ）が即位する前後から、部族をひとつにとりまとめることが、あまり行われなくなった。

政事が乱れきったころ、娘婿だったグチュルクが叛乱を起こし、帝位を簒奪した。そして部族は独立性を強め、国としてのまとまりを欠いてきた。

そんな話は、何度もジランから聞かされた。

寝る前にジランは、酒を飲むための相手が必要になるのだが、それはほとんどタュビアンがつとめた。

だから、タュビアンなりに、虎思斡耳朶にむかわない理由を考えることができたのだ。

ほんとうなら、出発前にそんなことはわかっているべきだった。去年の戦に、アサンとその部下、ジャカ・ガンボが束の間の介入をしたことを、グチュルクが知っていようといまいと、商いに有益だと考えれば、アサンは出かけていくはずだ。

「虎思斡耳朶では、税と称して、天山山系の山の民が作るものを、収奪している。もともと税など、挨拶料程度で済んでいたものを、他国以上に取り立てているのだ」

「アサン殿は、天山山系の産物を南の斜面に降ろし、そこから東西に運ぼうとされているのですか」

「ふむ、おまえも一端（いっぱし）のことを言って、人に認められようとするようになったか」

「俺が認められたいのは、アサン殿、ジャカ・ガンボ殿、ジラン様の三人だけです」

「三人とも、おまえが何者かになるかもしれないと、認めてはいる。何者にもならなければ、その口が邪魔をした、ということだ」

旅と言われた時、ジャカ・ガンボもついてくるのだと思った。アサンの一行についていくのだとわかったのは、出発の前日だった。

暗黙のうちに、三人はそういうことを決めたのかもしれない。

「いいか、タュビアン。虎思斡耳朶を通っている交易路は、天山北路という。それはもともと不完全な道で、西ではやがて天山南路に合流してくる」

「カシュガルを通っているのは天山南路で、村の男たちのかなりの人数は、そこで働いています。通る物の量も、多いのだそうです。東へ行けば、和田から敦煌（とんこう）ということになるのですね」

「天山北路は、存続させるにしたところで、しばらくは情勢を待たなければならん。グチュルクは、禁断とされている、通行税を取るかもしれぬしな」

「いまも、隊商は銭を払っています」

「それは、税とはいくらか概念が異なる。使用料のようなもので、遣う商人たちとの合意で決まる」

「言われている意味は、わかります」

「頭でわかることは、たやすい。いろいろな情勢が絡んでいる。それは、時によって変るし、場所によっても違う」

アサンは、天山山系の産物の行き所がなくならないように、南麓沿いに新しい道を作ろうとしているのかもしれない。それを言うと、才気走るのではない、とたしなめられる気もする。

ジランの村の家では、ジャカ・ガンボに小生意気だと、よく言われる。時には投げ飛ばされるし、剣の稽古と称して棒で打ち据えられることもある。

ジャカ・ガンボはそのあたりは軍人で、アサンは穏やかな商人である。しかし、アサンの方が、ほんとうはずっと峻烈なのだという気もしていた。

ジランは、人として間違いのないことを、教えてくれようとしている。

タュビアンは、十七歳になっていた。

ジランの屋敷に担ぎこまれた時から、学ぶ日々だった。

やることがなにもなかったから、学んだというところがあるのかもしれない。萎(な)えた右脚では、同じ歳頃の子供と、対等に遊ぶこともできなかったのだ。

そしてジャカ・ガンボに会い、アサンにもかわいがられている。

「俺は、アサン殿を見ていたいのです。俺がなにを感じたかも、聞いていていただきたいのです。ジャカ・ガンボ殿には、うるさいとよく言われます。それでも俺は言い続けて、棒で打ち伏せられたりします」

「聞く価値があると思った時だけ、私はおまえの話を聞いている。せいぜい、私にそう思わせることだ」

「この旅に、ジャカ・ガンボ殿がついて来られなかったことが、どういう意味なのか、ようやくわかってきました」

「それは、おまえにとっての意味だけだ。ジャカ・ガンボ殿に、別にやりたいことがあるのだろう」

「そうですね、確かに。俺など、小さな存在にすぎません」

「むきになったり、卑下したり。そういう口調はやめろ。商人だとしたら、売れるものも売れなくなる、と言われるな」

「そのたびに、叱ってください」

「甘えるな」

アサンの表情は、まったく動かない。

周囲は、暗くなりはじめていた。野営地は森の中の平地で、水が来ないちょっと高いところを選んであった。

天山山系の雪解け水が流れこんでくるので、山麓の到るところに小川があった。もう少し低いところに行くと、小川が何本か集まって川になり、さらに川が集まって河になるはずだった。

アサンは、ここにどういう交易路を作ろうとしているのだろうか。訊けることではないので、タュビアンは想像してみるだけだ。

雪解け水は、毎年春さきから流れこみ、初夏まで流れ続けるのだという。気が遠くなるほど昔から流れているので、大地が削られ、溝のようになっている。そこに橋を架けるのは、たやすいことだった。川幅が広くなってくると、橋をかけるのが手間で、水の多い年には流される、というようなことも起きるのかもしれない。

焼きあがった兎の肉が、石の上に置かれた。タュビアンの分だ。どこの部位かわからないが、背骨のような骨はついていた。

アサンが、口から焚火の中に骨を噴き飛ばした。そういう仕草が、似合う男だと思った。護衛の五名は、指さきで口の中の骨をとっては、焚火の中に投げこんでいる。

自分も、いつかは口から骨を噴き出せるようになろう、とタュビアンは思った。いまやることではない、という気がする。

三日進んだところで、南に進路を変えた。

天山山系の山が、少しずつ遠ざかっているようだ。

草原か砂漠というような土地だった。遠くに森も見えるが、人の姿はなかった。

丸一日進んだ時、二名がなにか命じられて、駈け去った。

アサンがなにか命じるとして、それをタュビアンに隠すとも思えなかった。普通に交わされる会話の中で、駈けて別行動をとる者は、なにかを感じ取るのかもしれない。そこがまた、普通の護衛とは違うところだ。

二日進んだところに、小さな集落があった。

農耕をなしている村だろう、とタュビアンは思った。それから半日で、大きな街に入った。人が多いだけでなく、よく整備された街のように思えた。

旅館が並んだ場所で、厩に馬を預け、小さな家に入った。まわりの旅館と較べたら小さいというだけで、家としては大きいのだろう。

アサンはそこを、自分の家のように遣った。泊るべき部屋を、ひとつあてがわれた。護衛の五名も、それぞれ部屋に入った。

下の階に食堂があり、十人分の席が用意されていた。

この街が、敦煌だった。

夕刻、食堂に見知らぬ三名が入ってきた。

「これは、タュビアンと言います、宣弘(せんこう)殿。ジラン殿が、かわいがっている子供です」

タュビアンは立ちあがって挨拶したが、子供と言われたのが不本意だった。それが顔に出たのか、宣弘と呼ばれた老人は、声をあげて笑った。

「これは侯春(こうしゅん)という男でね。若いが、もう子供とは言えない。大同府から私のところへ来て、ずっと書を読んでいる。書と言っても、私の父が保管していた書類なのだが。そして私が開封府へ行くのに同道して、大同府に帰るのだよ」

侯春は、二十歳ぐらいだろうか。口髭を蓄えていた。それはタュビアンにはないもので、少しだけ羨しかった。

「私の父は宣凱と言ったが、おまえのように脚が悪かったよ」

卓に腰を降ろした。侯春が、タュビアンの前の席に座っていた。

料理は、小さな皿に少しずつ出てきた。

もの足りないようでもあり、これがいつまでも出続けたら、満腹になってしまう、という気もした。

侯春も饅頭を千切って口に入れてはいるが、急いで食べたりはしていない。

「宣弘殿のところで、書を読まれたのですか、侯春殿」

「沙州楡柳館ですよ。家と言うなら、ここも宣弘殿の家です」

侯春が、にやりと笑った。

「そして、アサン殿の家でもあります」

「みんなが、家族のようなものだ、ということですか？」

「まあ、そんなものかな。俺は、同志という言葉でとらえようとしていますが」

同志という言葉が、心に響くことはなかった。ただ、アサンやジャカ・ガンボやジランは同志になるのだろうかと、束の間、考えた。

アサンと宣弘が、なにか喋っている。腐った道には、腐ったものしか通らない。アサンがそう言い、宣弘が腕を組んで考えこんでいる。

宣弘が連れてきたもうひとりは、語られることを紙片に書いているようだ。はじめから、ひと言も喋らない。

　五名の護衛は、宣弘の問いに答えるかたちで、喋っていた。別行動をとった二騎は、なにか交易路のことを調べていたのだろう。

「俺は、大同府にいましてね。妓楼で遊妓を差配する仕事をしています」

「妓楼、ですか」

　呼び名は知っているが、行ったことはない。

　女というものについて、深く考えたこともなかった。

「大同府に来られることがあったら、お寄りください。妓楼の隣には書肆があり、そこで店番をしながら、書を読んでいることもあります」

「どういうことか、うまく理解できません。妓楼と書肆の二つで働かれている、ということなのですか？」

「早い話が、そうです。妓楼が家業で、書肆が道楽だった。そういう方が、両方の持主だったのです。説明しなければ、なかなかわかっていただけないのですが」

　肉の皿が出された。牛の肉のようだ。カシュガルでは、上等な肉と言えば羊で、草原でも同じだとジャカ・ガンボが教えてくれた。

　しかし牛の肉でも、小さくて、上等のように思えた。

「侯春殿、沙州楡柳館というところで、書を読んでおられたのですよね」

「書というか、あることについて書き記された書類のようなもの、と言った方がいいかもしれません」

「あることとは？」

「梁山泊。そこに集った男たちのことが、書き記されてあります。ほかに戦のこと、政事のこと」

「梁山泊とは、場所の名なのですか？」

「場所の名であり、心の名でもある、と俺は思っています。人であろう、男であろう、とした者たちの、その志そのものを指しているとも言えます」

「ひとりやふたりではなく」

「ひとりが、いくつも集まって」

「なにか、夢の話をされているように聞えます、侯春殿」

「しかし、梁山泊は、ほんとうにあったのですよ。俺の曾祖父や祖父は、そこにいて、そこで生きたのです」

気づくと、宣弘とアサンが話すのをやめ、こちらに眼をむけていた。

「申し訳ありません、アサン殿」

「いや、私はもう少し、話を聞いていたかったよ。宣凱殿が亡くなられてから、梁山泊の話をする人はいなくなったからな」

「私の祖父の宣賛(せんさん)が書き記し、私の父が大事に保管していたものを、私は不孝にも読まなかった。代りに、侯春が読んでくれた」

「宣弘殿の、心が滲み出すような口調は、ずいぶんめずらしい、と私は思う」

「実はね、梁山泊を作ろうと思いましてね。いまのところ、私と侯春の二人だけしかいないのですが。そして、『替天行道』の志は、あやふやなのですが」

「志ね。その言葉を聞くと、胸の奥が痛くなってくるな。宣凱殿は高齢でも、志を語る時だけは少年でした」

「確かにね。その少年の部分に、私はてこずったのです。テムジン様が沙州楡柳館に現われると、私にはなにも言わず、自分の心の内を覗きこんで、死んで行った人たちと、語り合うようになりましたね」

「チンギス・カンは、梁山泊のなにかを受け継いでいるのですか？」

「血の流れは不思議で、そして無意味かもしれない、と侯春が私に言ったのです。その時は、面白いことを言うと思っただけなのですが、いまは鮮やかに言葉だけが浮かびあがります。チンギス・カンが間違いなく受け継いでいると言えるのは、吹毛剣だけでしょう」

「なるほど。それも興味深いですな」

「アサン殿、チンギス・カンは、すべてのことで桁が外れています。あの男が佩けば、吹毛剣はただの剣かもしれない」

「そこでなにかが断ち切られる。いいことかもしれないな」

「いいのか悪いのか、私にはわからない。桁外れの男の手に渡ったというのも、吹毛剣の持っている運命かもしれない」

「いや、若い二人の話を、私たちが横奪りしたようだ、宣弘殿。二人とも、口を開けて私たちの話を聞いている」

宣弘が、声をあげて笑った。

笑っていいのかどうか、タュビアンにはわからなかった。

二

一年ほどで、急に躰が大きくなった。

大人の中に混じっていても、子供がいるという違和感はない。

ジャラールッディーンよりいくつか歳上のサンダンやトノウは、もう大柄な大人という感じだ。

一昨年の賊徒との戦で与えられた具足は、すぐに入らなくなった。いまでは、大人の兵と同じ具足だ。

あの戦が認められ、サンダンとトノウはジャラールッディーンの従者となった。暮らすのもサマルカンドの家ではなく、軍営の一角だった。

マルガーシは、三人で暮らした家に、ひとりでいた。はじめからいる老婆が、身のまわりの世話はしてくれる。

ジャラールッディーンとその部下の、武術師範というのが、軍内で与えられた立場だった。一日六刻、隊の動きの調練をし、あと六刻はそれぞれが技倆(ぎりょう)を磨くために、思い思いの武術を自分に課す。

ジャラールッディーンとサンダンとトノウの三人を、マルガーシは毎日のようにぎりぎりのところまで追いつめた。

テムル・メリクは、やりすぎだとは言わなかった。ジャラールッディーンを死の淵まで追いつめる、と何度かマルガーシに言ったが、一度もできなかった。

代りに、マルガーシがやってやったのだ。

気を失いかけても、サンダンとトノウは、ジャラールッディーンを守るように動いていた。二人を気絶させ、ジャラールッディーンだけを追いつめる。気を失いかければ、水をかける。骨は折らないように打ったが、肉は痣の上に痣ができる、という状態だった。

躰の痣ならば、まだいいのだ。心の奥に、痣をつけられる。もともとは持っていても、心の奥底に隠していた憎悪を、剝き出しにされる。憎悪を燃やしながら打ちかかっても、一撃で打ち倒される。それが、いつまでも続くのだ。

怒りなど、とうに打ち砕かれて、粉々になっている。やがて憎悪もそうなれば、別のものが開ける。生と死を超越したところに立つのだ。

「非情になろうとしても、家臣の俺にはできないことだった。あそこまでは、できない。殿下は、あまり笑われなくなった。おまえが、まず殿下の闊達さを叩き毀したのだ」

「あの闊達さは、もうしばらくすると、また出てくるさ。その時は、違う闊達さになっているだろうが」

「夜中、軍営の寝台で、殿下が泥のように眠っておられる。そういう夜が多いが、開いた眼をぎらつかせ、闇を見つめていることがあるのだ」

打ち倒すのにも、波をつけた。ほんとうに追いつめた時は、眠れなどしないのだ。自らの生にしがみつくように、闇を凝視する。

山中を駈けて駈けて、さらに駈け続けて、気づくと虎と対峙している。二刻も虎と闘い、また気づくと、木のうろで、じっと闇を凝視している。

全身の骨を折り、頭を叩き潰された虎の死骸を見て、驚くのは翌日になってからだ。それまで、自分が虎と闘っていたことさえ、憶えていなかった。

「ようやく、まともに剣が遣えるようになったのかな」

棒を捨て、剣で稽古をすることもある。皮膚を、薄く剣先で斬る。見ている者は、立ち竦むだけだ。薄く斬っても、血は流れる。ジャラールッディーンの躰が、血にまみれているのだ。テムル・メリクは、止めたいのを耐え、見つめていた。稽古が終って血を拭うのは、サンダンとトノウの役割である。

そういう稽古の噂を聞きつけたのか、アラーウッディーンが不意に現われ、倒れたジャラールッディーンのそばにしゃがみこんだことがある。しばらく、傷を見つめていた。

そして立ちあがり、なにも言わずに立ち去った。

ジャラールッディーンの稽古がそんな具合だから、百名の部下たちの稽古も、半端なものではなくなった。

いつの間にか、ジャラールッディーンの隊は、ホラズム軍で最強に位置すると認める者まで出はじめた。調練で強いだけだと、否定する意見もあった。

ほかの兵の四倍、五倍の調練をしている隊は、ホラズム軍の中で、孤立することにもなった。みんな寡黙で肩を寄せ合い、ひとりきりになることを避けているようだった。

マルガーシは、武術師範の役をやるだけで、ジャラールッディーンの変化を、離れたところから眺めていた。

夜、時折、テムル・メリクが家へやってきて、他愛ないことを喋った。鉄笛を吹くこともあった。そういう音に馴染むのは、これまでのマルガーシの人生にはなかった。

テムル・メリクが、涙を流しながら吹くことがあったが、その理由は訊かなかった。

想像を超えて変貌していくジャラールッディーンに、戸惑うような思いを抱いているのかもしれない。あるいは、そういうところで涙を流すのは、笛を吹く人間にはありがちなのか。

マルガーシは、自分がほんとうは涙の意味がわからないかもしれない、と時々考えた。

テムル・メリクは、将校としては申しぶんないだろう。隊を二手に分けて模擬戦をやっても、テムル・メリクがいる方が、大抵は勝つ。ジャラールッディーンは、なぜそうなるのかいつも首を傾げていた。

見ていると、テムル・メリクは、相手の動きを、深く分析しているのがわかった。裏を読むのか、裏の裏を読むのか、さらにその裏まで読むのか、とっさに決められるようだった。つまり、相手の指揮官を読み切るのだ。

マルガーシは、指揮をすることは固辞していたが、テムル・メリクの動きはよく読めた。

それは、狩と同じようなものだった。獣の生きようとする本能は、しばしば人間の裏をかく。獲物を逃がすのは、裏をかかれた時で、こちらがさらにその裏をかけば、たやすく仕留めることができる。

狩を考えると、どうしてもトクトアが浮かんでくる。そしてトクトアは、狩になぞらえて、常に戦のことをマルガーシに語ってきたのだ。

戦の指揮を一度もしたことがなく、それでも狩のように相手を読めた。

マルガーシは、いつものように軍営へ出かけていったが、出動の準備で慌しい雰囲気が漂っていた。

西遼の西部は西カラハンと呼ばれているが、それにはサマルカンドも含まれていた。

アラーウッディーンは、数年サマルカンドに腰を据え、去年、正式に首都だと宣言した。西カラハンの一部がそれに反撥し、戦が続いていたのだ。

戦の帰趨は、すでに決しているところがある。西遼を、旧ナイマンの皇子であったグチュルクが支配するようになり、直魯古との関係の時と較べて、ずっと対等になっているのだ。

だからいまの戦は、併合した西カラハンの一部で叛乱が起きている、という見方もできた。

マルガーシは、大した関心は持っていなかったが、バラクハジなどと喋っていると、自然に頭に入ってきてしまうのだ。

二刻もすると、軍営は静かになった。

残っているのは留守部隊とジャラールッディーンの隊だけだった。

軍を見送っていたらしい、ジャラールッディーンとテムル・メリクが戻ってきた。

「私は、連れていって貰えなかった」

眼が合うと、ジャラールッディーンが言った。

「経験がないから邪魔だ、と言われた。私は、賊徒を相手であったが、戦らしい戦をした、という気持はある。父上は、あの戦を忘れておられるのか」

「忘れておられたら、陛下は百騎の隊をつけたりはなされません」

テムル・メリクが、そばで宥めている。

「戦に連れて行かれなかった。死ぬことはなくなったので、よかったではないか」

「私を挑発しているのか、マルガーシ殿」

「つまらない戦なのだよ。掃討戦のようなものだろう。さっさと片付けてしまいたい。そんなところに、気負いこんで戦だという隊がいるのは、いかにも邪魔だ。相手にこだわりすぎて、全軍の足を引っ張りかねん」

「さまざまな戦がある、ということだな。私には、それがわかっている」

「頭ではわかっていても、経験はない。そういうことではないのか」

ジャラールッディーンは、束の間、マルガーシを見つめ、それから軍営の建物に入っていった。

最近では、マルガーシがいくら挑発しても、乗ってくることはない。数刻後、あるいは翌日ぐらいに、もう一度自分の意見を言う。それで終りにするのだ。

「陛下は、いつ殿下に戦をさせようか、迷っておられるのだと思う」

テムル・メリクが言った。このところ、ジャラールッディーンに付ききりということはなくなった。ジャラールッディーンは、しばしばひとりの時間を持つ。

この国は、大きくなり続けている。西カラハンを併合したし、南へ出した軍を、そのまま駐留させて、現地の部族との対立を続けてもいる。

「どこかでめしでも食わないか、マルガーシ」

「軍営のめしではなく、か」

「軍営の料理人は、陛下が連れていかれた。ここじゃ、まともな料理は食えん」

「新しくできた、魚を食わせる食堂に行ってみるか」

「いいな。食らいついても、小骨が口の中を刺す。だから俺は、魚が好きだよ」

テムル・メリクは具足を解き、いつもの服に着替えると、剣も佩かずに建物を出てきた。

街へ出た。

もともと西カラハンの大きな街で、イスラムの戒律に反しないかぎり、どんなところの料理も食える。

ひとりで暮らしているマルガーシの方が、食堂などには詳しくなった。

「面白くなってきた、と思っているだろう、マルガーシ」

「俺が、なにを面白がる？」

食堂の卓にむき合って座り、葡萄酒（シャラーブ）を飲みはじめた。料理は店の料理人に任せた。

「殿下は、俺の想像以上に成長された。なにも語られないが、おまえにとって面白いことを、やられそうな気がする」

「俺は、生きていて面白いことがある、とは思っていない」

「いま隊を半分ずつに分けて、おまえと俺がそれぞれ指揮してぶつかる。絶対に負けないと思っているだろう。そういう眼で、調練を眺めているぞ」

「勝てるかどうかは、わからん」

「調練ではな。実戦だったとしたら、絶対に負けないと思っているだろう」

「負けないな。絶対ではなく、多分だが」

「軍にいたことなど、ないのだよな」

「戦は、狩のようなものだ。獲物とむかい合った時、駆け引きがあるだけだと思う。獣は、人が思っている以上に狡猾だ。自分を守りたいという本能では、人よりもずっと優れている」

狩は戦で、それを教えてくれたのは、草原における、歴戦の勇将だった。森に隠棲(いんせい)する前に闘った戦のすべてを、細かく伝えられたという気がする。たとえて言えば、獲物が近づいた時、弓をどこまで引いて待つか、ということまで語られたのだ。

「狩か」

「俺は、ジャラールッディーン殿の狩の供をする気はないぞ」

「半分はおまえ、あと半分は俺が育てあげた戦士だ。いずれ、見ていられなくなる」

そうかもしれない。生きることのどこにも意味を見出せないいま、ジャラールッディーンの戦だけが、気持を傾け得るものになるような気もする。

テムル・メリクが、南のゴール朝との戦について語りはじめた。

ゴール朝は最盛期から衰退にむかおうとしているところだった。そしてホラズム・シャー国は、ゴール朝と入れ替るようにして、隆盛となっているのだ。

「そこに、座らせてくれ」

背中の方から、声がかけられた。マルガーシは、ちょっとうつむき、苦笑いをした。

ジャラールッディーンは、古い衣服を着て、頭から顔にまで長い紺色の布を巻いていた。

「二人とも、狡いな。私を除け者にして、こんなところで食事なのか」

店の外に、二人立っている。サンダンとトノウだった。

「どうぞ。外の二人も」

マルガーシが言うと、ジャラールッディーンは布を解いた。丸い帽子を被っている。外の二人が、入ってきた。

「遠慮しなくていい。座れよ」

テムル・メリクが言い、二人も卓に着いた。店主はそれを見ていて、料理を三人分追加したようだ。店にはほかに、商人らしい二人がいるだけだ。

昼食にむかう二人を、サンダンかトノウが尾行てきて、ジャラールッディーンに知らせた。そんなところだろう。街の通りは、人が多かった。

「西カラハンの残党との、つまらない戦であるというのは、マルガーシ殿の言う通りだ。私も、もう少しましな戦に出てみたい、と思うよ」

「その通りです、殿下。そしてわが国には、もっか敵らしい敵はおらず、腰を入れて闘ってみたいような戦も、ありません」

「私は、ウズラグ・シャーを支え、軍を統率していくのだ。自分の考えで、戦の価値を決めない」

「ウズラグ・シャー殿下は、陛下が後継と口にされましたが、まだ皇太子として冊立されたわけではありません」

「もうよせ、テムル・メリク。ジャラールッディーン殿も。俺はここで、めしを食いたいだけなのだから」

「マルガーシ殿は、そうだろう。私は、皇子としてどう生きるか考えると、すべての戦を気にしなければならない」

「昼めしも食わずにか。ならば、店の外でやられるがよい」

「そう、尖った言い方をするなよ、マルガーシ殿。私も、昼めしは愉しく食いたい。わかった。戦の話は、もうやめよう。旅の話をしたいな」

「旅は難しいのではないかな。ジャラールッディーン殿は、すでに一隊の軍を預かっている」

「だから、この五人での旅など、難しい。しかし、隊を伴っての移動と、南の地形に合わせた調練となれば、父上の心をくすぐるものがあると思う」

「なるほど。考えたな」

「殿下、ゴール朝は衰退しているとはいえ、侮ることはできません。陛下も、全面的に進攻するのは、まだ無理だと考えておられるのですから」

「戦の話は、やめにしたのだぞ、テムル・メリク。私はただ、ゴール朝の軍とむき合って膠着している、ホラズム軍のもとへ行くのだ。その間、百騎で面白い旅にならないかな。斥候の調練とか、夜間の哨戒とか、日頃やらないことができる。マルガーシ殿にも、兵たちを鍛えあげていただけるし」

「ふむ。面白いことを考えたものだ。南の軍への補給部隊を警固する役を、申し出るつもりなのだな」

「その通り。百騎といえど、サマルカンドの軍営で、調練ばかりに明け暮れるというのも、ホラズム軍全体にとっては、無駄に見えることなのかもしれないからな」

「兵站部隊の警固は、それに合った軍がいます、殿下」

「無駄をなくすために、どうすればいいかと、私は考えただけだ、テムル・メリク」

発想が、ちょっと変っていた。ふだんは、あまり突飛な発想はしない。

勝手に旅に出たら、百騎を召しあげられるかもしれず、二度と指揮権を与えられることもないかもしれない。

兵站部隊の警固というのは、帝の気持をくすぐりそうだった。

料理が、運ばれてきた。

小さな皿のものが、十数種類出てくる。店主はこれを、自分で考案したのだと言った。

ジャラールッディーンは、すぐに手をつけはじめた。

「この店の料理は、ただ量が少ないのか、品数が多いのか」

「品数が多い。最後の皿が出てくるころは、満腹になっている」

「ふうん、贅沢なのか、数で誤魔化(ごまか)すのか」

「食い終ったころに、自分で決めればいいことさ」

「シャラーブを、飲まれますか、殿下?」

「酔うのだろう?」

「少しは」

「よし、飲もう」

酒は飲めて、かなり強い。

マルガーシの家に押しかけてきて、強い酒を飲んだことが、数回ある。それほど酔ったようには見えなかったが、八刻ほど泥のように眠っていた。

「なあ、テムル・メリク。兵站部隊の警固の方が、いろいろなものを見る余裕があるはずだ。これまでの旅の続きさ」

「おまえも、来るのだよな」

マルガーシの方に眼をむけて、テムル・メリクが言った。その問いかけは、すでに行くことを決めたようなもので、マルガーシは笑って頷いた。

シャラーブを飲むと、ジャラールッディーンはいくらか饒舌(じょうぜつ)になった。

客が六名ほど入ってきたが、もう聞かれて悪いような話題ではなくなっていた。

「サンダン、トノウ、おまえらもシャラーブを飲め」

「駄目です。ひどく頭が痛くなるので」

サンダンは普通に喋っているように見えたが、慎重に殿下という言葉を口にしないでいる。テムル・メリクに、外での言葉の遣い方を、うるさく言われているはずだ。

「北へも、行ってみたいがな。それは無理だろう」

「北の、どこへ？」

「カンクリ族の地。祖母（ばあ）さまは、その部族の出だというし」

いまの帝の母親だが、不仲である。

ウルゲンチにいる、トルケン太后のことを、ジャラールッディーンが祖母だと思える情況は、これまでになかったはずだ。

尚武という言葉がぴったりな気風を持つ、傭兵のカンクリ族の地へ、自分の麾下の百騎を率いて行き、実戦の調練でもしたいと思ったのか。

出される皿を、ジャラールッディーンは次々と平らげていく。シャラーブも、三杯目を飲んでいた。

闊達さは、失われていない。しかし、獣の息遣いのようなものが、時々感じられる。

自分の顔を持ちはじめているのだ、とマルガーシは思った。

三

奥に、どんな部屋があるのか、わからなかった。遊ぶのはいつも、表のざわめきが伝わってくる、二階にある部屋だった。

遠理（えんり）は、妓楼の主人に、いつもの部屋でいい、と言った。

「完顔（かんがん）遠理様、特別に奥の部屋へお通しするわけではありません。長い馴染みになっていただいた。そういう方は、奥へお通しするのです」

「役人たちも、大商人も」

「お役人は、それ以上のことをしてくださいます。商人の方は、思わぬほどの銀を支払ったりしていただけるわけで」

「懐の寂しい軍人は、そんなところへ通されると、萎縮してしまう。身の丈に合った部屋が、くつろげるのさ」

「正直に申しあげますと」

泥胞子（でいほうし）の顔が近づいてきた。いやな気配が、顔を打ったような気がした。

「手違いで、いつもの部屋が塞がっている、ということもあるのです。まことに申し訳ないことで」

ならば帰る、と言いかけ、遠理は思い直した。この泥胞子という男には、関心がある。妓楼をやりながら、隣の書肆の店番をしたりしている。

理由を訊いたが、前の持主がそうだったものを、受け継いだだけだと言った。

泥胞子が、先に立って歩く。

背中に、隙があるのかどうか、よくわからなかった。妓楼の主の背中を測るのは、陳腐と言えばそうだが、打ちこんでもかわされるということが、なぜかよくわかるのだ。

木の扉があり、そこを通り抜けると、石を敷いた廊下だった。部屋の扉をいくつか通りすぎる。突き当たりが、最後の部屋だった。

窓がなく、外の光は入らないが、蠟燭の焰はかすかな風で揺れ動いている。六本の蠟燭の焰の、揺れる方向は全部違っていた。

「まず酒を飲みたい。つき合ってくれぬか、御主人」

「私でよろしければ」

「書の話ができそうだ」

「私は、確かに店番をしながら、書見をしております。暇を潰さなければならないので」

「さっき覗いたら、若い男がいて、なにか書きものをしていた」

「玄牛と申します。しばらく、西方の城郭に修業に行っておりましたが、この春にようやく戻ってきまして」

入ってきた老人に、泥胞子は言葉を出さず、手で合図をした。すぐに通じたらしく、老人は出て行った。

卓を挟んで、むかい合っている。卓と椅子が四脚。石の床には、虎の皮の敷物があり、そのむこうには、いくらか大きな寝台があった。

飾りがなにもない。それがこの部屋を、逆に淫靡(いんび)なものに見せていた。

「おお、いいな。俺は、こういう部屋が好きだよ」

「ありがとうございます」

「あんたのさりげなさと、持っている腕も好きだな。書見以外に、体術もやるね」

「完顔遠理将軍。私は、この妓楼で育ったのですよ。愛想笑いだけではつとまらないことは、いやになるほどよく知っております」

「暴れる客がいるのか」

泥胞子は、ちょっと考えるような表情をした。

「暴れるというより、逃げる客ですね。遊妓を連れて逃げる。逃げた遊妓と、どこかで待ち合わせる。妓楼としては、それは許せないのです」

「俺は、暴れる客を、一度見たな」

「めずらしくもありません。どこかに不満を抱かせてしまったのです。遊妓に対する不満か、妓楼そのものに対する不満か。それを一瞬で黙らせるための、体術です」

「遊妓と逃げた男は、どうなる?」

「どこか躰が不自由になり、奴隷として西夏あたりに売られます」

「女は?」

「穴を掘って作った、部屋がございます。そこで働く間に、大抵は死にます」

「むごいな。許されることは、ないのか」

「一歩でも、敷地を出た者は、許されません。地下にある部屋で、どんな客の相手でもしなければならないのです」

「ほう、どういう客なのかな？」

「主に、病気持ちですね。鼻が欠けている客でも断ることはなく、その地下の部屋に行くのです。どこの妓楼でも、似たようなものでございますよ」

「ほかには？」

「遊妓に、怪我をさせずにはいられない客ですな。いくら銀を積んでも、地下の部屋にしか行けません」

「男より、女が惨めか」

「五年働く者と、それから一年ずつ延長していく者がいます。ここを出る時は、かなりの銀を手にしております。慎（つつま）しく暮らせば、一生困らないほどの銀を」

「実際は、そうはいかない」

「五年働き、銀を手にして家へ帰る者が、うちでは半数です。それは、悪くない数字なのですよ」

「だろうな」

扉が開き、料理が運ばれてきた。

いつも遠理がここで食っている料理と、大して変らなかった。器が、上等なだけかもしれない。

杯を取ると、泥胞子は酒を注いできた。遠理も、注ぎ返した。

「俺は、金国のいろいろな城郭にいた。ここは、いい城郭だな」

「ありがとうございます」

「妓楼では、軍人たちの扱いが、役人よりも悪かったな。まあ、懐が寂しいというのが一番なのだが、それ以外でも、役人は大事にされていた」

「認可ということをなされるからです、お役人は。その時、役に立っていただけるのです。軍人の方は、失礼ながら、妓楼の役には立っていただけません。賊徒がはびこって手に負えないということはなく、近くで戦があるわけでもありません」

「大同府は、北の草原が近くではないか。いま山東にいるチンギス・カンは、このそばを通っただろう」

「あれほどの規模になると、軍人を頼っても仕方がない、ということになります」

「金軍は、大軍でかかって、負け続けさ」

遠理は、大同府で軍を指揮しているわけではなかった。指揮官は上にいて、遠理はただ疎んじられているだけだった。

とうに将軍を解任されていてもいいようなものだが、完顔襄の甥ということが、それを止めているようだ。すでに亡くなってしまったが、軍の幹部の中には、叔父に対する崇拝が残っているところがあった。

十六歳で軍に入り、兵卒からはじめて、叩きあげた。叔父には決して頼るまいと思っていたが、こんなところで期せずして役に立っている。

「完顔遠理将軍。金軍は、なぜ勝てないのですか？」

「そんなことを、平気で訊いてくるのか。軍の片隅に追いやられている俺に、わかるはずもないことだな」

「指揮官が、悪いのではありませんか？」

「なぜ、そう思う？」

「遊び方がきれいではない軍人は、指揮もうまくないという話です。先代の楼主に聞いたことですが」

「ここへ来る将軍たちの遊び方は、きれいではないのか？」

「きれいな方も、きれいではない方も」

「俺も、曲がりなりにも将軍なのだよ」

遠理は、料理を口に運んだ。

「妓楼の中の、酒の上での話、ということにしてください」

「そういうことか」

「この国で、軍があまり好意を持たれなくなったのは、御存知ですよね」

「いやというほどね。そしてまあ、そういうものだと思う」

「完顔遠理将軍は、おいくつになられます？」

「三十三歳」

「お若くして、将軍に昇られたのですね」

「出世するのは、難しいことではないのだよ」

「ほう、なにか秘訣がございますか？」

「あるな。ここぞという時に、手柄を立てればいい。いまなら、チンギス・カンを討ち果すことだ」

泥胞子の表情は、まったく動かなかった。

遠理の杯に、酒を注いでくる。

不意におかしくなり、遠理は声をあげて笑った。泥胞子は表情を変えず、遠理の杯が空くのを、ただ待っているように見えた。

「まあ、金軍に将軍は多くいる。俺に指揮が回ってくることなどないな」

「そうでしょうか。人の引きや家柄で将軍になられた方は多く、実戦で叩きあげた将軍は、いないのではありませんか」

そういう人間は、将校の時に大抵は死んだ。遠理が生き延びているのは、ただ運がよかったからだ。

遠理は、その話題は終りだと、肉料理に箸をのばすことで伝えた。

「ところで、書肆の方に客人がありましてな。書を購うのではなく、売りに来たのです。自分で書いた詩です。読まれませんか？」

「なぜ、俺に？」

「李白（りはく）や杜甫（とほ）は、あまり好まれていません。むしろ、無名に近い詩人に、関心をお持ちのように、お見受けいたしました」

「無名は、無名である理由がある」

「まったくです。無名の中から、やがて名をあげる人を見つけるのは、至難です。めぐり合わせのようなものが、稀（まれ）にあるということです」

「その稀のひとつなのか？」

「いえ、残念ながら。ただ、本人がいいと思っているところは駄目で、気づかないところに、面白いものが潜んでいるのです」

「それを見つけるのも、疲れる話だ」

「完顔遠理将軍は、時々、そういう書を買っておられます」

「そして、疲れてしまっているのさ。ここの書肆の棚は、燕京の書肆と較べても遜色はない。同じような書肆を探すとすれば、開封府に一軒あるぐらいだよ」

「ありがとうございます。ならば私はお奨めしてもよろしいのでしょうか？」

「泥胞子殿、俺は自分で書を選んできたのだ。さりげなく、書肆の棚に置いておいてくれればいい」

「これは、御無礼を申しあげました」

泥胞子は、口もとだけで笑った。

食事を終えた。どこかで見ていたように、老人が無言で入ってくると、膳を下げた。

どの女を呼ぶか泥胞子に問われ、いつもの女、と答えた。

女を次々に替えていく、というところが遠理にはなかった。大同府に配されて三年になるが、二人目の女だ。ひとり目は、どこかの商人の妻になったという話だった。

奥の部屋に入るのははじめてらしく、女は緊張しているようだった。

妓楼にあがるのは、十日に一度もなく、普段は軍営の部屋にいて、軍務と称することをやっている。調練に立ち会うのと、将校に戦術を教えるのが軍務だった。

司令の許可を受けて、旅に出ることもある。十日以上の旅は燕京の許可が必要になるので、それほど長い旅はできない。

大同府の司令は、退役間近の老将軍で、中年の副将がすべてを動かしていた。遠理も含めて将軍が三名いるというのは、めずらしいことだった。

北の国境に近いからとも考えられるが、自分は余分なのだ、という思いが強い。地方軍は、多くても将軍は二名だった。

軍営の広場の隅に、鳩小屋がある。遠理はそこで、しばしば鳩を眺めた。五十羽ほどで、通信に遣われることになっているが、それほど重要視はされておらず、ひとり熱心な将校がいたので、認められたというところがある。

鳩は、燕京から運ばれてきていた。つまり燕京の鳩で、大同府で放つと、燕京へ帰るのだ。脚に、簡短な通信をつけられる。

世話をする兵は、ひとりだけだ。鳩の通信に熱心な将校は、時々燕京に通信文を届けるために、十羽ほどをまとめて放っていた。

こんな小さな生きものが、伝令の馬よりずっと速いことは、大変なことだと遠理は考えていた。

しかし、その意見を周囲に言うことはなかった。

「また、十羽放ったのだな」

鳩の数を数えながら、遠理は世話係の兵に言った。

「はい。一羽か二羽、欠けているだけだそうです」

つまり、八羽か九羽は、燕京の鳩小屋に着いているのだ。

副将の将軍が、十名ほどの供を連れて、駈け回っていた。

そばまで来ると、遠理に眼をくれ、きちんと具足をつけるようにと言った。

燕京から、福興(ふくこう)という重臣が来るという。

福興は、丞相の下あたりの地位にいるが、帝の係累だったので、丞相以上の扱いをされているかもしれない。

南の、淮水近くの城郭にいた時、遠理と会っていた。いやな印象は残っていない。

福興には、二十騎の供がついていた。福興と従者三名だけが、具足をつけていない。

司令が迎え、夜に酒宴をと言ったが、福興は丁寧に断っている。

遠理は、出迎えの時だけ、司令の後ろに立っていた。

部屋に戻った遠理のところへ、従者のひとりがやってきて、司令との会談を終えたあと、福興が来ると伝えてきた。

どういう話なのか、考えないようにした。寝台がひとつと卓と椅子。将校用の部屋をあてがわれているので、話をする場所などない。来ても、すぐに帰るだろう。

一刻ほど経ち、声がかけられた。従者三名が、部屋の外に立っている。入ってきたのは、福興ひとりだった。

「遠理将軍にとっては、いやな話になるかもしれん」

椅子に、腰を降ろした。遠理は立ちあがっていたが、仕方なく寝台に腰を降ろした。

「定薛大将軍が、亡くなられた、その少し前まで、私は一緒だった」

福興が、軍監として入っていたのは、知らされていた。そういうことまで、大同府の軍には知らされたが、定薛の死については、噂が先に流れてきた。

「大将軍は、さぞ口惜しい思いをされていただろう。望んだ軍が作れないまま、チンギス・カンとぶつかったのだ」

「望んだ軍ですか。それができれば、敗北はなくなります。欠けたものを多く抱えながら、定薛将軍は闘われていたのでしょう」

「ところが、定薛殿は謙虚でな。ひとつだけを望まれ、それがかなわないままだったのだ」

「ひとつと言っても、ものによります」

「それが丞相にとっては、たやすいことだった。定薛殿が望んだことについて、駄目だという言葉だけ、出すのを自分に禁じればよかったのだ、あの丞相は」

福興が、なにを言おうとしているのか、やはりわからなかった。ただ、福興がここへ来て喋っている以上、自分に関わることだと、遠理は思っていた。

「丞相は、失望だけを抱かせて、定薛殿を戦場に送り出された。敗戦の責任は、丞相にあるのだ。しかし、それを言う者もいない。私も含めてだ」

「なにが欠けていた、と福興殿は思われているのですか。このままでは、筋道すらよく見えません」

「定薛殿は、副将を望まれた。それを、あなたにやって貰いたがっていたのだ、遠理将軍」

「定薛将軍が望まれ、丞相が拒まれた。そういうことですか。この俺が、それほど大物扱いをされたのですか」

「大物扱いなど、されていないよ、遠理。むしろ、いてもいなくてもいい、虫けらのような扱いをされた」

その方が、ありそうなことだった。定薛とは、二度、戦場をともにした。戦場をともにした相手は、どこかで認めたいと思うことが多い。遠理も、定薛については、頑迷だが愚かではない、と思っていた。

「俺が虫けらと言われている、と知らせてくださっているのですか、福興殿」

「まあ、それはどうでもいいことだ。遠理は、大将軍となってくれないか。総帥として、金軍を動かして貰いたい」

「それは、お断りします」

「なぜだね。叔父の襄殿も、その地位におられたではないか」

「平時なら、涙を流して喜びますよ。あり得ないことですが。いまは、死ねと言っていることですね」

「死ぬのはいやか、遠理」

「いえ。軍人ですから、死ぬのは当たり前と言えます。ただ俺は、死ねと言われて死にたくはないのです」

「では、生きろ、生き延びよ。生き延びて、丞相やその下にいる愚か者らを、見返してやるのだ」

遠理は、間近に迫ってきた福興から、顔をそむけた。躰の熱さが、頬のあたりに当たった。こういう熱さは、戦ではなんの役にも立たない。むしろ邪魔になる。

「遠理、返答は？」

「このために、来られたのですか、福興殿」

「そうだ。完顔遠理将軍に、金軍総帥を受けて貰うために」

「命令すれば、済むことではありませんか」

「命令は、したくなかった。自らの意思で、遠理は金軍総帥となるのだ」

「断ったら」

「それは、考えていないのだ。燕京で、丞相や高官を説き伏せるのが、精一杯であった」

「燕京の大勢は、俺を総帥に就かせてたまるか、というものだったのでしょうね。およその見当はつきます」

「それでは誰をという案が、反対する者にはなかった。国の危急存亡の時、人への好嫌の感情を剝き出しにするのが正しいことか、という言い方で、みんなうつむく。情ないことではあるよ」

「福興殿、俺は少し考えたいのですが」

「あまり時はやれぬ。私は明後日には燕京へむかう。ゆえに明日、返答してくれ」

福興は、あっさりと腰をあげた。

ひと晩、考えるともなく、考えた。話は、あり得ないところに、入っている。

それでもやはり、総帥は断るしかなかった。

翌日の昼、遠理は福興の前に立ち、自分の考えをはじめて述べた。

福興は言葉を挟まず、腕を組んで聞いていた。

遠理が望んだのは、どこからの命令にも縛られない、一万の騎馬隊を指揮することだった。兵の選抜も自由にやり、犠牲が出た時の補充のために、別に五千騎を常時調練させ続ける。

「いつまで、それをやるのだ、遠理？」

「チンギス・カンの首を奪れば、それで終りになります」

表情を動かさず、福興は二度、小さく頷いた。

四

任城（にんじょう）という、小さな城郭を占領していた。

本営は城外に置いたが、ナルスが率いる工兵隊が城内にいた。

昔からの城郭だが、十二年前に大改修をしている。

河水（かすい）の氾濫（はんらん）で城郭が全部押し流され、いくらか高いところに作り変えられたのだ。

チンギスは、河水という大河について、金国を駈け回るようになってから、情報を多く集めた。暴れ河である。上流部の雨で増水すると、しばしば流れそのものを変えるほどの、大きな洪水が起きている。地形を変えた。もしかすると、政事も変えたのか。

任城を選んだのは、金国の築城の最新の技術が遣われた、という情報があったからだ。

ナルスは、慎重に内側から城壁の一部を崩した。地下にめぐらされた下水路も、これから解剖されていくのだろう。

草原にも、河はある。アウラガも、ヘルレン河の近くに築いた。そしてヘルレン河を、鉄鉱石や石炭の輸送路に遣った。

河水は、ヘルレン河とは規模が違った。雨水を集めることが多いようだが、雪解けの水もあるだろう。信じられないほど長く、信じられないほど広い流域がある。

これまで見たかぎりでは、輸送の船や漁労の船は、多くいた。橋がかけられている場所もある。しかし、それ以上の遣い方をされているのは見ない。しばしば氾濫すると言うが、それに対する備えも、大がかりなものは見かけないのだ。

任城を陥したのは、冬のはじめだった。

それから冬を越し、春になっても、金軍の大きな動きはなかった。定薛の替りの総帥が誰かも、決まっていないようだ。

十万の軍の兵站となれば、相当な規模になるが、それに対する妨害の報告はない。

もっとも、兵站部隊のやり方が、巧妙だとも言える。商人として人を数十名送りこみ、実際に商いをさせる。その商いの中のひとつが、モンゴル軍の一部隊と繋がっている。つまり、商いの一環として、モンゴル軍に物資が入る仕組みが作られているのだ。

河水を兵站に遣ったら、どういう軍の動きが可能になるのか。それは考え続けてきたことだが、妙案は浮かばない。

モンゴル軍の軍営は、任城の城下に大きく拡がっていた。遠征で気をつけておかなければならないのが疫病である、と出発前からカサルが強く言っていた。

風の通りをよくすること。これは駐屯中の軍営だけでなく、長く陣を組む時も、モンゴル軍の基本になっていた。

チンギスは、カサルからそれらを学んだと思っていた。

「準備が整いました」

ソルタホーンが、幕舎の外から声をかけてきた。チンギスは低い声で答え、剣だけ佩いて外へ出た。

麾下の二百騎が揃っていて、チンギスはその前で馬に乗った。

麾下は勿論（もちろん）、ソルタホーンも具足をつけていて、服を着ているのはチンギスと、随行を許した二名の従者だけだ。

百里、西へむかう。いくらか北にずれているが、ほぼ百里と、チンギスはチンバイの地図で頭に入れていた。

旗もなにも出さない。戦時ではないとチンギスが決めたので、斥候も出していないはずだ。それでも、どこからか二千騎がついてきている。行手には斥候を出し、一部は目的地に着いていて、周囲の安全を確認しているのかもしれない。

ひとりで旅をしようなどとは、考えなくなった。チンギスが勝手に出かけると、何人かが首を打たれるような事態になるかもしれないのだ。

途中で一刻の休止を入れ、丸一日駈け通して、目的地に着いた。

馬の鞍を降ろし、馬体を拭ってやる。特になにかがないかぎりは、チンギスも自身でそれをやる。従者に任せたという時期もあったが、それでは落ち着かないのだ。

幕舎の前の胡床に腰を降ろすと、従者が水を差し出してきた。焚火がいくつか作られている。すでに、暗くなりかけていた。

ソルタホーンが、もうひとつの胡床に腰を降ろし、周辺の情況の報告をした。

「面白い男が来ているのですが」

含み笑いを浮かべながら、ソルタホーンが言う。

「連れてこい」

ソルタホーンが、片手を挙げた。男がひとり近づいてくる。

「大して面白くもないやつだ」

チンギスが言うと、拝礼しながらムカリが笑った。

「カサル殿のお許しを貰って、昨日、到着いたしました」

「ほう、おまえが許しを貰うことなどあるのか」

「殿、ふだん俺は、誰かの命令下にいますよ。カサル殿であったり、ボオルチュ殿であったり」

「勝手に動くのは、戦場だけか」

「俺が戦場だと思ったら、戦場なのですが」

従者が、胡床をもうひとつ運んできた。

「梁山湖へ行かれるのは、明日ですか？」

「おまえは、ここで待機せよ。ここは戦場ではないから、命令には従え」

「俺は、戦場だと思っているのです。雷光隊は、俺の判断で動くことにします」

「ここも心配だから、残れ」

「なにを心配されているのだろう、と思いますが、ここには雷光隊の半分を残します。トム・ホトガが指揮しています」

「勝手にしろ」

ムカリが、差し出された馬乳酒を飲みながら笑った。

梁山湖に関心を持って、任城を占領したわけではなかった。任城をたやすく占領してから、梁山湖が近くであることに気づいたのだ。チンバイの地図にも、湖は記されず、水という字があるだけだ。

自分と梁山泊が関係あるとは、どうしても思えなかった。玄翁（げんおう）が父だが、その父はテムジンに立ちはだかった大きな存在だ。それ以外の眼で見たことはなく、玄翁が死んでからも、あまり変らない。

ただ、吹毛剣を受け取り、その意味を知るために、沙州楡柳館まで行った。梁山泊については、宣凱からその時、大まかなことを聞いたのだ。

梁山泊を知って、自分のなにかが変ったのだろうか、とチンギスは思った。

玄翁を討ち果して、キャト氏をなんとかまとめ、モンゴル族の統一というのが視野に入ってきたころだ。いくら梁山泊を知ったところで、心に響くものはなかった。

そしてあのころもいまも、自分は変っていない、とチンギスは思う。

背負っているものが、重たくなった。笑う回数が減った。女ではなく、女体をしばしば求めた。ほかに、あのころとどこが変ったというのだ。

梁山湖に行ってみようと思い立ったのは、春になっても、金軍の大きな動きがなかったからだ。言ってみれば、やることがなくなったのだ。

「未明に出発でよろしいのですか、殿」

「ムカリは眠りこけている。間違っても、起こすなよ」

「俺は、眠りません、殿。ソルタホーンに起こされるなど、恥もいいところですから」

「眠って遅れそうになっているやつを、起こしてやるほど、俺はお人好しではありません」

ムカリが反論して、話がなにについてだったのかわからなくなる。

夜更けまで、三人で喋った。ムカリは、ふだん接する時は、チンギスをまるで恐れない。よく軽口を叩くし、一緒に喋っているのが、ほんとうに愉しいのだと態度に出ている。

「ムカリ、おまえはトム・ホトガに雷光隊の指揮権をすべて渡すのか。いや、奪われるということだな」

「俺が、トム・ホトガごときに。片手で闘っても、組み伏せています」

「調練で勝ったら、隊から追放すると、トム・ホトガを脅しているのです、こいつは」

「おい、ソルタホーン。雷光隊の調練に加わってみるか？」

「いつでも構わないが、俺はそれほど暇ではない」

「泥胞子殿が、黒林（カラトン）の近くに開いた妓楼に、通っているだろう、ソルタホーン」

「二度、行っただけだ。俺は、五回分の銭で五日間いて、二十回以上もやって、女を三人遣いものにならなくするような客ではないし」

「くそっ、日にちも回数も、どんどん大きくなりやがる。それに昔のことを、いつまで言われなきゃならんのだ」

「その話は、これから先もずっと言われるぞ。ソルタホーンが、きのうあったことのように、兵たちに話してやるからな」

チンギスが言うと、ムカリは両手で頭を抱えた。

その夜、チンギスは、いつもよりよく眠った。女を抱いたあとがこれぐらいだと思って、それからひとりで笑った。

未明の出発ではない。周囲が明るくなったころ、ようやくチンギスは馬に乗った。

梁山湖のすぐそばまで、来ていたのだ。

梁山湖とを遮る丘に登ると、霧が立ち昇った梁山湖が見えた。

特に、これという感慨はなかった。

ありふれた湖である。豊海（バイカル）の方が、ずっと大きいという気もする。もっとも、豊海のほんとうの大きさを実感したことはない。

島が見えた。岩が多そうだが、頂上の平らなところは、土かもしれない。建物があるのも見えた。ただ、人の動きはない。モンゴル軍が接近しているのを知って、避難したのか。

「梁山泊に駐留していた軍は、三日前に引き払っているそうです」

ソルタホーンが、小声で言った。

無人の寨（さい）だから、労なくして手に入れることはできるが、それに意味はなかった。

拠点のようなものとして遣うのなら、任城の城郭で充分である。

「畔（ほとり）まで行くぞ」

チンギスは馬腹を蹴り、斜面を駆け降りた。

畔には道があって、日頃から遣われているようだった。ただ、軍だけでなく、人の姿そのものがない。

島と畔を合わせて考えれば、いいところだった。島にいるのが軍で、畔から補給を受ける。兵の移動は、船でやる。河水で、百名ほどが乗りこむことができる船を見た。馬は、畔の近くに牧を作り、そこで飼う。

考えると、面白くなってきた。ただ、チンギスがやっている戦とは、まるで規模が違うのだ。

「湖そのものは、十一年前の洪水で、以前よりだいぶ小さくなったそうです」

土砂が流れこんで、埋めてしまったのだろう。湖寨以後に、陸地に築かれた大規模な梁山泊も、洪水で押し流されたのだという。

河水の物流が必要だったので、梁山泊は畔に築かれたのだ。湖寨の、十数倍の広さはあったらしい。

楊令（ようれい）という人物が、そこでなにを創ろうとしていたのか、直接聞いた者は、もういないだろう。できるはずのないものを、創ろうとした。そうとも思える。

楊令の死後、梁山泊は解散の道を辿（たど）り、それはほとんど宣凱の手でなされた。兵などは、轟交賈（ごうこうこ）の要員として吸収されたようだが、宣凱はそれについては多くを語らなかった。

「ソルタホーン、船はあるのか？」

「ありますが、できることなら乗らないでいただきたいというのが、将軍たちの総意です」

「危険はなさそうだ。いまここにいる軍で、畔から俺を守ればいいだろう」

「将軍たちの」

「たまには、総意というやつにも逆らってみたいものだ」

チンギスが笑うと、ソルタホーンは頭上で片手を回した。

葦（あし）の間から、五艘の船が出てきた。水夫（かこ）が二名乗っていて、艫（とも）で船を操っているようだ。二十名は、乗れそうだった。

「俺の船は、ソルタホーンとムカリ、それに従者でいい。残りの四艘に、具足をとった兵を二十名ずつ乗せろ」

「泳ぐことになった場合、具足は邪魔ですか。泳ぐことにならないのを、俺は祈っていますが」

　船に近づいた。

　水夫は、この地の人間のようだ。モンゴル軍に、これほどの船を操れる者はいない。

　チンギスは、船に乗りこんだ。水夫は、舳（みよし）と艫で、同時に棹を動かした。水面を、船が滑りはじめる。震動はなく、揺れもほとんどない。馬よりもずっと楽な、乗り物だった。

　ただ、船は意思を持っていない。そこが、馬と違うところだった。水夫がいなくなれば、多分、あてどなく流されるだけだろう。

　湖寨が近づいてきた。船が着けられる桟橋もあるようだ。

「殿、上陸なさいますか？」

「やめておこう。俺はただの見物人だ。戦の合間の、遊興に過ぎん」

「はい」

「おまえ、上陸したいという顔をしているぞ、ソルタホーン」

「なにか、俺を引き寄せるものがあります」

「新しいものが、創り出された。ここは、そういう場所なのだ。人を惹（ひ）きつけるなにかは、あるはずだと思う」

「俺も、魅きつけられています」

ムカリが言った。

それには答えず、チンギスは外周を回るように船頭に伝えた。

浅いところがある、と水夫のひとりが言った。この地の船頭はそれを知っていて、抜けることができる。

水夫は、得意そうだった。

宋を打ち倒した闘争は、ここからはじまった。それはもう昔のことで、歴史の中にあるだけだ。

「新しいものが、創り出された。それは、世のさまざまなところで、生きているかもしれないが、かたちとしてはもうない」

「はい」

ソルタホーンは、梁山泊に強い視線をむけている。

「俺はいま、新しいものを創ろうとしている。それについては、かつての梁山泊と同じだぞ。いろいろな男たちが、俺のまわりには集まっているし」

「殿、新しいものは、明日にはなくなります」

「なんだと」

ムカリの顔を見てチンギスは言ったが、確かにその通りだとも思った。新しいものは、今日の支えということか。

「申し訳ありません」

「なんだ。よく聞えなかっただけだ、ムカリ」

船が、島を回っていく。

夢が、大きいとか小さいとかいうことではなかった。夢はただ心の中にあり、心には無限の広さもあれば、極端な狭さもある。

「夢だけが、いつも新しい」

「そんな気がします、殿」

ソルタホーンが、島から眼を離し、チンギスの方をむいて、静かに言った。

チンギスは、空を仰いだ。草原と同じ空なのか。晴れてはいるが、ぼんやりとしていた。

営地へ戻ると、待っていたようにジョチとトルイが現われた。

幕舎の外の胡床で、チンギスは二人とむき合った。

「二人揃って、遊軍はもう敵に読まれるのでやめたい、とでも言いに来たのか」

「読まれれば、その先を読めばいいわけで、遊軍は変ることなく有効だろう、と思います。同じように遊軍をやれと言われれば、そうします」

「それ以上の策を思いついた、ということだな」

「父上には、お叱りを受けるかもしれませんが」

喋っているのはジョチで、トルイは頷きながら聞いているだけだ。

「言ってみろ」

「いままでは、戦がはじまってから、遊軍の動きをしました。つまり、俺が思う通りに」

「不満か」

「そういうことではなく、俺とトルイの軍で、敵の意表を衝くことができます」

チンギスは、ジョチを見つめた。金国に進攻したころと較べると、ずいぶんと眼差しがしっかりしてきた。相手にむかって気力を搾り出すというのではなく、どこまでも自分を失うまいという、落ち着いた強さがある。

沈黙が続くと、トルイはどうしていいかわからなくなるらしく、あちこちに視線を動かした。

「おまえとトルイで二万騎というのは、モンゴル軍の中で相当に大きな兵力を占めているぞ。それがわかって言うのだな、ジョチ」

「俺は、父上のそんな言い方に、いつも怯えていました。しかし父上は、俺を怯えさせようとして、なにか言っておられるわけではない、と思いました。だから、臆して黙りこむのはやめよう、と決めました」

「わかった。早く言え」

「これは、遊軍のやり方の中に入ると思うのですが、戦闘がはじまる前の、こちらからの攻撃です。つまり、先制攻撃で、これによって敵を乱します」

「そして、総攻撃か。絵に描いたような、鮮やかな戦ができる」

「いま、俺とトルイは、先制攻撃の機は摑めると思っています」

「おまえがだろう、ジョチ。トルイは、なにも考えず、おまえに従えばいい、と思っているようだぞ」

「そう見えて、自分を持っています、トルイは。戦の中で、しばしば自分が出るのですよ」

「そうなのか、トルイ」

「俺は」

トルイが顔をあげて言った。

「どうもふだんは明るすぎて、それが落ち着いて見えるようなのですが、実は臆病です。戦場で追いつめられ、兄上の指示も仰げない時、ふと開き直った気分になるのですよ。死ぬ時は死んでやる。殺すなら殺してみろと」

「なるほどな」

「そうなった時、自分で思いもしなかった動きをしてしまうのです」

「それはこわいな、トルイ」

「自分を出していることだ、と兄上は言われるのですが。味方に迷惑をかける、あるいは取り返しのつかないところに陥ってしまう、というようなことをやりそうなのです」

そういう自覚があることは、自分を失っていないことだ。やがて自分を、戦の中で冷静に見ることができるようになる。チンギスにはそう思えた。そして、ジョチも同じなのだろう。

「遊軍の動きと見せながら、先制攻撃がしたい、と言うのだな。勝算がある、ということだな」

トルイを無視して、チンギスはジョチに言った。

「勝算はいつでもあります。それでも敗けることがあるのが、戦だと思います」

「理屈を言うな、ジョチ」

「はい」

「総攻撃の指揮は、テムゲにやらせる。歩兵の指揮も、テムゲだ。ただ勢いで突っこむ戦はやらんぞ」

「叔父上と、話をしていいでしょうか？」

「テムゲは、歩兵をどう生かすかで、苦しむことになる」

二人が、直立して踵(きびす)を返した。

「父と子で語っている姿は、いいものですね、殿。お二人とも、落ち着いてこられました」

「一軍の指揮官が、話しに来ただけだ。俺は、やつらの考え方を聞いていた」

二人と話している間、ソルタホーンは遠慮して、離れたところにいた。

「そろそろ、金軍も、軍を整え終えたころだろう。誰が総帥かも、見えてくる」

「老将軍の名が、いくつも挙がっていましたが」

「どこで？」

「ボロクル殿とジェベ殿の立ち話で」

「あいつら、なにか賭けているな。戦の勝敗すら、賭けにしかねない」

それでも、おかしくなって、チンギスは笑った。

五

中都(ちゅうと)であり、金国の都だが、燕京と呼ぶ者が多かった。

福興は、中都と呼ぶように心がけていたが、気づくと燕京と言っている始末だった。

時代によって、城郭の呼び名は変る。国が変れば、区別するためには仕方がないのだ、と人々は思う。だから中都という名を人々は認め、しかし燕京の名を遣う。

呼び名はどうでもいい、と福興は思うこともあった。特に、いまはモンゴル軍の侵攻を受けて、国がひとつにまとまらなければならない時だった。

胡沙虎（こさこ）という老将が、総帥となった。福興が思い描いた、完顔遠理総帥というわけにはいかず、将軍としての履歴が長い胡沙虎が、順序通りというかたちで選ばれたのだ。

しかし、二十万の大軍を率いて、任城にいるチンギス・カンにむかったものの、本格的な戦になる前に、いきなり突っこんできた遊軍に乱され、立て直す前に総攻撃を受けて敗走した。

二万騎ほどの遊軍が、常に勝敗の鍵を握っている、と福興は思っていた。変幻に動き、隙を見て軍の中枢を衝いてくる。

しかし胡沙虎の負け方は、定薛と較べものにならないほど、無様だった。まともにぶつかることもなく、敗走したという感じなのだ。

モンゴル軍の遊軍がどういうものか、軍監として戦に加わった福興は、かなり詳しく胡沙虎に伝えた。警戒は怠らないと思っていたが、開戦前に遊軍の攻撃を受け、敗走したという知らせが入っていた。

戦はとうの昔にはじまっていて、開戦がどうのという段階ではなかった。朝議でも、かなり詳しく分析が進んでいて、新しい政事の体制ができるところまで行っていた。

それが、帰還した胡沙虎が、いきなり牙を剝き出したのだ。敗戦の責めを負わせるべき、という意見が廷臣の中から噴出しはじめたのが、きっかけだった。

気づくと、胡沙虎は軍の中の有力な将軍を追い出し、軍権を掌握してしまっていた。

福興は危険を感じて、城外の農耕をなしている友人の家に、従者二名とともに避難していた。

しばらくすると、城外に一万ほどの軍が集まってきた。そして城内では、廷臣が少しずつ処断されていった。城門をかため、城壁にも兵を置いているので、逃げる道はほとんどないだろう。

廷臣のかなりの部分が、殺されたというのは、噂として城外にも聞えてきた。

福興は、帰りたくても帰ることができない、という日々に苦しんだ。帰れば、胡沙虎は喜んで福興を殺すだろう。

時々、城壁の近くまで行ってみるのだが、民は軍に怯えていた。胡沙虎の軍は、正門の近辺に蝟集し、城郭へ近づく者をすべて遮っているように見えた。

頼みは、宮中を護る兵と帝の存在だった。胡沙虎は、帝に手を出すことはできずにいるのだろう。しかし、このままの状態を、いつまでも続けられるとも思っていないはずだ。

次にどう出るのか。福興は、自分がなにもなし得ず、ただ隠れていることを恥じた。

軍というものに関しては、なんの力も持っていない。私兵を養うことも、してこなかった。それでも、身ひとつならあるのだ。

正門が、一日に四刻だけ、開けられた。

わずかだが、出入りする人間がいる。城内には、野菜などが運びこまれ、三日に一度は、数十頭の羊も入れられる。

城内には、胡沙虎の麾下の軍一千ほどと、二万の民がいる。

牛に曳かせた荷車で、運び出さなければならないものは、日々、大量に出ていた。出るものと運びこまれるもの、それぞれに牛車が二十台ほどで、牛はそうやって入れ替えられている。

差配をしているのは、胡沙虎の部下の将校だった。百名ほどの兵が、城門をかためている。

ある日、襤褸をまとい汚れた総髪を垂らした者が、館を訪ねてきた。はっきりと福興の名を口にするので、呼ばれたのだ。見知った顔だった。

「耶律楚材か」

「福興様、陛下が捜し出せと言われ、私は城外へ出る機会を窺っていたのです」

「しかし、よくわかったな、ここが」

「以前、農耕の改革について、御献策をなされた時、この農場の例を挙げられました」

「農場の名は、出していない。場所も、もっと西にあることにした」

「私は、燕京の近くだろう、と思いました。そして近辺の農場を見て回って、ここのことだと、なんとなく感じたのです」

「それが、当たったのか」

「半分は、確信していました」

まだ二十二、三のはずだ。目から鼻に抜けているところを隠しおおせず、若い廷臣の中では、極端に目立っていた。能力だけでなく、弁がよく立った。

躰を洗い、新しい服を着ると、もとの耶律楚材に戻っていた。

「胡沙虎と手を組めそうな軍人を、城内に入れるというのが、陛下のお考えか」

「そののちに、勅命で胡沙虎を討ち果す。軍権はその男に握らせるとしても、政事の実権は朝廷が持つ。それで、まずもとの状態に回復させる。これは、陛下ひとりがお考えになり、福興様を捜し出して伝えろ、と私に命じられました」

帝の衛紹王（えいしょうおう）には、その場をとり繕うという傾向があった。今度も、そうだろう。しかし、ほんとうの情況がわかっているのか。

宮中に閉じこめられ、不自由な生活を強いられることが、耐えられなくなったのかもしれない。居心地さえよければ、たやすく節を曲げる。

「それで陛下は、誰ならば城内に入れると考えておられるのだ？」

「高琪（こうき）将軍です」

言って、耶律楚材はうつむいた。

福興の中では、胡沙虎も高琪も、同じように評価ができない軍人だった。

ただ、いまの自分に、それを言う資格はあるのか。

「ある程度、うまく行くような気もするのですが」

「黙れ、耶律楚材。おまえが決めることだとでも、思っているのか」

「申し訳ありません。出過ぎました」

「いい。これを本気の策だと考えると、高琪将軍が最も適任であろう」

胡沙虎より残忍さはなく、ただずるいだけだ。胡沙虎を討ち果すことをためらいかねないが、そこは勅命がものを言うだろう。

「高琪将軍がどこにいるか、わかっているのだな、耶律楚材？」

「はい、太原府です」

「私が、書簡を認める。手筈などもそれに書こう。高琪が胡沙虎に寝返ったら、われらは終りというところで、やるべきであろう」

「肚を据えます、福興様」

「なにがなんでも、説き伏せろ。そして、一緒に燕京へ戻ってこい」

福興は、耶律楚材を待たせ、いくらか長い書簡を書いた。

受け取った耶律楚材は、馬に乗り、別にもう一頭を引いて、駈け去っていった。

福興は、従者一名を、運びこむ農場の野菜とともに、城内に潜入させた。

すぐに、牛車とともに人が出入りする仕組みを作りあげ、城内の様子が少しずつわかってきた。

軍の幹部を追い出し、数名の廷臣を殺したあと、胡沙虎は家族のいる屋敷に戻り、酒宴をくり返しているという。

宮中にいる軍とむき合っているのは、部下の将校で、睨み合い以上のことを、いまはやる気配がないようだった。

帝に、書簡を届けた。二日後の便で、とにかくなんとかしろと、返書が届いた。いつも、なんとかしろ、だと福興は思い、いくらか白けた気持になった。

血筋から、衛紹王が帝だが、はじめから敬意を示す者は少なかった。廷臣は、自らの地位を上げることが第一で、帝にはただ従っているだけという態度だった。

衛紹王にではなく、連綿と続いてきた帝という存在に対して、福興は敬意を示した。

福興も、金国太祖である阿骨打(アクダ)の血に連なっている。衛紹王に対する時、いつもその思いは隠さなかった。

いまは、お互いに生き延びることが大事だろう、という気がする。しかし衛紹王に、なんらかの働きをして貰おう、とは思わなかった。胡沙虎追討の勅命を出すだけで、あとはなにもせずじっとしていて欲しかった。

衛紹王が後宮に入り、酒宴をはじめたらしい、という情報が入ってきた。警固のためにいた軍は、後宮へ入れず、ついていったのは宦官(かんがん)の二名だけだった。宮中の軍は、不意に目的を失い、胡沙虎はそれを武装解除して放逐した。

呆気なく、衛紹王はひとりになった。

およそ馬鹿げたことが起きていると思ったが、なにも打つ手はなかった。福興は、事態がどう動くか、ただ見守った。衛紹王が描いた、胡沙虎討滅はひどい絵空事で、闘うという思いも、どこかぼやけたものになった。

女たちに囲まれて、勝手に酒を飲みたかっただけなのか。玉座から離れるのが、どれほど危険なことか、少しでも考えたのか。

次に入ってきたのは、衛紹王の死の報だった。

衛紹王の甥が、すぐに即位した。吾睹補（ウトップ）という。甥とはいえ、すでに五十歳で、いまさら、誰にも帝の後継などと考えられなくなった男だ。つまりは、完全に胡沙虎の傀儡（かいらい）だった。

太原府から、耶律楚材とともに高琪が四千の兵を率いて、駈けつけてきた。胡沙虎と手を携え、この国を立て直すため、と先触れの者が喧伝（けんでん）して城内に入った。

四千の軍が城内を粛々と進行し、胡沙虎の閲兵を受けた時、いきなり高琪は数十名の兵とともに、剣を抜き放ったのだという。胡沙虎はなんとかその場を逃れたが、屋敷に戻ったところを包囲され、呆気なく死んだという。

ほんの半日ほどで、さまざまなものが交錯し、人が死に、そして落ち着いた。

福興は、主のいない丞相府の建物に入り、細かいことを決定していった。

吾睹補との関係を構築するのなど、後回しにして、さまざまなものに手をつけたので、実質は丞相というかたちになった。福興が丞相をやったところで、それに異議を唱える者はいなかった。

燕京全体が臨戦態勢に入り、十里離れたところにいて、命令を受けることもなく宙に浮いた恰好の禁軍も、隊長を吾睹補に拝謁させ、命令系統を復活させた。

燕京は、動きはじめた二万騎の禁軍の警固下に入ったが、高琪は城外に軍営を設け、乱れた軍をまとめ直した。

「なにか、ひどく稚拙な叛乱が起き、混乱し、前と変らない情況に戻った、という気がするな、耶律楚材」

ようやくすべてが落ち着きを見せたころ、福興は耶律楚材とむき合った。

「太原府で高琪将軍を説き伏せ、燕京にむかって進軍している時、こんなものでモンゴル軍と闘えるのか、と何度も思いました。国の根幹が腐っているのではないかと」

「これを機に、なにかを取り戻す。それができるのだ、と思おうではないか」

「そうですね。民政の方では、上に立つ者がずいぶん変りましたし、なにより、帝の側近がいなくなりました。いまの帝には、側近がつかないように気をつけていなければなりませんよ」

「傲慢なことを言う男だ」

「言いたくもなります。それでも、福興様が丞相になられたことは、明るい材料なのではないでしょうか」

「正式に丞相になったわけではない」

吾睹補が、帝に推戴されて喜んでいるのかどうか、実のところよくわからなかった。相当臆病な男だということは、宮中で見るたびに思ったものだ。臆病さは、時に厄介な性格にもなりかねない。疑心暗鬼など、臆病さが生むと言ってもいい、と福興は思っていた。

文官の頂上周辺にいた者の半数以上は、最初に殺されていた。その後任を次々に命じてきたが、民政に停滞は起きていない。

さすがに長く培われたものがあるのだと言えたが、誰かが差配しなくても、自然に流れてしまうものになっている、とも思えた。

もし根本的にやり方を変えるなら、想像以上の手間がかかるような気もする。

「対モンゴル軍の総帥は、高琪将軍が進んでやられる、とは思えないのですが」

「太原府から燕京へむかう間に、そんなことを見てとったのか」

「千載一遇の機会が自分に訪れている、と感じられていたようです。そしてその機会を、いま充分に生かしきった、と思われているでしょう」

「つまり、自分は軍の高みにいて、誰かに命じて総帥をやらせる、ということか」

「そうだと思います。自分で、チンギス・カンと闘うとは、お考えにならないでしょう」

「わかった。高琪将軍といろいろ話す時は、それを頭に入れておくことにする」

「総帥を誰にするか、心積もりはおありでしょうか？」

「ない」

誰がやろうと、金軍の実力が変ることはない。指揮官など、いてもいなくてもいいようなものではないか。

語ることが多くあると思っていたが、すでにお互いに黙りこみはじめている。

「もうしばらくだ、耶律楚材。呆れるばかりの混乱が起きたが、それも収まった。金国の国のかたちは毀れていない。腰を据えてモンゴル軍とむかい合える、と私は思っている」

「ここは、わが国ですから、小川ひとすじ、草木、民、全部がわれらです。チンギス・カンは、強大な武力を持っていますが、実に危うい地に立っているとも言えます。四囲のすべてが、敵なのですから」

耶律楚材が、本心を語っているとは思えなかった。自分も、本心は見失ってしまっている。これからが、それを取り戻すための時だった。

ぶつかるたびにモンゴル軍に撃ち破られ、それは眼を覆いたくなるほどだった。

これから、あのモンゴル軍を、打ち払えるのか。そんなことが可能なのか。

侵攻してきて、二年が過ぎている。いくら強力な軍を擁しているとはいえ、チンギス・カンには遠征の疲れがあるはずだ。いや、モンゴル軍全体が、疲弊していないはずはなかった。

「耶律楚材、燕京の政事など、老人たちに任せておこう。専横がないように、見張っているだけでいい。おまえは、各地の城郭を回れ。そこの兵を動員して、モンゴル軍の糧道と思えるものを、すべて潰せ。根較べのような作業になるが、決して気を抜くな。すべて潰すのだ」

「潰します。できるかぎり、潰します。いや、糧道という言葉を、はじめて聞いた気がします。十万の遠征軍に、最も必要なものは兵糧でしょう。糧道を断つということを、軍人たちは、これまでなぜ考えなかったのでしょうか」

「これまでのことはいい。これからのことだ。霧の中に立っているようで、なにも見えぬ。見えぬが、わかっていることが、ひとつある。人は、食わなければならない、ということだ。食わなければ、生きられぬ。モンゴル軍の兵もだ」

「まったくです。しかもモンゴル軍は金国領にいるのです。われらが領地に、モンゴル軍の糧道が通っている、ということになります。これは、屈辱的だということを通り過ぎて、馬鹿げたことです」

「糧道がはっきり見えていれば、潰そうという動きはあっただろう。見えにくい。きわめて巧妙である。それを炙り出して潰すことは、至難かもしれぬぞ」

「しかし、それを潰さないかぎり、金国はただ負け続けるだけではないでしょうか」

「必要な費えは、国庫から持ち出せ。いくらかかろうと、構わん。国の命運がかかっているのだ。底力というところで、われらはモンゴル国に負けるわけがない、と思う」

「軍の力ではなく、国の力で勝負するということですね」

福興を見つめる、耶律楚材の眼が輝いた。

これほどわかりやすく、誰もが思いつくことを、なぜやろうとしてこなかったのか。愚か者の集まりだからだ。そして、自分はその愚か者のひとりだったのだ。

「勝てるかどうかは別として」

「勝てます、福興様。勝てるつもりでやらなければ、なにをやっても無駄だと思います」

「そうだな」

福興は笑おうとしたが、うまく笑えなかった。

二十騎の騎馬隊が近づいてきて、正門を通った。数日後、そんな報告が、福興のもとに届いた。これまでに作りあげられて、ひっそりとだが生き続けてきた仕組みなどが、また自然に動くようになっている。これこそが、きのう今日できた国家ではない、ということだ。国を守るための仕組みは、上から指示を出さずとも、生きもののように蘇る。

福興は、丞相府の建物の外に出て、入ってきた騎馬隊を迎えた。

「なにか、報告があるのだな、完顔遠理」

「そんなふうに、すぐに福興殿に理解して貰えるとは、考えていませんでした。この間まで、童の喧嘩（けんか）としか思えないことが、燕京で続いていたでしょう」

「童でも、賢い者もいる。あるいは愚鈍な童の喧嘩で、そしてそれは、いまもまだ続いているのかもしれん」

「なんの。モンゴル軍の糧道を断つ動きは、俺のところにも伝わってきています」

「まあ、入れ。部下の者たちにも、休息を与えよ」

「ひた駈けてきた、とおわかりいただけたのですね。俺は、燕京の騒ぎを聞いて、一万騎の調練を放り出そうと思いました。外から見ていると、馬鹿げたものでした」

「中にいても、馬鹿げているとしか思えなかった。いま、おまえの話を聞くだけの余裕ができている、と言えるぞ」

「報告だけいたしましょう。遠理軍一万騎、予備軍五千騎の調練は、終了いたしました。欲を言えば、もう少し調練の時間があればというところなのですが、一応、モンゴル軍と闘う軍に仕あがっています」

「おまえの報告、しっかりと聞いた」

「俺は、朝起きて夜寝るまで、考え得るかぎりの調練を、兵たちに課してきました。いま、それが報われるかもしれない、という気持ですよ、福興殿。好きなように軍を編制する権限を与えられたことに、報いるだけの働きをしなければならない、と俺は思っています」

「ほう、おまえがな」

「そうです、俺がですよ」

福興は、丞相府の中の居室へ、遠理を連れていった。妻子は妻の実家である滄州にいるので、燕京の中に屋敷を持っていたが、そこは執事に任せ、ほとんど丞相府の中で暮らしていた。

「酒を酌み交わせる相手が、いなかった」

「耶律楚材は？」

「あの男には、酒を酌み交わす前に、やって貰わなければならん仕事がある」

「俺はまだ、調練を続けたいのです」

「明日からな。いまは、私とともに酒を飲もう」

遠理が集めた一万五千騎は、方々の軍から精鋭と呼ばれる者たちを三万騎集め、さらにそこで選抜し、半数になったところで編制したものだった。

調練については、集まってきた段階で、不足はなかったはずだ。一万騎で闘う調練も、しっかりできただろう。

もっとも、福興には、軍のことはあまりわからない。

「武器が揃い、馬も三万頭いる。そしておまえが選んだ兵だ。それだけでも精鋭であるのを、さらにおまえは調練した」

「いくらやろうと、充分ということはないのですよ。まあ、酒は飲みたいですが」

福興は従者を呼び、酒と肴を命じた。

遠理が、かなり痩せていることに、はじめて気づいた。

赤日の空

一

丘の上の、小さな家を与えられた。

叔母のアイラはそこで、病人を診ることをはじめた。

ケシュアは手伝いをしながら、父の荷の中にあった、病に関する書を読み続けた。鎮海城（ちんかい）への旅の途次で、父は痩せ衰えて、死んだ。丘の上の家は、父が与えられることになっていたものだ。

アイラが、病について学んだわけではないことを、ケシュアは知っていた。父のそばで、病人の世話をするのが、もともとの仕事だったのだ。

この家へ入るとすぐに、病人が列を作った。診ることができないなどと、言える雰囲気ではなかった。ケシュアは、十五歳の時から五年間、父のそばで医術を学んだ。しかし真剣なものではなく、父を安心させるために、話を聞いていたようなものだ。

だから叔母のアイラが、肚を決めて診ることにしたのだ。薬は十種類ほどあり、それは材料も含めてまだ余力がある。旅で山を通った時に、見つけて採ってきたのだ。

薬草は陽に干すことが多いので、家の南側に腰ほどの高さの台を作って貰い、そこに並べて干した。

ここへ来たのは春の終りで、いまはもう夏の終りにさしかかっている。

ケシュアは、寝る間を惜しんで、父の書物を二度くり返して読んだ。三度目を読む時は、アイラのそばにつき、手助けと同時に、症例をよく見た。

アイラのやり方は、症状を聞き、少し触れ、診断を下すのは、多分風邪だろう、というような言い方だった。

風邪や熱や腹痛に、対処する治療はほぼ誤りがないように見えるが、もともとの病気を治すものではなかった。もともとの病気は、一時的に症状を抑えた時、本人の治癒力で治す。治らないことも、少なくなかった。

尿と便を見る仕組みも作った。肉眼で見るだけである。薬草を落として、尿がどういう色に変るかによる診断法が、父の蔵書の中に書かれていた。ケシュアは、アイラと自分の尿で、くり返しやり、医師を志望する二人の少年にも、それを試した。

医師を志望する二人は、いまのところ下働きばかりで、建物の中の毒消しをまめにやるとか、粉にしなければならない薬草を挽くとか、そんな仕事が主体だった。

病を診ることは、やればできそうな気がする。しかし、怪我は難しい。裂けた肉が血を流していたりするのを見ると、ケシュアは厠へ飛びこんで吐いてしまうのだ。

それでもアイラは、怪我人から逃げようとするケシュアを、そばに置いた。

「馴れることだ、ケシュア。傷の縫い方など、私が教えてあげる。とにかく馴れだよ。怪我の手当てなら、私はかなり自信がある。腕や脚はいいのだよ。腹を怪我して、内臓が傷ついているものなど、大変だ」

「怪我は叔母さんが手当てして、私は病人だけを相手にする」

「駄目だね、それは。医師として、周囲から認められない。歯を食いしばってでも、やるんだよ」

「もともと、私は父の手伝いをするだけだったのに」

「仕方ないだろう。兄さんは死んじまった。ケシュア、おまえは兄さんの死に際を見ていて、気を失ったね。口や鼻から血が噴き出してきたからね」

「血を吐くのは、肺の病というけれど」

「違うね。少し色の濃い血だった」

そういう血なら、胃や、その先の腸などからのものが多い。肺の病で喀く血は、鮮やかに赤いのだ。はく、という字も、吐と喀で遣い分けられている。

そんなことは、頭に入っていた。便を見るのはまだましだが、血には眼がむけられない。

「血を見て平気な者が、医師になるのではないよ、ケシュア。医師だから、平気になるのだよ」

「そんなこと、みんなわかっていて、それでできないんだから、私はやっぱり医師にむいてはいないわ」

「おまえの頭の中には、兄さんより知識が入っているよ。兄さんは、おまえが憶えてしまった本を、しばしば開いていたもの」

アイラは、病人や怪我人の世話をしながら、若い娘たちにそれを教える仕事に戻りたがっていた。

しかし家は小さすぎて、下働きの少年二人がいると、窮屈なほどだった。

アイラが、怪我をした。左の手に、薬草台が倒れてきたのだ。近くの村の人間が、薬草の入った籠（かご）を、いくつか届けてきた。その上に薬草を拡げて仕分けしようとした時、干し台と呼ばれる、板四枚で作ったものが倒れ、アイラの手に当たった。

それの治療は、ケシュアがやった。ちょうど甲のところに倒れてきて、そこが腫れ、指が三本、動かしにくくなっていた。

動かないように、繃帯で丁寧に縛りあげた。

「やっぱり兄さんの子だね、ケシュア。骨は折れていないから、二、三日で動くようになると思うよ」

「腫れがひけばだね、叔母さん。それまで無理に動かさない方がいい」

「立派な、手当てだよ。見ていて、惚れ惚れとするよ」

血が出ていないから、なにも感じずに手当てができる。ケシュアは、そう思った。そして、血が出ていないかぎり、手当てのようなことは好きだ。

薬草の仕分けは、ケシュアがやった。アイラは、それほどの歳というわけではないが、機敏に動けないことがある。

干し台は、もっと安定するように、支えの棒を入れてくれ、と少年たちに頼んだ。

薬草を採ってくる村の人間は、もともと山中を歩き回って、木の実や芽などを集めることを、生業(なりわい)にしている。狩をやる者、木を切り出す者と、方々の村にさまざまなことができる人間たちがいる。

鎮海城の城下には多くの家が密集していて、病などを診て貰いに来るのは、大抵はそこに住んでいる人間たちだ。

城内にも、かなりの人が暮らしていて、病人を診るためにアイラが呼ばれて行ったことがある。ケシュアは、行かなかった。書を読むのが忙しいというのもあったが、城内の病人にまで手は回らない、という気持もあった。

もともと、この丘には、相当大きな養方所の建物が作られるはずだった。そこには寝台がいくつもあり、病の篤(あつ)い者は数日動かずに寝ていられる。

父は、そういう約束の上で、この地までの旅をしようとしたのだ。

話が違うと言っても、父が死んでいない以上、どうしようもないことだった。小さな家でも、与えられただけ、ましということかもしれない。

アイラは、差配している人に何度か、養方所の話をされたらしい。とても無理だ、と答えている。

父の遺っていた道具箱が、ケシュアの寝台の棚に置いてある。何度か、アイラが道具を煮えた湯に入れて毒を消したりしたようだが、ケシュアは開けていない。

遣い方は、父に教えられた。おどろおどろしい、と思えるような道具が多く、肉を切り裂くものや、肌を縫うものなどいろいろあった。それは全部、父が鍛冶に頼んで作らせたものだ。

父がそれを遣うのは、見ないようにしてきた。アイラは、怪我人の手当ての時も父のそばにいたので、よく見ているはずだ。アイラが道具を見る眼には、普通ではない愛情があるような気がする。しかし、遣おうとしたことは、一度もない。

夜は、四人で食卓を囲む。城外の家に住む一人の女房が、食事の世話はしてくれた。

「六人」

繃帯を巻いた左手を卓に載せ、アイラがぽつりと言った。

二人の少年は、なんのことだという表情をしたが、それが治療しても助けることができなかった人間の数だと、ケシュアにはすぐにわかった。病人が五人と、怪我人がひとりである。

よくやった、と思う。自分ならもう少し助けられたかもしれない、と思ったこともあるが、なにも手を出さない人間がなにを、と自己嫌悪に襲われた。

「薬草は、豊富だよ。いい薬が、多く作れる。ただ、私には遣いこなせない」

「ケシュア殿は？」

少年のひとりが言った。

「そりゃ、私よりずっと詳しい。なにしろ、父親がすべてを伝えたんだからね」

「私たちにも、教えてくださいよ」

「書があるわ。それを読めばいいの」

「あの何十冊もある書を、二度も読んですべて頭に入っているなどと、私たちには信じられません。二人とも、まだ一冊も読むことができないのですから」

なぜ読めたのか、ケシュアにもよくわからない。読めば読むほどに、父の魂が蘇り、立ちあがってくるような気がした。読むのは、心の中で父を死なせない行為だったのかもしれない。

しかし、いまの状態では、父はやはり死んでいる。蘇らせるために必要なのは、書を読むことではないのだ。

慌しく怪我人が運びこまれてきたのは、二日後の宵だった。

子供が、腿を砕かれるような怪我を負っていた。馬車に乗せられ、四刻、駈け続けてきたようだ。

ケシュアは、アイラが差し出した白い着物を着た。アイラは、すでに着ている。眠っている二人を起こし、蠟燭をありったけ点けさせた。

台に載せられた子供は、気を失っている。それが痛みによるものか、血を失ったからなのか、見ただけではわからない。腿のつけ根を、縄で強く縛りつけられていて、出血は止まっている。

「傷を、縫いましょう。それから血を通せば、なんとかなるかもしれない」

アイラが、呟くように言う。二人が湯を沸かした。ケシュアは父の道具を持ってきたが、実際に触れようとはしなかった。

「脚を切り落とすことも考えた。しかしとにかく、医師に診せようと思った。あっさりと切り落とすなどとは言わず、なんとか脚を生かしてくれ」

若い男が言った。ほかに四名の大人がいて、喋っているのは一番若い男だ。二人の少年より、いくらか年長というところだろうか。声はしっかりしていた。ほかの大人たちより、落ち着いている。

「ケシュア」

アイラが言った。左手が自由に動かせない。傷を縫ったりするのは、無理だろう。

「ケシュア」

また、アイラが言った。

ケシュアは、理不尽なものに襲いかかられている、という気分になった。それを押しのけるように、前に出て、傷を見つめた。

「父親が乗っている馬車を動かして、車輪との間に腿を挟まれた」

若い男が言う。

視界が赤くなった。どうにもならなくなった。なぜこんなに赤いのか。意味のないことを、考えた。

厠へ駈けて行き、腹の中のものを吐いた。

傷の前に立つと、また吐気が襲ってきた。厠へ駈けこむ。酸っぱい液が、少しだけ出てきた。三度目は、なにも出てこなかった。

「なんなのだ。死にかけている子供を前にして、手を拱いているのか。早く、楽にしてやってくれ。ここから、脱け出させてやってくれ」

若い男が言う。

「ケシュア」

呻くように、アイラが言う。

立っていることができず、その場にしゃがみこんだ。

「おい、なんだ。ここでなんとかしてくれると思ったから、子供には耐えさせたのだ。ほんとうに医師か、おまえは」

立ちあがる。すぐにまた、しゃがみこんだ。冷や汗が出てきた。若い男がつめ寄ろうとして、アイラが押し留める。その気配だけが近づいてきた。

「仕方がない。俺が、脚を切り落とす。でなけりゃ、腐る」

待って、と言おうとしたが、声にならなかった。

子供の躰が、ちょっと動いた。気を失っていたのが、醒めたのかもしれない。かすれた悲鳴が聞えた。それが、ケシュアの心に食いこみ、抉るようにふるえた。悲鳴は、あがり続けている。

「傷を縫うだけだと、中で出血してしまう」

声が出ていた。

「太い血の管は、焼いて塞ごう。そして、縫う。これ以上血を失うと、保たない」

立ちあがっていた。

強い酒で、指さきを洗った。少年二人が、指示した通りに動いた。

破れてしまっている血の管を三本、赤く焼けた鉄を当て、塞いだ。それから、傷の中を洗った。

赤白い骨が見えている。それでも肉は縦に裂けているので、見た眼ほどひどい状態ではないかもしれない。

糸を通した針を持った。

「躰を、押さえて」

若い男ともうひとりが、子供の上体を押さえた。少年二人が、脚を押さえる。

自分がなにをやったのか、ケシュアは憶えていなかった。眼の前に、縫って塞がれた傷があった。強い酒で毒を消し、しばらく眺めていた。大きな出血は起きていない。

「繃帯」

毒消しの薬草を塗った布を当て、繃帯を巻いた。自分が思う通りに、脚が動いていると思った。

アイラが、そっと持ちあげ、繃帯が巻きやすいようにしていた。

どこから子供がまた気を失ったのか、ケシュアにはわからなかった。

ケシュアは、子供の手を取り、指さきを手首に当てた。かすかな脈搏(みゃくはく)が伝わってくる。弱いが、大きな乱れはなかった。

「口に布を入れ、水を垂らして」

手首に指さきを当てたまま、ケシュアは言った。少年二人の動きは素速く、アイラが容器の水を少しずつ布に垂らしていく。

一刻ほど、ケシュアは手首から指さきを離さなかった。子供ののどが、時々動いている。水が多すぎるとむせて危険だが、アイラの手並みは驚くほどだった。

「保ったね」

アイラが、小さな声で言った。

ケシュアは、大きく息をついた。

「傷は、縫って塞ぎました。傷の中の出血は、あまりありません。なにより、血止めがよくできていました。それで、この子は助かったようなものです」

「気を失ったままですが」

「眠っているのと同じで、いずれ眼を醒します。眠っていてくれる方が、躰が動かなくていいのです。水は、このかたちで与え続けます」

「こいつ、命を取り留めたのですね」

「それは、多分としか言い様がありません。いまは助かっていますが、二、三日後に、高熱を出し、耐えきれないかもしれません。考え得るかぎり、できることはすべてやり、これからもやります」

「よかった」

若い男が、嚙みしめるように言った。

大人のひとりが、嗚咽した。ほかの大人が、肩を叩き、声をかけている。

「陳高錬殿。よく助けてくださいました」

「先生に言ってください。はじめはどうなるのかと思ったけど、見事な手並みだったと、俺は思います」

「ほんとうに」

男が、また泣き声をあげた。

子供は、結局、大した熱も出さず、三日過ぎると、肉の煮汁などを口に入れるようになった。

七日目に、馬車に乗せられ、家に帰っていった。

「失礼なことを、言ったのかもしれません、先生。必死だったので、よく憶えていません」

礼を言いに来た、陳高錬が深く頭を下げた。

「礼を言うのは、こちらの方です。理由を説明しても仕方がないのですが、私の方が救われたのですから」

「医師をやられていたら、お忙しいでしょう。旅もままならないのかもしれませんが、謙謙州へ来られたら、案内ぐらいはします」

鎮海城と謙謙州は、ようやく道路で結ばれたところだった。拡幅の工事は、いまも続いているという。

「ここでも、医師を育てます。誰かが、それは私自身かもしれないのですが、謙謙州にも行くことになるかもしれません」

「ありがたいです。謙謙州に医師はいないのですよ」

陳高錬は、爽やかな印象を残して、去っていった。

鎮海城から大挙して職人たちがやってきたのは、十日ほど後のことだった。

家の裏の土地に石積みの土台が作られ、その上に、長屋が五つ建てられたのだ。木材に切れ目を入れて運んできたようで、ここではそれを組みあげただけだ。

建築は、ほんのわずかな日数で終り、長屋ひとつに三十の寝台を入れられ、離れたところに巨大な厠も作られた。高いところなので水を引きこむことはできないが、井戸が二本掘られた。

一棟に二人ずつ、十名の下働きの男たちがついた。五棟とは別に一軒の家があり、そこで病人の診察や、怪我人の手当てなどをやるようになっていた。部屋が六つあり、少年二人はそれぞれ小さな部屋を居室にした。これまで病人を診ていた家は、ケシュアとアイラがそのまま住むことになった。

養方所を作ると言われただけで、それがどういうものか、ケシュアは訊くこともしなかった。

建物が建てられている間も、病人は次々に訪(おとな)ってきたのだ。

その男がやってきたのは、また材木が運びこまれてきた日だった。やっと終ったという気分だったが、またなにかはじまるようだった。

男は、三騎の従者らしい者たちを連れていた。

「私は、チンカイという者だ。ケシュア殿とアイラ殿は？」

チンカイという名は、鎮海城の総帥のものだった。ケシュアはアイラと並んで前へ出た。

「これが、ケシュア殿の父上でありアイラ殿の兄上である人と、約束した養方所だ。いくらか規模は大きくなったが」

「なぜ、いまごろ？」

「医師がいない、という話だった。それが、立派な医師がいる、と聞かされた。陳高錬からだ。本格的な養方所を、ここに整える。城内に養方所はないので、みんなここへやってくる。忙しくなるぞ」

「私ができることには、かぎりがあります。できることを、あらかじめ決めておきたいのですが」

「ケシュア殿、病人にも怪我人にも、あらかじめということはないのだ。苦労して貰う」

「勝手なことを、言われます。やれることには、かぎりがあって」

「すまん、苦労してくれ。アイラ殿、若い娘が住みこむ家を建てる。二十名にはなるだろう。それを早急に育ててくれ」

「なにもかも、一度に押しつけられるのですか」

「すまんな、ケシュア殿」

チンカイが、笑った。眼が合うと、弾き飛ばされたような気分になった。

「薬方所には、アウラガから薬師(くすし)がひとり来る。その男も、若い者を育てる」

言って、チンカイは馬に乗り、駈け去った。

「ケシュア、めずらしいね、あんたが、あんなものの言い方をするなんて。しかも相手は、城内外を差配している人だ」

自分がどんなことを言ったのか、ケシュアはよく憶えていなかった。

脚を引き摺った男が来て、薬方所も含めた養方所のすべてを統轄するので、なんでも言ってくれ、と言った。

わずらわしいことはせず、病人や怪我人を診ることだけに専心できるのかもしれない、とケシュアは思った。

いまでさえ相当にわずらわしいので、ありがたいことに違いなかった。

めずらしいねえ、とアイラがまた言った。

二

南へ二百五十里のところに、大兵站基地が作られている。

サマルカンドを出発して、三日でそこに到着した。百名ほどの兵が、常駐している。

さらに南へ二百里行った山中に、ホラズム軍の砦城があった。築かれてすでに一年半経ち、やることは守りをかためることしかないので、相当な堅固さを誇っているという。

父は、そこをゴール朝を陥す足がかりにするつもりだが、西遼との対立があり、まだ主力をそちらにむけられない。

ジャラールッディーンは、兵站基地に十日ほど滞留し、兵糧の輸送準備を待った。

マルガーシとテムル・メリクがそばにいて、さらにサンダンとトノウが従っている。

百騎の軍は、ワーリヤンが指揮していた。テムル・メリクが、百騎の中から選び出した将校である。

サマルカンドには、バラクハジがいて、軍を支えるさまざまな仕事をしている。

こういうかたちは、ジャラールッディーンが望み、父が許したことだった。

兵站基地から六里東へ離れたところに、大きな池を囲んだ城郭（まち）があった。

ジャラールッディーンは、その中間に野営し、調練をくり返している。

南へ行き、兵站部隊の護衛をしたい、と父に言った時に、旅の中で調練もやると言っていた。いわば約束のようなもので、移動中も、戦闘時を想定した、騎馬隊の動きの調練は忘れなかった。

「兵糧の準備は、あと二、三日で整うだろう。もともとの護衛隊も、私の指揮下に入る」

「百五十騎の護衛隊ということですね」

テムル・メリクが、確かめるように言った。マルガーシはそれに関心がないし、サンダンとトノウはこういう時は口を開けない。

「西遼の中の西カラハンは版図に加えた。ゴール朝はずっと敵だったが、これを倒せば、版図は南にむかって、とてつもなく拡がる」

「そうやって、版図を拡げることが、ジャラールッディーン殿にとっては、最も重要なことなのか？」

「重要かと問われればそうだが、眼に見える国の力がそれだと思うのだな」

「大した国ができず、小国が乱立していたが、お互いを大事にして、それはそれでうまくいっていた、という話を聞いたな」

「それは、強力な勢力がなく、全域を相手にして立つ、という者もいなかったからだろう。いまは、強い者が出てきている時代だ」

「それで、すべてがひとつになるのか」

「まず、かたちとしては」

マルガーシが、挑発するような意見を言うのは、いつものことだった。そういう時、テムル・メリクは意見を差し挟まない。剣の稽古をしているのを、そばで眺めている気分と同じなのだろう。

マルガーシの、残忍とも思えるような剣の稽古で、ジャラールッディーンは確かに前とは較べものにならないほど強くなった。

時には、マルガーシを憎んだこともある。しかし、冷静になって考えれば、マルガーシが自分に対して残忍にならなければならない理由は、なにもない。

むしろ残忍になってくれて、憎まれたらそれはそれで仕方がない、と思っているふしがあった。確かなのは、自分が強くなったことだけだと考えると、マルガーシに対する感謝の気持も湧いてくる。

テムル・メリクなら、これほどの稽古をつけることはできなかっただろう。どれほど厳しくしようとも、主と従なのだ。

ジャラールッディーンは知らないが、稽古を父が見にきて、打ち伏せられている息子を覗きこみ、なにも言わず立ち去った、ということがあったらしい。

つまり、父でさえも黙認した。

ジャラールッディーンのマルガーシに対する気持は、どこか開き直ったものがあった。心の底から、友人にはなれない。なる気もない。死ぬかもしれないような、苛烈な稽古をさせられたのだ。

友ではないが、男としてどこか通じ合っている。そんな間柄だ、とジャラールッディーンは思いはじめていた。

これまで、ゴール朝とは数度の小競り合いで、ほぼ勝ちを収めている。その結果が、南の砦城だった。

砦城には三千のホラズム軍が籠り、それを陥すには数万の兵が必要と言われていた。実際、ゴール朝は二万の軍を送って囲み、五十日ほど攻めたが、陥せずに撤退している。

砦城の中ではなく、ゴール朝の軍の方が、先に兵糧が切れた、ということらしい。

それからも、砦城には兵糧が運びこまれていた。ただ敵地を通るので、大量に運ぶというのは難しく、砦城の兵糧も細ってきたのだ。

はじめのころ、ゴール軍は兵站を断つなどという戦はやらず、ただ攻めた。ホラズム軍が砦城に籠るようになったのは、その攻撃の結果だ、とテムル・メリクは言っていた。

ただ、緒戦は、兵糧を運びこむのに、大した妨害は入らなかったらしい。

このところ、輸送の部隊がしばしば襲われていた。五十騎の護衛では、防ぎきれなかったことが、何度かあるという。少量を、ひっそりと運ぶことが続いていた。

百騎の増援が来たので、大量の兵糧を運ぼうということになった。

「砦城の位置は、ゴール朝の中ではずっと北寄りだ。兵力がむけにくい」

ゴール朝は、北や西への進出より、東や南へむかおうという傾向が強かった。ずっと以前は、北に版図を拡げようとしたようだが、西遼やホラズム国を攻めきれなかったのだ。

ジャラールッディーンの知識は、ほとんどテムル・メリクかバラクハジに聞いたものだった。

「陛下は、いずれゴール朝と対決しようと考えておられます」

「砦城も維持されているのだ。あたり前のことではないか」

マルガーシが言う。マルガーシとテムル・メリクとは、どういう結びつきになっているのだろうか、とジャラールッディーンはちょっと考えた。

この二人は、ほんとうの友人と言えるのかもしれない。認め合い、扶(たす)け合うこともできるだろう。いささか羨しい気もするが、自分は皇子なのだとジャラールッディーンは思った。皇子が、それほど人と親しくすることはできない。

「今日にも、運ぶ荷がいつまでに整うか、隊長から言ってくるはずだ。その翌日に、出発する」

斥候は出してあった。最初に出した斥候は、砦城に到着し、運ばれてくる兵糧について伝えただろう。

斥候は、もともとここにいる護衛隊と、ジャラールッディーンの軍から一騎ずつ出し、二騎ひと組で、五隊出していた。いまのところ、異常は報告されていない。

ゴール軍は、歩兵が主力だった。騎兵に較べて動きは鈍いが、山岳や森の中の行軍も苦にしない。兵の埋伏も、たやすいのだ。

ただ、敵地に潜入して情況を報告するのを、生業としている者たちを雇ってあり、ある程度以上の兵力の動きは、報告が入ることになっていた。

「埋伏の軍がいたら、どうするかだが」

「そのために、われらは来たのではないのか。不意討ちを食らい、それをどう返すかは、サマルカンドで護衛を志願した時から、想定がなければおかしい」

「サマルカンドを出発してから、おまえはやたら厳しいことばかりを言うよな、マルガーシ」

テムル・メリクが言った。それを無視したように、マルガーシはじっとジャラールッディーンを見つめてきた。

「護衛隊をやることで、旅ができると考えたのは、私だ。当然、私の頭でできる想定はした。ほかの頭で考えることも聞きたい、と思っただけだよ」

マルガーシが、口もとだけで笑った。冷笑という感じはしなかった。

「ここでの護衛を成功させることで、次の戦に加えられるかどうかが、決まると俺は思っている。そして、俺はジャラールッディーン殿に、戦場に立って欲しいのだ」

「西遼との戦かな。それともゴール朝とということになるのか。いずれにせよ、私はまともな戦場に立ってみたい。この護衛の任務がつまらぬことだとは思っていないが、階（きざはし）を昇るためにやるのだという気持もまたある」

「わかった。出発の刻を待とう」

マルガーシが言った。どんな想定があろうと、実戦はたやすくそれを超えるのだろう。現実に直面した時、どういう判断をして決定を下せるかで、戦は決まる。マルガーシは、明らかにそれを伝えてきた。

「先頭を進むのは、ワーリヤンだ。陽気に行くだろう。荷車は、百台にも達する。先頭から殿(しんがり)まで、かなりの距離になるが、ワーリヤンの二十騎以外は、最後尾につく」

「いいだろう、それで」

「待てよ。ここの護衛隊の五十騎は?」

テムル・メリクが言った。ジャラールッディーンは、ちょっと声をあげて笑った。

「殿下、五十騎の遣い方を忘れておられます。精強とは言えなくても、地形には詳しく、それだけでも役に立つ者たちです」

「だから、五十騎が斥候だ。五十騎全部が。敵は、埋伏など考えられなくなる。輜重(しちょう)隊と一緒に進むわれらは、前後から気を配る」

「それは敵の動きを完全に制するので、ちょっと白けてしまうのだがな」

「おい、マルガーシ。あまり甘く見るなよ、敵を。俺は、殿下に危険な場所にいて欲しくない、と思っている」

「敵の領域に入れば、いつも危険だよ、テムル・メリク」

「殿下がそこまで考えておられるなら、俺はなにも申しあげることはありません」

ジャラールッディーンは、いつもの巡回をはじめた。四騎もついてくる。味方の中の巡回といえば、百騎しかおらずたやすいことだが、基地全部を見て、それから周辺の巡回もやる。基地とは反対方向にある城郭にも、一日に一度は行った。

大きな城郭ではなく、しかし貧しくはないので、全体としてのんびりした感じだった。

ジャラールッディーンが姿を見せると、いつも城郭の長は飛び出してくる。自分たちの帝（スルタン）の息子であることは、心得ているのだ。

城内には、色鮮やかな服を着た若い女たちもいて、軍の野営地よりあたり前だが、華やかである。城郭と言っても、背丈ほどの石積みと垣根に囲まれているだけで、閉塞感はない。

ジャラールッディーンは、こんな場所が好きで、人々と話をすると気持も晴れた。

いまは、百五十騎といえど、護衛隊の隊長である。気ままに旅ができたころが、懐かしかった。

長は、昼食を供したいと、申し出てくることもあった。五人だけの時、ジャラールッディーンはそれを受けた。軍とは違う食事を、そこではとることができた。

このあたりだけでなく、集落は水のそばに作られることが多い。水と人は、切っても切れないということだ。

砦城にも、水脈が違う泉が二つあるらしい。籠って籠りきることができるのは、潤沢な水があったからだろう。

荷車百台、人夫三百人が揃った、と輸送隊の隊長が言ってきた。

ジャラールッディーンは、翌朝の進発を伝えた。

ここから、二百里になる。はじめの五十里はホラズム領で、丸一日で国境に到達した。そこからは、一日に三十里か四十里である。川を渉る。森を抜ける。勾配の急なところもある。

もともとここにいた護衛隊の二十五騎は、未明に出発した。あとの二十五騎は、数日前から進発していて、一帯の情報を伝えてくる。

ジャラールッディーンは、最後尾につき、ゆっくりと進んだ。五日の行程と読んでいたが、なにかあれば六日かかる。

途中、集落がいくつかあり、そこは敵の民がいる場所ということになるが、輸送を妨害してこないかぎり、素通りする。

面倒なのは、集落と集落の連携だった。それは地図を読みながら、警戒して行けばいいだろう。

百騎は、ホラズム軍の中でも精鋭である、という自負は持っていた。テムル・メリクとワーリヤンの調練は、ホラズム軍のほかの部隊より、ずっと厳しいものだった。

夜になると、荷車を丸く並べて囲いを作り、その中央で焚火をする。そういう円が、四つはできる。騎馬隊は、半数だけ鞍を降ろし、十騎の哨戒の兵も出す。

斥候からの知らせが、二日目から入りはじめた。

砦城までの道すじに、埋伏されている敵はいない。集落で、戦仕度をしているところもない。

ただ、砦城の十里南に、五十騎、歩兵三百の軍が近づいてきている。

それが、兵糧を城内に運び入れるのを、遮る目的を持っているのかどうか、行ってみるまでわからない。

「輸送隊そのものを、攻撃しようとしているのかもしれません」

荷車を城内に入れようとする時が、最も隙が出ると言っていいだろう。

五日目、ワーリヤンが砦城に到着し、それを最後尾のジャラールッディーンに知らせてきた。

敵はさらに接近してきているが、ぶつかり合いは起きていない。

「ワーリヤンは退がらせろ」

「退がる、ですか？」

「そうだ、テムル・メリク」

「そうすると、砦城の入口が無防備になります。攻撃を受けると思うのですが」

「攻撃させるのだ。敵は、新しい百騎の護衛隊の力を、測りかねている。攻めて大丈夫だと、誘ってやるのさ」

「その後に、迎撃するということですか？」

「攻撃する。いま近づいている兵は、いずれここより百里以内の、城郭の兵であろう。ぶつかり、敗走させ、しかし追い散らさず、その城郭まで追うのだ。そして城郭をひとつ陥し、焼く」

「それでは、本格的な進攻になりかねません、殿下」

「攻撃を受けた反撃であり、進攻ではない」

伝令が飛ばし、ワーリヤンの二十騎を退げた。

敵が攻めてくるとジャラールッディーンは確信していたが、伝令は現われない。

兵糧を満載した荷車は、次々に砦城に吸いこまれていく。やがて砦城の外には、騎馬隊がいるだけになった。

斥候が二騎戻ってきて、敵が一里ほどの距離のところで、陣を組みはじめている、と知らせてきた。

「どういうことだ。兵糧を襲わずに、私とぶつかり合おうというのか」

「やってられないな。砦城に入って、守兵の大将とめしでも食おう」

マルガーシが言った。それがなぜか、ジャラールッディーンをかっとさせた。

「行くぞ。蹴散らそう。マルガーシ殿は、守兵の大将と、酒でも飲んで待てばいい」

そうしよう、と呟くようにマルガーシが言うのが聞えた。

「殿下、俺とワーリヤンで、蹴散らしてきます」

ジャラールッディーンは、片手を挙げた。

「せっかく、ここまで来たのだ。少しは、戦らしいことをしたい」

次の瞬間、駈け出していた。サンダンとトノウが、両脇についている。

すぐに、敵が見えた。大した陣ではない。一撃で、蹴散らせる。

密集した歩兵が三隊で前衛にいて、後方に五十騎の騎馬がいる。ジャラールッディーンは、剣を抜き放った。

なにかが、敵の陣から洩れてきた。それがなにか考える前に、全身に鳥肌が立った。自分の剣に反応して洩れてきたものを、ジャラールッディーンは無視できなかった。

「退がるぞ、ワーリヤン」

「退がる瞬間に、矢が飛んでくる、と思います。そして、あの五十騎が、背に突っこんできます」

「退がるのだ。敵にむいたまま、徐々に。後方から、そうやって退げよ」

「かたちとして、殿下が殿（しんがり）ということになってしまいます。ここは、俺とテムル・メリクで支えますので、殿下は砦城まで疾駆されますように」

「遅いな、もう。背をむけた者から、矢を受ける。剣を構えたまま、退がるのだ」

ワーリヤンが、頭上で剣を動かした。サンダンとトノウが、小さな楯を構えて、前に出た。馬を、後退させる。その調練は、充分に積んでいた。

退がる分だけ、敵の歩兵は出てくる。槍だ、とテムル・メリクが呟いている。矢を浴びせ、槍を出してくる。強引に逃げようとすると、五十騎が背後から襲ってくる。馬が停まれば、歩兵はすぐに追いついてきて押し包み、槍で突いてくる。

詰まっていた。そんなはずはない、というところに落ちこんでいる。

全身に冷たい汗を流しながら、少しずつ後退を続ける。砦城が、遠かった。わずかひと駈けの砦城が、いまは地平ほどにも遠い。

わずかに洩らした気配を、敵はもう隠していなかった。

突っこんでいたら、どうなったのか。浴びせられる矢を落とすために、馬を停める。十騎、二十騎は、そこで落とされる。それから槍が来る。全滅、ということではないか。

叫び声をあげそうになり、ジャラールッディーンは必死でそれを抑えた。思念のすべてを頭の外に追いやり、ただ退がるだけだった。ただ退がる。ひたすら、退がる。一歩一歩だった。馬はいまのところ、忠実に退がっていた。

不意に、敵が動きを止めた。束の間、静止し、それから退がりはじめる。

全身にかかっていた圧力が、ふっと消え、退がるのさえも軽やかになった。

左手のいくらか高くなった木立の中から、マルガーシが出てきていた。もともといた五十騎も、後ろにいる。横撃を食らい、乱れたところを正面から突っこまれる。いきなり、敵の窮地になった。

歩兵が、退がった。五十騎が前へ出、踏み留まった。歩兵が、遠ざかる。

騎馬が馬首を回し、駈け去った。追撃しようにも、その準備はなにもなかった。抜いていた剣は、守りのためだった。

ジャラールッディーンは、馬上で二度三度と、大きく息をついた。

「めしにしようか、ジャラールッディーン殿」

マルガーシが、そう言った。

三

敵は十万で、さらにその後方に十万がいた。

大地が、動く。ゆっくりと動く。それが見てとれる。

ジョチは、馬上からじっと敵を見ていた。

また、大軍で押し寄せてきている。前回は、遊軍の攻撃だけで、算を乱し、潰走した。攻めたジョチも、拍子抜けするほどの呆気なさだった。

まだ戦がはじまっていない。敵がそう思っている間に、攻めた。二万騎を四隊に分け、敵の中で暴れ回ったのだ。

そこで、少し退がって踏み留まるだけの、指揮が通ることもなかった。大軍だが寄せ集めだということを、はっきりと露呈して去ったのだ。

ジョチは、いやな感じに襲われ続けていた。なんとかして消そうとしても、雲のように湧き出してくる。

「トルイを呼べ、ツォーライ」

伝令が、駈け出していく。副官のツォーライは、暢気に見えるのがいいところだった。闊達ではなく、のんびりして見えるのだ。それに助けられたことが、何度もある。

「気に入らない。どこか、おかしいような気がする」

「俺はそんなにおかしいでしょうか、殿？」

「おまえではない。金軍が、どこかおかしいと思わないか」

「俺には、大軍に見えます。まとまりがいいかどうかは、別として」

「俺にも、大軍に見えるさ」

ツォーライは、ある時、孤児になり、ホエルンの営地で育った。

モンゴル軍を見渡してみると、ホエルンの営地の出身者が、実に多い。特に、将校が相当な数になる。

ジョチ自身も、祖母の営地にツォーライがいたころから、眼をつけていた。

十五歳で軍に入り、十七歳で将校となった時、自分の下に入れた。そんなことをしたのは、ツォーライがはじめてで、気になって祖母のところに断りを入れにいった。

いま父の副官であるソルタホーンも、ホエルンの営地出身だった。

戦で死んだ父親を持つ子が、多かった。ホエルンは、戦がなにかということを、まず教えた。決して好ましいものではなく、やむを得ずにやらなければならなくなる。そしてやる以上は、負けることは許されない。

一軍を率いている者はみんな、ホエルンの営地を気にしていた。できるかぎりいい将校を、そこで手に入れようとするのだ。

軍に誘うことを、ホエルンは喜んでいなかった。軍に入るかどうかだけは、自分で考え、自分で決めさせた。

いまは、母の営地に、孤児が百名ほどいて、十五歳になるとほとんど軍に入っている。

女の孤児は、アチとツェツェグの母娘で引き受けている。

単騎で、トルイが現われた。

「兄者からの伝令とは、めずらしいですね」

遊軍だから、最後は勝手に動く。父はトルイがジョチの指揮下に入るようにと言ったが、二万騎の遊軍をひとりで動かすのは無理で、トルイが一万騎を動かす。あるところまではジョチの指揮下で動き、ジョチが判断して一万騎は離れる。

「なにか、面白くないのだ。いくらツォーライに言っても、つまらぬことを返してかわすだけだ」

「俺も、兄者の愚痴は聞きたくありませんよ」

「愚痴ではない。金軍が、どうもおかしいと思わないか?」

「思いますよ」

「思うだと。なぜ、それを言わない?」

「勝手に思っているだけだからだ、兄者。これまで負けたかたちで、金軍はまた出てきた。大軍の中に、刃物を隠している。そんな気はしますよ」

「あの大軍のどこに?」

「それがわからないから、言えないのじゃありませんか」

「俺は俺で、どこかおかしいと思い続けていればいいということだな」

「テムゲ叔父も、ボロクルやジェベも、そうだと思います。歩兵の連中も、そうでしょうね」

「みんなそうか」

「多分、父上も」

父の位置は、モンゴル軍本隊の最後方で、二百の麾下のほかに、二千騎がついている。それはいつものことだった。いつもから、まるで違うところに、父は跳ぶことがある。それが読めなくて、ジョチは苦労していた。

読めないものは、読めない。そう開き直ると、逆に父についていけるようになった、という気がする。

「なにかおかしい、ということを言うために、兄上は俺を呼んだのですか？」

ジョチはトルイを蹴ろうとした。しかしトルイの方がそれを予測して、一歩退がっていた。トルイが、笑っている。

「いいかトルイ。俺やおまえの首が飛んだところで、どうということはない」

「兄上、ひどくありませんか、それは」

「どこも、ひどくない。俺たちが気にしなければならないのは、父上のことだ。自分のことを、気にされないのだからな」

「そうですね。父上だけは、まわりで気にしなければなりませんね」

「おまえの役目は、それだぞ」

「待ってくださいよ。俺は、大軍相手に、華々しくやりたいですよ。父上のことを忘れて、闘う方が力が出ます」

「遊軍の任務のひとつだ、トルイ。あとはムカリがいるが、それこそ勝手に動く。父上を見ながら闘うのが、おまえだ」

ジョチは、また金国の大軍に眼をやった。ひとりひとりは面白いところもあるが、集団に入ると凡庸になる者がいる。いまの金軍は、それに似ているという気がする。

しかし、凡庸の怖さというものもある。傷を傷とも思わない。

「兄者、細かく考えるのはやめよう。父上のことは、全員が気にしています。わざわざ俺ごときが」

「おまえの、任務だ」

トルイの表情が動き、しばらくして、わかりました、と言った。

「この調子だと、またこちらからはじめる必要がある。ただ、戦の前に突っこむということはもうやらん」

「俺が、前の十万に、横から突っこみましょうか。前衛同士がぶつかった時にです」

「おまえの判断で、やれ」

「父上から、眼は逸らしませんから」

「俺は、気が小さいよなあ。ツォーライは、誰よりもそれがわかっているので、鈍い男を演じ続けている」

「あの副官殿は、少々のことでは乱れないでしょうね。あいつが吠え面をかくのは、どういう時かな。やはり、宙に舞う兄者の首を見た時かな」

トルイの臑を蹴りつけた。足の先はどこにも当たらず、ジョチは少しだけ重心を崩した。

トルイが、馬に跳び乗る。

「それでは、兄上。俺はいまから、独立した遊軍になります」

言って、トルイは駈け去った。

ジョチは、金軍の動きに逆らう方向で、移動した。動きに乗った方向には、トルイの隊がいる。そして金軍の行手には、モンゴル軍の五万の歩兵が、二つに分かれて密集している。動いていないので、うずくまっているような感じだ。

さらに後方にいる三万騎の指揮は、叔父のテムゲだ。

まだぶつかり合っていないが、大軍が寡勢を包囲しようとしている、という見方しかできないだろう。

ただ、軍が数万を超えてくると、どちらが優勢とも言いきれないのだ、とこれまでの経験が教えてくれてもいる。

「ツォーライ、後方の十万に突っこむぞ」

「あそこに、大将がおりますか?」

「わからんな。そもそも、古いだけの老将軍だ。実質、大将ではないのかもしれん。福興という男が、軍監として入っているそうだ。福興を人としては評価されている」

会ったのは一度きりでも、ひと晩は語り合ったはずだ。そういうところでは、父は意外なほどの忍耐力を見せ、夜を徹して語り続けることもできる。

その結果が、先ごろ殺された前金帝は愚物で、福興は見るべきものを持っている、という評価に繋がっていた。

これから闘おうという軍は、老将軍はかたちだけの大将で、実質は福興が動かしているのかもしれなかった。

しかし文官の福興に、どこまで戦の指揮をなすことができるのか。

後ろ半分の十万の中に、福興がいるとジョチは読んだ。

どんなに大軍であろうと、じっと見ていればわかるものがある。それが大将の居所だと、このところジョチは思っていた。

しかし、大将にむかって、ただ突っこむだけでいいのか。ここで奪る大将の首に、どれほど大きな価値があるのか。

「旗は出ていませんが、あのあたりですね。俺にまで、見分けられる大将ですよ」

福興ではない、とジョチは思った。福興は、もっとひそやかに兵に紛れているだろう。

ジョチは、軍を四つに分けた。これで、ずいぶんと機敏に動けるようになる。

軍には、百名の隊長がいた。百名単位で動ける。それ以下は、各隊の隊長が決める。これだけの軍になると、百名以下で動くことには、ほとんど意味がない。

ジョチは、片手を挙げた。

前進する金軍と、擦(す)れ違うようにして駈けていたが、これで敵を正面に見ることになった。自分にまで見分けられる大将だ、とツォーライは言った。およそ厳重な警固の中で、前進している。それがもう、はっきりと見えていた。

警固は、歩兵も入れて一万というところだろう。騎馬だけなら、三千騎ほどか。ほかにも騎馬隊はいくつかいて、全体で二万騎というところだった。

博州のそばだった。博州だけでなく、聊城などの近辺の城郭も、ほとんど陥してある。金軍は馬の補充などままならなくなり、騎馬の数は最初と較べるとかなり減っている。

モンゴル軍は、常に予備の馬を三万頭は連れていた。

金軍はこのところ、モンゴル軍の兵站線を断とうという動きを見せている。城郭に所属している兵を動員し、時には軍ではないような恰好と動きで、巧妙に兵站線を探り、切ろうとしてくる。

実際に、三本は切られていた。

ただ、モンゴル軍の兵站線は、二十近くあり、何重もの偽装がなされている。その全部を暴くことは、不可能だろう。兵站は剽悍な動物であるというのは、その部隊を作りあげたバブガイの考えで、いまも受け継がれている。

いまのところ兵糧を断つことに力を注いでいて、馬や武器にまでは及んでいない。意表を衝くような巧妙さがあるので、そこだけは気をつけようというのが、将軍たちの共通した認識になっていた。

ジョチは、一隊に牽制で突っかけさせた。

金軍は、意外なほど素速く、受ける態勢を作った。大将を守っている軍も、歩兵がしっかりした密集隊形を作った。

遊軍の攻撃に対する備えは、充分にしてあるということだろう。

「前の方で、はじまったようです」

ツォーライが、馬を寄せてきて、囁くように言った。

いま一万騎で突っこんで、大将の首を奪れるか。

奪れる、とジョチは判断していた。遊軍に対する警戒は、これまでにないほどしっかりしているが、全体としてはやはり寄せ集めの軍の脆さが見える。

一万騎で突っこみ、押し包まれ、殲滅させられることも、考えられた。そういう危険は、戦なら必ずあるのだ。

ジョチは、一万騎を、前進中の金軍に少し近づけた。こちらの動きは見えているはずだが、停止して迎撃の態勢を作る気配はない。

槍で貫くように、ひと突きにしてやる。ジョチは、どこかに火が点いたのを感じた。

さらに、近づく。大将の位置まで、歩兵は三万ほどの厚さがある。そこを、駈け抜けなければならないが、充分にできるはずだ。

ジョチは、片手を挙げた。

しかし、振り降ろさなかった。こうなっても、なにかいやな感じが続いている。

「奪れる首だ、あれは」

ジョチは呟いた。しかし、奪らなければならない首ではない。

「ツォーライ、疾駆するぞ。ただし、あそこにむかうのではない。モンゴル軍と金軍の、ぶつかり合いの前線に急行する」

ツォーライが、頭上で剣を振り回した。

ジョチは、進軍する敵を追い越すように、疾駆した。一万騎は、四隊に分かれてついてくる。

陽が、中天にかかるころだ。金軍の第一軍の十万は、モンゴル軍とぶつかっている。第二軍の十万が、後詰(ごづめ)としてすぐに到着する。兵力の差が、まともに出てしまう、という展開になっていた。

それでも、ジョチは戦そのものを、あまり心配はしていなかった。金軍を見ていて、これに負けるという気は、まるでしないのだ。

土煙があがっている。前線だった。

歩兵が突出して、敵の中に食いこみかけている。ジェベの騎馬隊がそれを支え、テムゲは敵を端から崩し、ボロクルが騎馬隊の動きを牽制している。

しかし、後詰がすでに到着しはじめていた。

自分がどこに介入できるのか、見てとろうとした。大軍のぶつかり合いなので、見えないところの方が多いのかもしれない。

後詰の騎馬隊も到着し、戦線に加わった。

ジョチのいやな気分は、まだ続いている。

敵の騎馬隊の方々に、亀裂が走った。そう感じただけだ。次の瞬間、ジョチの全身に汗が噴き出してきた。

一万騎ほどが、敵の騎馬隊の中から飛び出し、疾駆している。その方向には、父の二千騎がいた。

ジョチは馬腹を蹴ったが、間に合う距離ではなかった。眼は見開いていたが、閉じたいと思った。

一万騎が、父の二千騎に襲いかかった。敵味方が交錯し、なにが起きているか、よくわからなかった。二千騎ほどがその真中に突っこんで行く。トルイの軍の一部だ。先頭にいるトルイの姿を、一瞬だけジョチは認めた。

ジョチは疾駆したが、土煙でなにも見えなくなった。

次に見えたのは、土煙の中から離脱する敵の一万騎だった。

なにが起きているのか。全身がふるえた。馬鹿な、と声に出していた。

二千騎が、敵を追って駈けていた。

それが父の騎馬隊であることに気づき、ジョチはいくらかほっとした。

父の二千騎を遮るように、テムゲの一万騎が出てきていた。

ジョチは、留まったままのトルイの隊の方へ行った。兵たちが割れ、その先に、数人に囲まれたトルイの姿が見えた。倒れている。しかし、眼でジョチを見ていた。

「兄者、父上でなくて、ほっとしているだろう」

「どこを、やられた？」

ジョチは、トルイのそばにしゃがみこんだ。具足の胸のあたりが、血で濡れている。かなり出血しているが、血止めがしにくいところのようだ。

「具足を脱がせろ」

まわりにいた兵が、トルイの具足を脱がせ、短剣で軍袍(ぐんぽう)も切り裂いた。

胸のところを、下から斬りあげられている。傷は深いが、肋（あばら）で止まっているようだった。

ためらわず、ジョチはトルイの傷を縫った。針と糸は、いつも具足にしのばせている。

縫い終えると、切り裂かれたトルイの服を、傷に当てた。

生き延びるかどうか、際どいところだった。救いは、剣先が肋で止まっていることだった。それでも、相当に出血が多い。

「兄者、人の傷だと、ためらわずに縫うのだな」

「余計なことは言わず、できるなら水を飲め。それから、眠るな」

「俺はもう、駄目かな」

「いや、おまえの気力にかかっている。死んでたまるか、と思い続けろ」

トルイが、何度か瞬（まばたき）をした。

父がやってきて、束の間、立ち止まった。しゃがみこまず、立ち去った。

四

精強なのは、あの一万騎だけだった。

調練度が高く、まとまっていて、いい馬に乗っていた。

金国領に入って、はじめて首を狙われた、とチンギスは思った。

一万騎は、うまくほかの騎馬隊の中に紛れこんでいた。方々の騎馬隊から絞り出すようにして、その一万騎は出てくると、駈けながらひとつにまとまり、一直線に自分にむかってきていた。

そのすべてを、チンギスは眼で捉えていた。先頭の数百騎をいなせば、なんとかなるかもしれない。それを、判断した。

命令を出す前に、ソルタホーンが動いていた。麾下の二百騎も、周囲にいた二千騎も、同時に動いた。

それでも、敵の一万騎には勢いがあり、数百騎をいなしても、その後続が自分にぶつかってくるかもしれなかった。

ソルタホーンは、チンギスと同じ想定をしたらしく、二千騎を五百騎ずつの四隊に分け、四段の防御の構えをとった。最初の数百は、弾き返した。迂回した一千騎ほどが、チンギスに襲いかかろうとした。麾下の二百騎は、それを迎撃するより、チンギスを守るかたちに動いた。その中に、ソルタホーンもいた。

しかし、麾下は敵とぶつかることはなかった。二千騎のトルイが、遮二無二突っこんできて、麾下と敵の間に距離を作った。

トルイが、敵の数騎とわたり合い、二騎を倒したところで、三騎目に下から斬りあげられるのが見えた。

離脱していこうとする敵の一万騎を追ったが、テムゲが合流してきた。

テムゲは、駈け去った一万騎は放ったまま、ジョチやトルイの遊軍の兵も加え、五万騎で敵の中に突っこむと、すぐに潰走させた。

チンギスは、追撃しろ、と伝令で伝えた。

麾下と二千騎は、一騎も失っていなかった。

その日の夜中まで、敵を追い散らし続けた。

チンギスは命令を出すだけで、それには加わらず、聊城の郊外に二千騎で布陣した。

ジョチが、十数騎でトルイを運んでくると、城内に入った。チンギスは、その報告を受けただけだった。

翌日になり、モンゴル軍はすべて正午には戻ってきて、全軍で野営に入った。

襲ってきた一万騎の指揮が、完顔遠理（かんがんえんり）だったということは、その時に知らされた。

それから五日間、野営を続けている。

トルイは傷を受けた翌日から高熱を出し、三日で下がった。朦朧（もうろう）としていた意識も、それではっきりし、食いものも自分で口にするようになったという。

トルイの容体については、一日に二度、ジョチの部下が報告してきた。その報告を受ける時、チンギスはすでに容体を詳しく知っていた。それがわかるように、ソルタホーンが人をやっていたのだ。

トルイは、チンギスに敵が触れることを止めるために、無理な突っこみ方をした。離れたところには、八千騎の部下もいたのだ。

息子が、身代りになって、死にかかった。

チンギスは、それをどう受けとめていいのか、わからなかった。ひとつの戦で、部下が次々に身代りで死んでいったことがある。

その戦が終った時、生き延びた、と思った。そう思ったことを、深く恥じた。思い出すと、いまも心が切り裂かれたようになる。

大きな幕舎に、やわらかな寝台が用意されていたが、チンギスは深く眠ることができなかった。眠りに落ちそうになっても、傷の手当てをしていた、兄と弟の姿が思い浮かんでしまう。そして、幕舎の外が明るくなっている。

ソルタホーンが、女を送りこんでくることもなく、ほんのわずかだが期待した自分を、チンギスはまた恥じた。

「次にどうするのか、将軍たちが知りたがっていますが」

ソルタホーンが言った。

陣から離れたところに、広大な馬場を作り、毎日八刻は馬を駈けさせていた。

そういうことは、モンゴル国全体の牧を差配しているハドが、人を送りこんできて、遺漏なくやる。

馬は、モンゴル軍の命だった。兵の糧食が数日欠けたとしても、秣(まぐさ)は欠かさない。将軍ひとりが指揮している兵の数以上を、ハドは牧で遣うようになった。

馬は、三日駈けさせなければ、信じられないほど脚が落ちるのだ。もとのように駈けさせるために、十日以上が必要になる。駈けなかったというだけで、駄目になってしまう馬もいた。

人を、馬と同じと考えることはできなかった。どちらが大事というより、違う生きものなのだ。

「ソルタホーン、将軍と副官を明日集めよ。これからどうするかということを、伝える」

「明日、払暁(ふつぎょう)の四刻後、将軍たちがここに集合いたします」

「今夜は、俺はひとりでいい」

「はい」

「つまらぬことは、いまだけ考えるな」

今夜、寝ようとした時、女が現われて裸身になったら、ソルタホーンに褒められたと思ってしまうだろう。そして、ソルタホーンが疎ましくなる。

「ところでこの間の戦だが、おまえは俺が命令を出す前に、動いたな。あれは、どういうことだ」

「申し訳ありません。気づいたら、そうなっていました。躰が、勝手に動いたとしか言いようがないのです」

「おまえの戦ではないぞ」

「はい」

「ところで、トルイが飛びこんでこなかったら、あそこはどうなったと思う」

「俺自身は、二千騎で凌ぎきれる、と感じました。かなりの犠牲は出しても、それは麾下の二百騎までには及ばない、ととっさに感じました」

「トルイは、無駄に傷を負ったか」

「まさか。トルイ様も、躰がそう動いてしまったのだ、と思いますが」

遊軍が戻ってきていたので、敵を潰走させるための第一撃は、強力なものになった。これまでの遊軍は、チンギスから離れたところで闘っていた。

完顔遠理が軍に紛れこんでいたのを、誰も気づかなかった。大同府の軍営に完顔遠理はいるらしいが、それは身代りで、背恰好が同じで、完顔遠理の具足をつけているのだという。

金軍の将軍の中では、最も手強いと泥胞子（でいほうし）などは見ていた。それは、間違いのないことだった。騎馬隊の動きからして、金軍のものではなく、むしろモンゴル軍に似ていたという気がする。

完顔遠理は、あの完顔襄（じょう）の甥で、実績を見るかぎり、金軍随一と言えた。ようやく、眼の前に現われた、という感じだ。

チンギスには、かつて草原に出動した金軍の、総大将であった完顔襄に、ある思い入れがあった。お互いに、信じ合った。それで完顔襄は草原の戦の勝敗を賭け、チンギスはキャト氏の、大きく言えばモンゴル族の将来を賭けた。

「酒を運ばせてくれ、ソルタホーン」

「俺でよろしければ、お相手をいたしましょうか？」

ソルタホーンが、そんなことを言うのはめずらしかった。自分が危うく見えているのかもしれない、とチンギスは思った。

「ひとりで飲む」

ソルタホーンは、深く拝礼して出ていった。

酒が運ばれてきた。

肉が食いたくなり、チンギスは焼いて持ってこいと、従者に命じた。

なにか、昔のことを考える。酒を飲むとそうなるだろう、とチンギスは思っていた。あえて思ったからなのか、なにも浮かんでこなかった。

「肉をお持ちしました」

声がした。ジョチのようだ。入れ、とチンギスは言った。

焼いた肉が載った皿を卓に置き、ジョチは直立の姿勢をとった。

「座れ」

「まず、お詫(わ)びを申しあげなければなりません」

「なんの？」

「トルイに、大きな怪我をさせてしまいました」

「おまえが、謝ることではない。戦だぞ」

「しかし、俺の指揮下にいました」

「負傷した時は、おまえの指揮下ではあるまい。トルイは、自分で動いていた」

「それは、そうなのですが」

「もういい。座って、おまえも飲め」

ジョチは、それ以上は言わず、卓を挟んでむき合って座ると、飲みはじめた。

戦では、迷いが消えている。迷わなくなると、その果敢さは相当なものだった。

「明日、みんなを集める」

「俺のところにも、通達が届きました。副官も連れてこいということですが、俺のところは留守をしています。多分、明日帰ってくることはできません」

「ほう、どこへ行った？」

「完顔遠理を追って。あの一万の軍がどこを基盤にしているのか、確かめようとしています。ムカリと一緒なので、明日、雷光隊からはトム・ホトガが出るはずです」

「ムカリは、俺の前にめずらしく現われなかった。戦場では、大抵姿を見せるのだが」

「間に合わなかったのです。先にトルイが突っこんでしまいました」

「そういうことか。トルイが、ムカリよりも速かったのだな」

「その上、トルイが負傷してしまったので、ムカリの悔いは大きいのです。俺の副官は、俺が知りたいことを知ろうとして、ムカリと一緒になってしまったのです。それぞれ五騎の供を連れていて、一日に一騎、知らせが戻ってきました。もう五騎戻っているので、あとは二人が戻るだけです」

「ならば、明日ではないのか」

「どうですかね。大同府を出たとは思うのですが」

「大同府か。二人で、妓楼にあがったな」

ジョチが、腰をあげかけた。それから、顔を上にむけた。

「父上、御存知だったのですか。しかし、狗眼（くがん）の者は、そんなことは報告しないと思うのですが」

「まったくだ。おまえ、疑ったのか？」

「父上が、御存知なのですから」

「ムカリと大同府なら、それが浮かぶ。泥胞子に紹介されて、ムカリは俺のもとへ来たようなものだ。紹介と言っても、面白いやり方だったが、それは本人から聞けばいい」

「汗が噴き出しました、父上」

チンギスは、肉に箸をのばした。金国に入ってからは、大抵箸を遣った。

「明後日、北へむかう」

「燕京、ですか？」

「いや、もっと北だ。大同府も横目で見て、草原の南端、魚児濼（ダライ・ノール）へ。そこで、冬を越す」

「わが国の南の端になります」

「家族に会いたい者は、行かせる。多少の、兵の入れ替えもやる」

「冬を越して春まで、そこで兵を休ませるということですね」

「長い遠征になっているのでな」

「父上、兵たちというより、俺が嬉しいです」

「そうなのか」

「魚児濼に、俺は行ったことがないのですが、いいところですか？」

「湖のそばに、木立と草原が拡がっている。草原の先に、砂漠もな」

「チンバイの地図があるので、位置はわかります。燕京にとっては、いやなところでしょう。いつ北から攻められるかわからない、と感じるはずです」

「俺は、先頭で駈ける。ボロクルが一緒だ。それから歩兵に寄り添いながら、遊軍が進む。ジェベもな。殿(しんがり)が、テムゲだ」

「ボロクルの後方で、俺が行きます。馬車に乗せたトルイを運ぶので、あまりのんびりしない方がいいです」

馬車で運べるぐらいには、回復しているだろう。ほんとうは、人が動かす荷車がいいが、ある程度の速さは必要だった。敵地の中を、駈け抜けるのだ。

「一度、トルイと話していただけませんか、父上。あいつは、負傷したことを恥じているのです。父上に迷惑をかけた、と思っています」

「魚児濼で、傷を癒させろ。あそこでなら、話す機会はいくらでもある。おまえともな」

「馬車に乗せて、ボロクルの後方につきます」

「明日、みんなにこれを伝える」

「俺だけ、早く聞いたのですか。いや、ソルタホーンがいますね」

「将軍と副官を集めろ、とソルタホーンには言ってあるだけだ」

「なら、俺が最初ですね」

ジョチが、白い歯を見せて笑った。こんなふうにも笑えるのだ、とチンギスは思った。

なにか、過敏になった心を剝き出しにしている時は、こちらまで苛立(いらだ)ったものだった。大きく構えろと、何度も言いそうになった。

ふだんの暮らしの中ではなく、戦場で開き直った。それで、大きいというより、太いという感じになった。

「魚児濼で傷が癒せると聞いたら、トルイは喜びます。母上も、安心されると思いますね」

ボルテにとっても、息子が負傷し、死の淵をさまよったということになる。昔はすべてのことを共有していたが、いまは息子が傷ついて、はじめてひとつになれるのか。

「トルイは、馬上の剣の遣い方がいまひとつだ。だから二騎を斬り落とせても、三騎目に対して無防備になってしまう。斬り上げられた時、トルイは不思議そうな顔をしていたぞ」

「見ておられたのですか、父上」

「見えていた」

「俺は、そんなところまでは、見えませんでした。トルイが馬から落ちたらしいと思って近づいたら、父上でなく俺だったので、ほっとしただろう、などとあいつは言ったのです。血は、具足の外にまで流れ出していました」

ジョチが、素速く傷を縫って血止めをした様子は、ソルタホーンが見ていた者から聞き出してきて、報告した。

「ジョチ、俺は息子が身代りになって傷を負ったので、こうして無事でいる。無事だということを、ずっと恥じている」

「やめてください、父上」

ジョチが、うつむいてちょっと肩をふるわせた。顔をあげたジョチは、笑っていた。

「トルイは、幸せなやつです。俺は、羨しいぐらいですよ」

「まだ子供だ、あいつは」

「父上、ありがとうございます」

ジョチが、立ちあがった。

「明日はともかく、明後日の進発に、おまえの副官が間に合えばいいな」

「まあ、その辺は要領のいい副官なのです」

ジョチが、拝礼して出ていった。

間に合ったのかどうか、チンギスは確かめることができなかった。

魚児濼で冬を越すと伝えると、陣中はかなりの騒ぎになった。

旗を掲げ、麾下に囲まれて、チンギスは駈けた。

途中で、完顔遠理が攻撃してきてもいい、と思っていた。気持は、それに備えていた。しかし、何事もなかった。

四日目に砂漠に入り、行軍の速度はいくらか落ちた。

三日後の午過ぎに、魚児濼に到着した。

すでに、駐留の準備はすべて整っていた。

チンギスは、魚児濼の湖水をしばらく眺め、それから大きな家帳の前に立てられた旗の下へ行き、胡床に腰を降ろした。

ボロクルの軍が、到着してくる。

最後尾に、ボロクルがいた。

「トルイ様は、よく耐えられました」

下馬し、手綱を曳きながら、ボロクルが言った。

五騎ほどに護られて、馬車が近づいてきた。どうしていいかわからず、チンギスは早く通り過ぎろと、手で合図を送った。

先頭にジョチがいて、馬から降りた。馬車に手をかけ、歩いてくる。

馬車の荷台で、トルイが躰を起こすのが見えた。痩せている、と思った。顔色も、あまりよくない。何日も、馬車に揺られて旅をしたのだ。

「父上」

ジョチが、声をかけてくる。

「トルイは、弱音も吐かず、耐えました」

トルイが、頭を下げた。

この営地で休み、傷を癒せ。そう言いたかったが、声が出てこなかった。

「トルイは、軍の指揮権を取りあげられるのではないか、と心配しています。そんなことはない、と俺は言いました」

ジョチが問いかけるような表情をしたので、チンギスは頷いた。

二人が、同時に頭を下げる。

そばへ来ると、ジョチは声をかけて馬車を停めた。

「父上。申し訳ありません。しなくてもいい負傷をして、御迷惑をおかけしました」

チンギスは、横をむいた。それから、空を仰いだ。

「いい空だな、トルイ」

「はい」

「ジョチ様とトルイ様は、遊軍の二万との野営になり、家帳はあの丘のむこうです」

ソルタホーンが、そばに立って言った。

「湖があって、木立があって、いいところなのですね、父上」

ジョチが言う。

「ここで、トルイをゆっくり休ませます」

チンギスが頷くと、馬車が動きはじめた。

「殿、この家帳の奥の部屋が、居室でよろしいでしょうか?」

「いいぞ」

「数日中に、ボオルチュ殿が来られます。それから、ジェルメ将軍とクビライ・ノヤン将軍が」

「また、うるさくなるな」

それでも、三人には会いたかった。

「アウラガには、戻られますか?」

「一度だけな。あまりに留守を続けると、ボルテに締め出されるかもしれん」

「奥方様は、子供たちの世話などがあり、ここへ来られる余裕をお持ちではないと思います。殿が、帰られるしかありません」

アウラガにある工房は、もっと増えているだろう。法の整備も最終段階に入り、法典として各地に届けられるまで、あと一年はかからない、という報告を受けている。

「しばらくは、殿にもお休みいただきたいのです。よく眠られて。もう、お若くないのですから」

チンギスは、大家帳の居室へ行った。

従者を呼び、具足を解いて、楽な服に着替えた。

五

四度目の、航海になる。

父も母も屋敷から動かず、海に出たいならひとりで行けと言われた。

トーリオは、李央(りおう)に頭を下げて、船に乗せて貰った。

いつも行く東山(とうざん)とは、反対の方向へむかった。そして、十三日かかった。

その間、櫓は左右で十六挺出され、水夫は半日ずつ交替で漕ぐのだ。昼も夜も、船は進み続けた。

そして雷州(らいしゅう)の海康(かいこう)という港に入り、積んできた荷を降ろした。

「行くぞ」

言われて渡り板で岸壁に降り、地に立つと、躰が縮まるような不思議な感覚があった。

「李央殿、俺の躰は変ではありませんか。背が低くなったような気がするのです」

「気がするだけさ」

李央は、航海中、眠っていない時はほとんど船尾楼にいて、水夫たちの動きに気を配っていた。夜は闇に包まれるが、進む方向はわかっているのだと、指南魚というものを見せてくれた。星を見てもおよその方角はわかるが、指南魚は、魚のかたちをした針が、常に南に向くのだというう。魚は、水に浮かべられ、束の間の静止の中で、方角を読みとる。

二度、遣わせて貰った。

「李央殿、なんだか知りませんが、ここは暑くないですか」

「海門寨と較べると、かなり南なのだ。南へ行けば行くほど、暑くなる。夏より、暑い。それが、一年中続くのだ」

李央は、城郭の中に入っていった。

食堂があり、二階は宿になっていた。

そこへ入り、焼いた魚と野菜と蒸かした糯米を食った。

「ここの上に、泊るからな」

「みんな、泊るわけではありませんよね」

「俺とおまえだけだ」

「俺は、船で寝ます。めしも、俺だけ特別なものですか?」

「まあな。仕方がない。おまえの御母堂に呼ばれ、銭を渡された。それを遣わないというわけにはいかない」

「みんなと同じがいいのです、俺は」

「馬忠様は同じにしろと言われた。御母堂は、同じにするのは船の上だけでいいとさ。それより、城郭の市などを見せてやれと」

「市を見るにしたところで、俺は船で寝て、みんなと同じものを食いたいのです」

船ではずっと粥と、動物の腸に詰めて干した肉を食っていた。その肉は、船倉の天井にぶら下げられている。一年ぐらいは、普通に保つらしい。食う時は煮るので、船でのトーリオの仕事はそれになった。

揺れる船の上で、やわらかくなるまで肉を煮るのは難しい。それができるようになったのは、トーリオの自慢だった。

指南魚は遣わせて貰ったが、櫓をとって漕いでみることは、許されなかった。あたり前だ。水夫たちの躰は大きく、力はとてつもなく強いのだ。同じように、櫓が扱えるわけはなかった。

「とにかくな、みんなと同じにしろと、おまえの御母堂が言われないかぎり、俺はできないよ。恐ろしいのだ。わかるだろう？」

「女というのは、心配ばかりするのですかね」

「俺にゃ、なんとも言えないな」

船に乗せてくれと頼むと、いやな顔をされると思ったが、そうでもなかった。航海の三日目ぐらいになると、乗せてよかったとも言ったのだ。

　いま、礼忠館（れいちゅうかん）には船が二艘あるが、トーリオがもっと成長すると、船隊と呼べるほど増えるかもしれない。もっとも、父は二艘を礼忠館船隊と呼んでいる。

「俺はいつか、李央殿のように船を操るようになりたいです」

「十日以上、乗っていたのだ。だいぶわかっただろう」

　左右の漕ぐ力の違いで、右にも左にも船首をむけられる。左前進、右後進というかたちにすると、船はその場で回るのだ。

「指南魚の遣い方も、教えて貰いました」

「あれは昔、清針と呼んでいたそうだ。なぜか、理由は知らん。あれがないころは、もっと航海に苦労しただろう」

「帆の遣い方だって、よくわかりません」

　久しぶりに食う魚は、うまかった。

　屋敷では、父は肉より魚を好む。海門寨の漁師が、獲ったばかりの生きた魚を持ってくると、それは生で食べてしまうのだ。トーリオも、醤（ひしお）をつけて食うのは、嫌いではなかった。

　礼忠館の差配のウネや鄭孫（ていそん）は、生の魚を見ると、顔をそむける。

「帆の遣い方を覚えるのは、小さな船の方がいい。せいぜい二人が乗るぐらいの。船底に錘（おもり）をつけて倒れないようにし、高い帆柱をつけるのだ」

「東山で、航走（はし）っているのを見たことがありますよ」

「そうだ、あれだ。東山の造船所で造ったものを、船に載せて持ってこられるぞ。帆柱も別にして持ってくる。甲板に縛りつけておくのだ」

「欲しいな、それ」

「親に頼んでみろよ」

「わずかな銭で済むなら、いいのですがね。高そうです」

「銀が何粒も必要になる」

「無理だな。俺は、父や母の実の子ではないのです。詳しく言っても仕方がありませんが、孤児なのです。養子にして貰ったころのことを、憶えてはいます。孤児だと言うと、父も母も傷つくので、この話は内緒にしてくれませんか」

「そうなのか、孤児なのか」

「実の子のように、いやそれ以上に、大事に育てて貰っています」

「そうだよな、礼忠館の息子だものな。孤児ということは、決して口外しない。約束するよ。そして、俺に打ち明けてくれて、嬉しいような気分になっている」

「李央殿の母上は、潮陽におられるのですよね」

「ちゃんとした家があって、身のまわりの世話をする娘をひとり雇うこともできている。礼忠館の船で働けているから」

「いつか、会いたいです」

「ただの婆さんだぜ」

「李央殿のような人を、産んで育てたのでしょう。会ってみたいですよ」

「女手ひとつで育てられ、感謝していることは確かさ」

「会わせてくださいよ」

「いつかな。それより、帆の扱いを覚えるための小型の船だが、礼忠館船隊でも必要かもしれん。二艘が、三艘になり四艘になると、船頭をきちんと育てあげなければならないからな。俺が、家令殿に言うのがいいのかもしれん」

家令殿というのはウネの呼び名で、昔、父の家の家令だったとウネ自身が言っているが、ほんとうかどうかは、わからなかった。

「屋敷じゃ、いつもはなにをしている？」

「学問です。書見をやります。計算を教えたり、商いの仕組みを教えたりする教師が、三名来ます。商いは、ほんとうは母が教えてくれますし、父は剣の遣い方を教えてくれます」

「馬の乗り方といい、おまえの父上は、なにをされていたのだろうな」

「いつか、訊いてみようと思っています」

いまは、海陽（かいよう）や潮陽で、一番大きな商人だった。商いはほとんど母がやることで、父は後ろに控えて見守っている。みんな父を畏れるが、トーリオは母の方が怖いと思っていた。

「トーリオ、今回は、ここの宿に泊ろう。みんなと一緒にいたいとは、おまえが親に言って認めて貰わなければならないことだ」

「必ず、認めて貰います。李央殿は、家令殿にうまく言って、小型の船を手に入れてくださいよ」

「任しておけ」

船の上の暮らしが、好きになっていた。海水を骸炭で沸かし、腸に詰めた肉を煮る。米も海水で炊くことが多く、雨が降り続けて真水が余っている時は、それで炊く。

雨が降ると、帆布を拡げて、真水を集めるのだ。長く置いておくと水は腐るので、降るたびに必ず入れ替えた。

海が荒れた時も、一旦出てしまうと波を越えて航走らなければならない。できるだけそういうことを少なくするために、かなり先の天候まで読む。

沿岸の地図は頭に入れていて、ほんとうに危ない時に避難するための湾も、憶えなければならない。

「錨（いかり）の打ち方も、まだ知りません」

「それも、小型の船で覚えられる」

「想像すると、愉しいですね」

長い紐に鉤（はり）をつけ、餌になるものをつけて流していると、魚がかかることもあった。餌ではなく、鳥の羽根をつけて流すこともあるらしく、水夫のひとりがそのやり方を教えてくれることになっていた。

城郭の中を歩き回り、宿に戻ってきた。

狭いが、部屋に寝台がひとつだけあり、李央も同じかと思ったが、二段の寝台が五つ並べられたところにいた。

同じように泊りたい、とはなぜか言い出せず、気づかないふりをした。

どれほど親しくなろうと、自分は雇い主の息子なのだ、と思う。なにか言うと、わがままになることもあるのだ。

船は、割れないように厳重に包んで箱に入れた、磁器を運んできた。青磁と呼ばれるものが、最も値がつくようだが、白い色をしていた。場合によっては、凝った陶器の場合もあるらしい。

磁器と陶器の違いは、礼忠館の鄭孫が教えてくれた。

磁器は引き取る商人が現われ、帰りは絹の織物と甘蔗糖と酒の壺を積んで行く。空の船を航走らせるのは、とんでもない無駄なのだった。

荷を降ろして、新しい荷を積むのに、二日かかり、三日目の朝には出航だった。

船が港にいる間は、水夫たちは休んだり、好きなことをしたりしている。

船尾楼で、李央が声をあげる。

岸壁から離れた船が、ゆっくりと進みはじめる。李央は、動かす櫓を大声で指定する。それによって、船は方向を変えるのだ。

海に出ることで、トーリオはどこか自分が変っていくのに気づいた。それは、新鮮な発見だった。自分など、なにほどのものでもない、といやでもわかってしまうのだ。

陽が照りつけていたが、風があるのでそんなに暑くなかった。海門寨は、冬でもそれほど寒くはない。ここは、寒くないというより、暑いのだ。冬のはずなのに、暑い。

トーリオは、船上では水夫たちと同じように、上半身裸だった。日焼けして何度も皮が剝け、浅黒い肌になっている。

「李央殿、言っていいですか？」

「なんだ」

「ちょっとおかしいと思うのです。海門寨にむかって、船は動いていません。違う方へむかっています」

「ほう、そうか」

「南へ、南東へむかっている、と思います」

「おまえはこれから、潮の流れというものを知ることになる。いま右手に見えている、黎恫という大きな島をかわすと、南からの強い潮流がある。そこまで、総櫓で進んで、丸一日だ」

「南東に、丸一日ですか」

「そう。それで、潮をつかまえられる。それから、北東へ変進する」

遠回りになる、と思った。潮流というものについては、よくわからない。

「潮の流れは、船よりもずっと速いことがある。ただ、季節によって流れているところが変る。潮流をつかまえてそれに乗れば、海門寨まで、何日ぐらいだと思う？」

「さあ、十日ぐらいですか」

「三日半。俺の計算では、そうだ。櫓は、両舷に二挺ずつ出す。進むというより、細かく方向を調整するためだ」

「三日半なんて、そんな。櫓も遣わずに」

「三日かもしれず、四日かもしれん。そんなところだ」

潮流というものを、体験できるのだ。体験してみるまで、信じられない。

水夫のひとりが、魚用の紐を用意していた。

トーリオは、そばに腰を降ろした。

「この紐は、丈夫なのだ。びっくりするようなやつがかかっても、たやすく切れはしない。見て、腰を抜かすなよ」

大きな鉤だった。それに、白く細い布を巻きつけている。餌をつけようとはしていない。餌は、芋虫のようなものがあるだけで、大きな鉤にはつけられないだろう。

「船尾楼から、流す。いまは用意をしているだけで、潮流をつかまえた時に流すのだ」

すべてを、疑ってみる。しかし、信じられないことが海の上にあることも、わかる。

港で積みこんできた、蒸した糯米を、掌で丸くした。それを五十個あまり作り、昼めしとして配った。煮た肉もある。

夜は米を炊き、腸に詰めた肉を煮る。

夕方になると、出航してきた陸地は、見えなくなった。右手に、島だという陸地が見える。全部繋がっているような気がするが、李央も水夫たちも、みんな島だと言った。

夕めしの仕度をした。

米を炊き、ほんとうの食事の係の水夫と二人で、丸い玉を五十個ほど作った。飯はまだ熱いので、掌は赤くなった。

夕食を終えて眠り、外が明るくなってきたころ、船尾楼の下の部屋から出て、決められた場所で小便をした。糞をする場所も、決められている。

「眼が醒めたか」

船尾楼に上がっていくと、李央が言った。

朝食は、干した酪だ。それは硬いのでなかなか嚙み切れないが、口の中に入れたままにしておくと、やがてやわらかくなる。

「海の色がどうなった、トーリオ」

「黒く、見えます」

「そうだ。潮流をつかまえたぞ」

船の方向が変えられ、二挺ずつ出した櫓以外は、収(しま)われた。出した櫓も、小さく動かされているだけだ。

漕いでいる四人を除いて、水夫たちは暇になった。

船尾楼から、細い布を何枚かつけられた鉤が、流された。

「ほんとうに、すごい速さで航走っています。これがあれば、なにもこわくありませんね」

「トーリオ、この潮に逆らって航走ることを考えてみろ。とても航走れるものではない。そういう時は、潮流からはずれ、岸近くを航走るしかないのだ。追い風が吹いていれば帆を張るが、いまは斜め左前の風だ。弱いから、助かっているよ」

潮流に乗ってから、揺れも小さくなっている。滑るように、進んでいるのだ。海は広いのだろう。周囲に陸地がなにも見えなくなると、ほんとうに広いのだと実感できる。しかし、陸地より広いのだろうか。

「李央殿、左側は陸地ですよね。いま見えませんが、陸地が続いていますよね」

「ああ」

「右は、どうなのですか?」

「わからん。行ったやつはいない。百日進んでも、なにもないと言うやつがいる」

「百一日目は?」

「わからん、と言っているだろう」

「そうですか。俺は右へ行けばどうなるのか、とても知りたいですよ」

「行くか?」

「行きません。死ぬでしょう。無駄死にですよ。死ぬのは怖いし。しかし、知りたいですよ」

「人はな、自分の力で行けるところを越えない方が、無事なのだよな」

「そうですね」

それではつまらない、という気もした。

昼めしには、腸に詰めた肉を煮て、それだけを出した。ほんとうの食事係が、米を出してくれなかったのだ。

右へどこまでも行くとしても、まず水に困る。運よく雨が降ってくれても、食物もいずれ尽きる。百日分など、船に積めるわけはないのだ。

甲板で、叫び声があがった。数人が船尾楼に来て、紐を手繰（たぐ）りはじめた。重そうだった。時々、紐が激しくふるえる。

半刻ほどそれが続くと、船のすぐ後ろで、長い角（つの）のある魚が跳ねた。

「嘘だろう」

思わず、口に出していた。

「嘘ではない。あれは、食ってうまいぞ。おまえの躰の四つ分はある」

また、魚が跳ねた。上げ方があるらしく、水夫たちはみんな落ち着いている。

「あの角は、おまえにやるぞ、トーリオ」

水夫のひとりが言った。

トーリオは、船尾楼から乗り出すようにして、海面を眺めた。

すぐそばで、また魚が跳ねた。黒々とした魚体が、陽の光を照り返し、まるで違うもののように見えた。

（十一　黙示　了）

初出　「小説すばる」二〇二一年一月号～四月号
＊単行本化にあたり、加筆・修正をおこないました。
装画　寺田克也
装丁　鈴木久美

北方謙三（きたかた・けんぞう）

1947年佐賀県唐津市生まれ。中央大学法学部卒業。81年『弔鐘はるかなり』で単行本デビュー。83年『眠りなき夜』で第4回吉川英治文学新人賞、85年『渇きの街』で第38回日本推理作家協会賞長編部門、91年『破軍の星』で第4回柴田錬三郎賞を受賞。2004年『楊家将』で第38回吉川英治文学賞、05年『水滸伝』（全19巻）で第9回司馬遼太郎賞、07年『独り群せず』で第1回舟橋聖一文学賞、10年に第13回日本ミステリー文学大賞、11年『楊令伝』（全15巻）で第65回毎日出版文化賞特別賞を受賞。13年に紫綬褒章を受章。16年第64回菊池寛賞を受賞。20年旭日小綬章を受章。『三国志』（全13巻）、『史記　武帝紀』（全7巻）ほか、著書多数。

チンギス紀（き）

黙示（もくし）

二〇二一年七月二〇日　第一刷発行

著者　北方謙三（きたかたけんぞう）
発行者　徳永　真
発行所　株式会社集英社
〒一〇一―八〇五〇　東京都千代田区一ツ橋二―五―一〇
電話　〇三―三二三〇―六一〇〇（編集部）
〇三―三二三〇―六〇八〇（読者係）
〇三―三二三〇―六三九三（販売部）書店専用
印刷所　凸版印刷株式会社
製本所　加藤製本株式会社

ISBN978-4-08-771763-1　C0093

✲ 北方謙三の本 ✲
大水滸伝シリーズ　全51巻+3巻

『水滸伝』（全19巻）＋『替天行道　北方水滸伝読本』

12 世紀初頭、中国。腐敗混濁の世を正すために、豪傑・好漢が「替天行道」の旗のもと、梁山泊に集結する。原典を大胆に再構築、中国古典英雄譚に新たな生命を吹き込んだ大長編。

［集英社文庫］

『楊令伝』（全15巻）＋『吹毛剣　楊令伝読本』

楊志の遺児にして、陥落寸前の梁山泊で宋江から旗と志を託された楊令。新しい国づくりを担う男はどんな理想を追うか。夢と現実の間で葛藤しながら民を導く、建国の物語。

［集英社文庫］

『岳飛伝』（全17巻）＋『盡忠報国　岳飛伝・大水滸読本』

稀有の武人にして孤高の岳飛。金国、南宋・秦檜との決戦へ。老いてなお強烈な個性を発揮する旧世代と、力強く時代を創る新世代を描き、いくつもの人生が交錯するシリーズ最終章。

［集英社文庫］